IM BANN DES KELTENFÜRSTEN

IM BANN DES KELTENFÜRSTEN

Ronald Hummel

THEISS

Bibliografische Information der Deutschen Nationalbibliothek
Die Deutsche Nationalbibliothek verzeichnet diese Publikation in der Deutschen
Nationalbibliografie; detaillierte bibliografische Daten sind im Internet über
http://dnb.d-nb.de abrufbar.

Umschlaggestaltung: Stefan Schmid, Stuttgart, unter Verwendung
eines Ausschnitts aus der Abbildung des Vercingetorix-Denkmals von
Aimé Millet (1819–91) auf dem Mont Auxois in Alise-Sainte-Reine an der
Côte d'Or in Frankreich (© akg)

© 2012 Konrad Theiss Verlag GmbH, Stuttgart
Alle Rechte vorbehalten

Lektorat: Berit Lina Barth, Mössingen
Satz und Gestaltung: Satzpunkt Ursula Ewert GmbH, Bayreuth
Druck und Bindung: GGP Media GmbH, Pößneck
Gedruckt auf säurefreiem und alterungsbeständigem Papier
Printed in Germany

ISBN 978-3-8062-2599-0

Besuchen Sie uns im Internet: www.theiss.de

INHALTSVERZEICHNIS

1

DIE FLAMMEN
HÜTEN EIN GEHEIMNIS

„Acht Eisenbarren für ein Saufgelage!", entrüstete sich Fürstin Akiana. „Damit könntest du alle Krieger, Diener und Sklaven hier auf dem Opios* ein Jahr lang ernähren."

„Wie kommst du auf acht? Wir schleppen ganze vier Barren mit nach Bragniac**. Der Rest sind Zobel- und Dachsfelle, Bernstein, Honig ...", rechtfertigte sich der Fürst.

„Ach, ich weiß doch, was die Waren wert sind", winkte die Fürstin ab. „Ich habe dein Lager inspiziert und alles grob überschlagen."

Dass sie das getan hatte, bezweifelte Fürst Segomar keinen Augenblick. Seine Frau war sein heimlicher Verwalter, wie er immer sagte.

„Du weißt ja gar nicht, womit wir zurückkommen", versuchte er, sich zu verteidigen. „Wir bringen Gewürze mit, deren Wert ich verzehnfache. Und bretonisches Zinn, für das mir der Bronzeschmied einen Berg seiner Werkzeuge überlassen muss. Und Badekräuter, Salben und Duftöle für deinen wundervollen Körper." Dabei rückte er noch näher an sie heran, umfasste ihre Hüfte und küsste ihren Hals. „Und

---

*   Der Ipf, Plateauberg am Rand der Ostalb
**   Bragny an der Saône

Stoffe von den Griechen, die so fein gewoben sind, dass sie durchscheinen. Wie solch ein Schleiergewand wohl an dir aussieht …?" Segomar ließ seine Küsse ihren Hals hinabwandern.

„Ja, ja, gleich kommen die goldenen Hals- und Fußringe mit Einlagen aus Korallen", meinte die Fürstin lachend und wehrte ihn ab. „Trotzdem willst du hauptsächlich wegen der Amphoren voller Wein und dem attischen Trinkgeschirr losziehen und ein Vermögen dafür verschwenden."

Segomar wollte noch einen Schluck Met aus dem Horn nehmen, doch das war schon leer. Als er nachschenkte, wurde er wieder ernst: „Und außerdem ist das kein ‚Saufgelage'. Du weißt ganz genau, dass ich als Fürst den Sippenhäuptern und Hofherren etwas bieten muss, was keiner im Land übertreffen kann. Hier auf dem Gipfel des Opios sind sie dem Himmel näher als der Erde – und ich bin ihr Bindeglied zu den Göttern. Deshalb sollen sie hier nur bekommen, was es in ihrer Welt unten nicht gibt. Met oder gar Bier wird nicht gereicht, nur Wein, und zwar aus kunstvoll bemalten attischen Amphoren und Trinkschalen. Bei mir werden sie keine bäuerlichen Krüge und Kessel sehen."

„Ich weiß, ich weiß, du musst deine Leute beeindrucken." Akiana war klar, dass die Verschwendung geradezu gewollt war – Segomars Gefolgsleute sollten sich zuraunen, dass solch atemberaubender Aufwand und solche Großzügigkeit nur einem Günstling der Götter vorbehalten sein konnten. Und Gunst der Götter war gleichbedeutend mit Herrschaftsanspruch. „Aber dieser Prunk wird bald nachgeahmt werden – auch Targur besitzt bereits attisches Geschirr, hat meine Dienerin gehört. Und die Eisenschmelzer sollen ebenfalls schon reich verzierte Amphoren für ihre Barren bekommen haben. Auf diese Weise hebst du dich nicht mehr lange von deinen reichen Untertanen ab. Aber deine Freundschaft zu den Göttern sieht das Volk doch daran, wie das Land aufblüht: Jeder kleine Bauer kann sich mittlerweile sein Fleisch würzen und hin und wieder Met leisten. Die Frauen behängen sich mit Bronzeschmuck. Deine Krieger können alle einmal ihre eigenen Höfe gründen; bis es so weit ist, vergnügen sie sich bei der Jagd oder auf Handelszügen."

„Ja, ja, allen geht es denkbar gut. Aber das bringt Langeweile und die bringt Unzufriedenheit", entgegnete Segomar. „Der Krieger murrt, weil es seit fünf Jahren keine Schlacht mehr gegeben hat. Der Bauer klagt, dass der Fürst an jedem verdorrten Apfel und jedem tot geborenen Kalb schuld ist. Der Priester zürnt, dass wir der Erdmutter Ana zu viel Eisen aus dem Bauch reißen und von Arduinna mehr Wild nehmen, als gebührlich ist. Der Hofherr ist nie zufrieden, weil der Nachbar mehr hat, obwohl er selbst viel größere Opfergaben dargebracht hat. Der Händler jammert, weil ich ihn übervorteile …"

„Na, wenigstens der hat recht", meinte die Fürstin schmunzelnd.

In diesem Augenblick wurden draußen Stimmen laut. Die Tür flog auf, ein Wächter stürmte herein und schrie: „Feuer! Das Schlimmste, das ich je gesehen habe!"

„Hier oben bei uns?", rief Akiana, als sie mit ihrem Mann ins Freie eilte.

„Nein, auf dem Hof von Targur. Man kann jedes Gebäude bis hierher sehen, wie am helllichten Tag!"

Targur – Segomars reichster Untertan und zugleich sein mächtigster Widersacher. Der Fürst rannte zum Wehrgang der obersten Mauer. Der Wächter hatte recht, man erkannte sogar jetzt, mitten in der Nacht, einzelne Gestalten in Targurs Hof dort unten, wo sich am Fuß des Opios eine Ebene erstreckte. Die beiden großen Grabhügel und der Waldrand zeichneten sich im Schein der Feuersbrunst ab.

„Alle Berittenen hinunter zum Löschen", gab der Fürst Befehl. „In Waffen, falls es ein Überfall ist." Segomar ließ sein Pferd satteln, ging zurück ins Herrenhaus, gürtete sein Schwert und warf den Umhang über.

Kurz bevor der Fürst Targurs Hof erreichte, kamen ihm ganze Wolken von Funken entgegen, die an aufgebrachte Feen und Elfen erinnerten. Als er seinen wilden Galopp vor dem Tor zügelte, stob eine weitere Wolke glimmender Punkte auf, weil ein paar Balken vollends einstürzten. Das Schlimmste war offensichtlich schon vorüber. Im Schein kleinerer Feuer und glühender Balken sah er, dass das Herrenhaus unversehrt war. Doch vom Haus des Schmiedes, dessen

Werkstatt, den zugehörigen Vorratsgebäuden und der Palisade in diesem Bereich waren nur noch verkohlte Reste übrig.

„Konnten sich alle retten?", fragte der Fürst vom Pferd herab einen Mann mit verrußtem Gesicht, der Erde auf glutrote Balken schaufelte.

Der Mann schüttelte den Kopf: „Wie es aussieht, sind der Schmied und seine Familie umgekommen."

In diesem Moment erblickte der Fürst Targur, den Herrn des Hofes. Der schlanke, sehnige Mann stand inmitten der Trümmer und wies eine Gruppe von Männern und Frauen an, sich durch einen verkohlten Haufen zu wühlen – als ob er etwas suchte.

Fürst Segomar stieg vom Pferd und fragte den Häuptling: „Weiß man, wie es passiert ist? Wie konnten sich die Flammen so schnell ausbreiten?"

Von oben bis unten mit Ruß bedeckt, wirkte Targur noch bedrohlicher als sonst. Seine graublauen Augen, deren eisiger Blick schon so manchen Feind hatte erstarren lassen, leuchteten aus dem geschwärzten Gesicht heraus. Segomar fing einen Blick auf, der – was er niemals zuvor bei Targur gesehen hatte – einen schwachen Moment verriet. Die Furcht, etwas Unersetzliches verloren zu haben, offenbarte sich darin. Seltsam, dachte der Fürst, Targur hatte schon größere Katastrophen als diesen Brand ungerührt überstanden.

„Niemand weiß etwas", knurrte Targur schließlich, wandte sich ab und wies zwei Männer an, einen Balken wegzuräumen.

Am nächsten Morgen kündigte ein Wächter in der Halle des Herrenhauses auf dem Opios Ritomar, den Priester, an.

Die Miene des heiligen Mannes hätte nicht düsterer sein können. „Die Götter haben noch heute Nacht im Traum zu mir gesprochen", begann er, mitten im Raum stehend. „Ich sah, wie das Feuer in Targurs Hof nicht mehr zu bändigen war und den Opios mit allem, was darauf war, verschlang. Deine Macht war gebrochen, deine Sippe zerstreute sich in alle Winde."

Segomar wunderte sich, dass er in dieser Vision das Opfer war, hatte der Brand doch seinen Gegner geschwächt. „Was bedeutet dieser Traum?", wollte er wissen.

„Bedenke nur: Taranis* ließ den heiligen Mann des Feuers, Targurs Schmied, den Beherrscher der Flamme und des glühenden Eisens, in seinem eigenen Element umkommen. Niemand, auf dessen Boden sich der Zorn der Götter dermaßen entfaltet, wird vom Volk als Häuptling akzeptiert. Targur wird darum etwas tun müssen, um sich von diesem Makel reinzuwaschen. Ich ahne, es richtet sich gegen dich – zumal eine bestimmte Kleinigkeit in meinem Traum sehr seltsam war."

„Was für eine Kleinigkeit?"

„Das Feuer kam nicht von innen, aus der Schmiede, sondern es begann von außen her zu brennen."

„Das hieße, jemand hat das Feuer gelegt?"

„So sagt es der Traum. Doch er sagt mir nicht, wer es war. Wenn Targur erkennt, dass ein Brandstifter am Werk war, wird er dich beschuldigen, um dein Ansehen zu vernichten. Und natürlich um seinen Anspruch auf die Fürstenwürde zu bestärken."

„Wie ging dein Traum denn aus?"

„Mitten durch die Feuersbrunst ließen die Götter ein kleines Rinnsal fließen. Darin schwamm ein Lachs. Du, mein Fürst, fingst den Lachs. In diesem Augenblick schwoll das Rinnsal zu einem reißenden Strom, der die Flammen löschte und dem verbrannten Land Fruchtbarkeit und Frieden zurückbrachte."

„Und was bedeutet das?"

„Nun, wie du weißt, ist der Lachs das Sinnbild von Weisheit und Erkenntnis. Der letzte Teil des Traumes will also sagen: Erkennst du, was hinter dem Brand steckt, wirst du das Unglück abwenden."

„Was soll ich tun, Ritomar?"

„Suche die Nähe der Götter. Sie werden dich auf den Weg zur Lösung führen. Komm sofort zu mir, wenn du das Gefühl hast, dass sie dir ein Zeichen geschickt haben."

---

* Ursprünglich wohl ein Wettergott, der als Herr über Blitz und Donner galt, dem mit der Zeit aber immer weitere Funktionen zugewiesen wurden. Der Überlieferung nach wurden ihm zu Ehren Menschen verbrannt.

Der Fürst verabschiedete seinen Priester würdevoll. Wie immer nahm Segomar jedes seiner Worte ernst. Doch bevor er in göttlichen Sphären nach der Wahrheit suchte, wollte er erst einmal mithilfe gewöhnlicher Sterblicher der Sache auf den Grund gehen. Er ließ Garmo, seinen Hauptmann, rufen.

Der hatte geahnt, dass man ihn brauchte und deshalb bereits vor der Tür gewartet.

„Wer ist der beste Fährtenleser, mit dem du auf Jagd gehst?", fragte der Fürst, nachdem Garmo eingetreten war.

„Fannac", sagte der Hauptmann, ohne zu zögern. „Ich habe selbst gesehen, wie er die Spur eines Rehs auf dem blanken Felsboden der Alb verfolgt hat."

„Nimm diesen Mann, reite mit ihm hinunter zur Brandstelle und lasse ihn alles genau untersuchen."

„Wonach soll er suchen?"

„Nach Anzeichen dafür, warum sich niemand aus dem brennenden Haus retten konnte, nach dem Brandherd, und ob es vielleicht Brandstifter waren."

„Ich werde noch ein paar alte Krieger mitnehmen, die schon große Feuer miterlebt haben."

„Nimm mit, wen immer du brauchst. Ich komme bald nach."

Als Fürst Segomar am Hof des Häuptlings anlangte, erwartete ihn ein dramatisches Bild. Sein Hauptmann Garmo saß mit gezogenem Schwert auf dem Pferd, hinter ihm reihten sich Fannac, der Spurensucher, und vier weitere Berittene bedrohlich auf. Vor dem Tor bildeten einige Männer Targurs mit ihren länglichen, in leuchtenden Farben bemalten Schilden einen Wall wie in einer Schlachtenformation. Drohend erhoben sie ihre Speere.

„Was ist hier los?", donnerte der Fürst los, als er zwischen die Reihen ritt.

„Sie weigern sich, uns in den Hof zu lassen", meldete der Hauptmann. „Wir hätten kein Recht, die Stunde der Not zu nutzen und wie feindliche Krieger einzufallen."

Niemand bemerkte den winzigen Moment, in dem der Fürst zauderte. Erstmals stellten sich ihm die Krieger seines Widersachers mit

Waffen und nicht nur mit Worten entgegen. „Feindliche Krieger?",
schrie Segomar den Schildwall an. „Beim Zorn des Taranis, ich bin
euer Herr, ihr seid meine Gefolgsleute! Wer sich mir entgegenstellt,
den lasse ich auf der Stelle als Verräter hinrichten!"

Der unsichere Seitenblick eines Schildträgers zu seinem Neben-
mann zeigte Segomar, dass der Widerstand am Zusammenbrechen
war. „Auseinander!", setzte er nach.

Die Krieger wichen zurück in den Hof, doch nun stand ein einzel-
ner Mann breitbeinig im Tor – Maban, der Hauptmann Targurs.

„Wir schützen doch nur unseren Herrn", sagte der Krieger mit
den buschigen schwarzen Augenbrauen, dem Schnauzbart und dem
dicken Bauch.

„Ich bin euer Herr", musste Segomar erneut betonen.

„Was willst du eigentlich von uns?", fragte der Hauptmann ganz
und gar ungerührt.

„Ich brauche als dein Fürst nicht zu rechtfertigen, was ich auf dem
Hof eines Untertanen will!"

„Warum schickst du bewaffnete Krieger voraus?"

„Sie sollen euch helfen, die sterblichen Überreste der Brandopfer
zu bergen. Es dürfte nicht leicht sein, jedem Toten seine Gebeine zuzuordnen. Diese Männer können es." Maban hatte den Fürsten also
doch dazu gebracht, eine Rechtfertigung abzugeben.

Mittlerweile war auch Häuptling Targur erschienen. Er war immer noch von oben bis unten mit Ruß bedeckt. Die geröteten Augen
zeugten von fehlendem Schlaf. Segomar glaubte auch, die Auswir-
kungen von zu viel Met darin zu erkennen.

„Was bringst du Unfrieden in mein Haus?" Targurs Stimme schien
alles vibrieren zu lassen, obwohl er nicht einmal schrie.

„Ich bringe Beistand", entgegnete Segomar, der sich anstrengen
musste, dass seine Stimme fest klang. „Dies sind die erfahrensten
Spurensucher meines Reiches", wies er auf die Männer hinter sich.
Aus der Ferne sah diese Geste wie ein Hilfesuchen bei den Hinter-
männern aus. „Sie werden eure Toten so bergen, dass ihr deren Gebeine Mann für Mann und Frau für Frau wieder zusammenfügen
könnt. Du weißt, welches Unglück es bedeuten kann, wenn man das

Totenreich nicht so vollkommen erreicht, wie man unsere Welt verlassen hat."

„Auf meinem Hof bin ich für Lebende und Tote verantwortlich", erklärte Targur. „Ich persönlich werde die Gebeine bergen. Morgen ist ein Spurenleser von dir gerne willkommen, der uns helfen kann, sie zu ordnen."

In der Pause, die jetzt entstand, wurde klar, dass Fürst Segomar im Angesicht all der Krieger nicht die Schmach auf sich nehmen konnte, unverrichteter Dinge wieder abzuziehen.

Targur verkündete darum großmütig: „Fürst" – er sagte nie „mein Fürst", wie es sich gebührt hätte – „komm mit deinen Männern in meine Halle, um einen ersten Becher Met auf die Toten zu leeren."

Segomar fügte sich in diese Auflösung der Situation, ritt aber bis zum Haus neben Targur her und ließ es damit für einige Augenblicke so aussehen, als sei Targur sein Waffendiener.

Als dem Fürsten mit seinen Männern in der Halle die Plätze zugewiesen wurden, fiel ihm auf, dass Luguwal, der älteste Sohn des Häuptlings, nicht anwesend war. „Er ist unterwegs, um Geschäfte für mich abzuschließen. Ich habe schon einen Boten nach ihm ausgesandt", erklärte Targur.

Itam trieb den Ochsen vor seinem Karren noch mehr an, um seine Aufmerksamkeit von den frevelhaften Gedanken abzulenken, die er hegte. Doch er konnte nicht anders – wenn er daran dachte, dass Gobat, der Schmied, tot war, überkam ihn die Furcht, dass sein großes Geschäft geplatzt war, für das er sich so hoch verschuldet hatte.

Zuerst hatte der Brandgeruch bestätigt, was sich alle, die um den Opios wohnten, schon vor Sonnenaufgang erzählt hatten. Als er dann den letzten Hügel vor Targurs Hof in rumpelnder Fahrt überwunden hatte, sah er die große Geschäftigkeit: Berittene Krieger durchquerten die kleine Ebene hinüber zum Opios. Sie kamen offenbar vom Hof. Der Mann, der in wehendem Umhang vorausritt, schien der Fürst selbst zu sein. Aus allen Richtungen liefen Menschen herbei; zwei Krieger mit Speeren eilten zum nahen Wald.

Itam musste am Tor vor zwei Wachen in voller Kriegsbewaffnung halten. „Ich habe seit letztem Vollmond jeden zweiten Tag eine Fuhre

Holzkohle zur Schmiede gebracht, und es waren noch weitere bestellt", erklärte er.

„Deine Holzkohle braucht keiner mehr", wies ihn ein Krieger ab.

„Aber mein Lohn steht noch aus", erwiderte Itam. Ihn beschlich die Furcht, dass sich seine Ansprüche in Nichts aufgelöst hatten. „Lasst mich zu Atto, dem Gehilfen des Schmiedes. Mit ihm habe ich das Geschäft abgeschlossen."

„Atto ist tot."

„Was, er auch? Und Gobat selbst auch, erzählt man sich – stimmt das wirklich?"

„Ja. Der Schmied, seine Familie, Atto, ein anderer Gehilfe und, wie es aussieht, noch zwei Krieger, die ihnen helfen wollten."

Itam sackte auf seinem Karren zusammen, doch eine raue Stimme ließ ihn wieder hochfahren: „He, wer bist du? Dich habe ich doch in letzter Zeit schon öfter gesehen?"

Es war Maban, der berühmte dicke Hauptmann mit dem großen Schnauzbart. „Lasst ihn durch, wir brauchen seinen Karren."

Maban interessierte sich nicht für Itams Geschäfte, als der ihn darauf ansprach. Dennoch keimte ein wenig Hoffnung in Itam auf, als der Hauptmann anordnete: „Du hilfst, den Brandschutt wegzuschaffen. Dann sehen wir weiter."

Schon kurz darauf beluden Krieger seinen Wagen mit verkohlten Holzresten, Lehmbrocken und Eisenschlacken. Itam wunderte sich, dass er nicht selbst für diese schmutzige Arbeit herangezogen wurde – es schien, als ob sie den Schutt wie eine wertvolle Fracht behandelten. Zwei Bauern warteten ebenfalls, bis man ihre Karren belud.

Itam stieß beim Umhergehen auf Tragebahren im Schutz eines Seitengebäudes. Männer und Frauen legten verkohlte Skelettreste darauf und hatten offensichtlich Schwierigkeiten, die Knochen der einzelnen Leichen auseinanderzuhalten. Dabei war es wichtig, sie richtig zuzuordnen, denn die Knochen eines jeden Toten sollten in einer eigenen Urne beigesetzt werden; jede Seele sollte ihre eigene Behausung haben. Lange vor Itams Zeit war es üblich, die Toten zu verbrennen und ihre Asche in Urnen beizusetzen; mittlerweile begrub man sie. Da die Leichen des Schmiedes und der anderen bis auf die

Knochen verbrannt waren, war das nicht mehr möglich und Targur blieb nur die Zwischenlösung, die Gebeine in großen Urnen zu bewahren, um ein angemessenes Begräbnisritual zu bewerkstelligen.

Ein Stück weiter sah Itam wieder Maban, den Hauptmann. Er stritt mit einem Mann, der nicht hochgestellt schien, aber dennoch aufwändig gekleidet war und vergoldete Armreife trug. Unwillkürlich näherte sich Itam ein Stück, in dem Durcheinander auf dem Hof fiel das nicht auf. Als er von dem Unbekannten die Worte „aber das Geschäft war abgeschlossen, ich habe meine Bedingungen voll und ganz erfüllt" aufschnappte, horchte er auf. Der Mann schien in der gleichen Situation zu sein wie er selbst – der Brand drohte ihm wohl ein wichtiges Geschäft zunichtezumachen.

Itam hoffte, etwas zu erfahren, was ihm bei kommenden Verhandlungen nützlich sein konnte. Doch er hörte nichts Vielversprechendes: „Ich sage es noch einmal: Ich kann dich nur vertrösten", erklärte Maban. „Spätestens bei der Totenfeier wird der Häuptling diese Fragen klären."

„Aber das ist noch mindestens einen Mondlauf hin. Soll ich so lange in Ungewissheit leben? Ich habe den größten Teil meines Vermögens in diese Arbeit gesteckt. All die Bernsteine, Korallen, das Gold, das Silber und die Steine, wie sie hier noch niemand gesehen hat. Das war schon verarbeitet und ist wohl in den Flammen …"

„Still!", fuhr ihn der Hauptmann so heftig an, dass der andere vor Schreck zusammenfuhr. „Kein Wort über die Sache selbst, verstanden? Das hast du geschworen – bei deinem Leben. Guar, du bist nicht der Einzige, den es getroffen hat. Du weißt am besten, welchen Schaden Häuptling Targur tragen muss."

„Eben", fuhr Guar auf. „Er wird den Schaden auf Leute wie mich abwälzen und nicht für meinen Aufwand aufkommen. Weißt du was? Ich wende mich wieder meinen früheren, viel prächtigeren Auftraggebern zu. In Pyrene* wird meine Kunst mehr geschätzt als bei euch Schweinehirten. Ich breche sofort auf." Damit ließ er Hauptmann Maban stehen, der gleich darauf von zwei Kriegern mit Fragen

---

* Die heutige Heuneburg

bedrängt wurde, wie sie beim Abbruch eines halb eingestürzten Lehmhauses vorgehen sollten.

Kurz nachdem Itam dieses seltsame Gespräch mitgehört hatte, waren die Karren das erste Mal mit Brandschutt voll und mussten weggebracht werden. Ein Reiter leitete sie durch die Lücke in der Palisade. Itam wunderte sich, warum sie nicht durchs Tor hinausfuhren – fast schien es ihm, als sollten sie im Schutz des Palisadenzaunes vor Blicken vom Opios verborgen werden. Der Eindruck der Heimlichkeit verstärkte sich, als der Reiter sie auf kürzestem Wege zum Waldrand führte. Bei einer Eberesche lichtete sich das Gehölz, dort fuhren sie hinein. Ein gutes Stück quälten sich die Räder über Wurzeln, durch morastigen Boden und Unterholz. Dann hielten sie an einer Stelle, die Itam besonders finster erschien. Zwei Krieger standen bei einer frisch ausgehobenen Grube. Itam und die beiden Bauern mussten den verkohlten Schutt hineinfüllen. Merkwürdig, dachte er, hier, wo niemand zusah, wurde der Schutt nicht mehr als geheimnisvolle Fracht behandelt. Der Berittene hatte ihnen dann befohlen, wieder zurückzufahren und so lange weiteren Schutt herzuschaffen, bis sie neue Anweisungen bekämen.

Der Fürst wartete schon ungeduldig, als Fannac endlich kam, begleitet von Hauptmann Garmo. Wie aufgeregt der Spurenleser war, entging weder Segomar noch Ritomar, dem Priester.

„Ich habe etwas ganz Entscheidendes entdeckt, als ich die Knochen sortierte", begann er. „Zwei der acht Leichen waren Krieger, ihre Schwertklingen lagen noch bei ihnen. Es waren aber nicht die Flammen, die sie töteten, sondern bewaffnete Männer."

„Was? Wie kannst du so etwas an völlig verkohlten Knochen sehen?", fragte der Fürst zweifelnd.

„Nun, es macht einen Unterschied, ob eine Leiche verbrennt und die verkohlten Knochen später – zum Beispiel durch herabstürzende Balken – zerbrechen, oder ob die Knochen vor dem Brand zerschmettert werden und dann verbrennen", erläuterte der Spurenleser. „Im ersten Fall verkohlen die frischen Bruchkanten der Knochen wesentlich schwächer als die bereits verbrannten Außenseiten. Der Unterschied ist klar zu sehen, zumindest für mich. Im zweiten Fall, wenn der Knochen schon vorher brach, verkohlen Bruchkanten und der Rest der Knochen gleich stark. Außerdem sind Brüche, die durch Waffen entstanden, deutlich glatter als solche, die durch grobe Schläge verursacht wurden."

Der Priester sprang auf: „Und du hast tatsächlich Spuren von Gewalt gefunden?"

„Ja. Die oberste Rippe eines der Krieger war glatt durchtrennt und die Bruchkante tief verkohlt. Die Rippe brach also schon, bevor sie verbrannte."

„So eine Verletzung entsteht, wenn man einem Gegner das Schwert in die Brust stößt", warf der Hauptmann ein.

„Und der andere Krieger?", fragte Fürst Segomar.

„Sein Schädel war zertrümmert – vor dem Brand", erklärte Fannac bestimmt.

„Bist du sicher? Kannst du dich nicht irren?"

„Ich bin absolut sicher, mein Fürst. Ich hatte doch zum Vergleich auch Knochen vor Augen, die erst während des Feuers brachen. Ich konnte die feinsten Unterschiede klar erkennen."

„Wie ich schon sagte – Fannac kann die Spur eines Rehs auf dem Felsboden verfolgen." Der Hauptmann hatte keinen Zweifel an den Fähigkeiten seines Kriegers.

„Von Targurs Leuten hat doch hoffentlich niemand bemerkt, was du entdeckt hast?", wollte der Priester wissen.

„Natürlich nicht."

„Gut, so soll es auch bleiben", beschwor Ritomar die Runde. „Niemand außer uns hier darf zunächst von diesem Geheimnis erfahren."

Garmo und Fannac nickten.

„Was ist mit der Brandstätte?", fragte der Fürst. „Konntest du dort etwas finden?"

Der Spurenleser schüttelte den Kopf. „Dort haben sie mich nicht hineingelassen."

„Fannac, dein Fürst dankt dir und bewundert deinen Feinsinn", lobte Segomar den Krieger und entließ ihn. Hauptmann Garmo wies er noch an: „Setze Spürtrupps auf diese Mörder an. Irgendjemand muss doch wohl gesehen haben, wohin sie nach dem Überfall geflohen sind."

„Was sagst du dazu?", wandte der Fürst sich dann an Ritomar, als sie alleine in der Halle waren.

„Ich habe meinen Traum richtig gedeutet – die Katastrophe kam von außen. Fannac fand das erste Stück des Weges zur Wahrheit. Ich sage dir nach wie vor: Lausche, was dir die Götter mitteilen. Das wird uns weiterbringen."

2

EIN UNGEWÖHNLICHER BOTE

Fürst Segomar musste nicht lange überlegen, wo er den Göttern lauschen wollte. Er ritt in das „Tal der Ahnen", wie er es nannte. Es lag auf halber Strecke zwischen seinem Herrschaftssitz, dem Opios, und dem Sitz seiner Vorfahren, dem Muschelberg. Dieser schob sich als felsige Erhebung in die große Ebene* hinein, gefolgt von der Hügellandschaft, in der auch das Tal der Ahnen lag. Dieses Stück Landschaft wirkte, als hätten es die Götter aus der flachen Ebene emporgehoben, um seine Bedeutung zu unterstreichen.

In den buckeligen, von Wiesenblumen übersäten Hügeln warf der Fürst die alltäglichen Sorgen ab und öffnete sich der ewigen Größe der Natur. Sollte er vielleicht zum Bach reiten?, überlegte er. Immerhin hatte Ritomar im Traum gesehen, dass ein Fisch ihm die Antwort brachte. Oder sollte er sich am Waldrand niederlassen, auf dass ihn einer der Waldgötter leichter entdeckte?

Schließlich setzte er sich mitten in eine Wiese im Talgrund und gab sich ganz diesem herrlichen Frühsommertag hin. Er aß einen der Äpfel aus der Packtasche, die ihm der Priester mitgegeben hatte – der

---

* Das Ries

Apfel galt den Kelten als Frucht der Erkenntnis. Bald ließ er sich ins Gras sinken, und die Lider wurden ihm schwer.

Bevor er einschlief, bemerkte er, dass ein Schatten auf sein Gesicht fiel. Er blinzelte, sah nach oben und entdeckte einen Adler. Dieser segelte längs durch das Tal, kehrte dann um, sodass sein Schatten erneut den Fürsten streifte. Segomar schaute ihm nach. Der riesige Vogel zog seine Kreise über ihm, geduldig, immer und immer wieder. Sollte dies das Zeichen sein? Einerseits waren Adler über einem einsamen Tal nichts Ungewöhnliches. Andererseits galten sie als Himmelsboten der Götter. Sie konnten mit ihren scharfen Augen sogar in die Zukunft sehen, sagte man. Segomar hatte den Adler zu seinem Wahrzeichen gemacht, weil er ihm oben auf dem Opios näher war als sonst jemand.

Er beschloss abzuwarten, was passierte. Der Adler schien ein Stück herabzukommen, das Pferd wurde bereits unruhig. Schließlich glitt er majestätisch hinüber zum bewaldeten Hügelkamm und verschwand hinter den Bäumen. Also hatte er wohl doch keine Botschaft.

Da der Fürst nun seiner Entspannung beraubt war, wollte er sich auf den Rückweg machen. Er stieg auf sein Pferd und trieb es an. Plötzlich wieherte das Tier nervös – der Adler war wieder da. Er zog eine Kurve über dem Reiter und flog wieder über den Wald hinweg. Fast schien es dem Fürsten, als ob der riesige Vogel dabei den Kopf wandte, um zu sehen, wo er bliebe. Segomar ritt ihm nach, bis er bei undurchdringlichem Dornengestrüpp anlangte. Da war der Adler schon wieder über ihm und segelte ein Stück am Waldrand entlang.

Als Segomar an eine Stelle kam, wo das Gestrüpp lichter wurde, kreiste der Vogel über den Bäumen, die weiter innen im Wald lagen. Der Fürst ritt in den Wald hinein, den Blick immer durch die Baumwipfel nach oben gerichtet. Den Adler stets vor sich, kam Segomar schließlich auf der anderen Seite des Waldstreifens heraus. Von hier aus konnte er den Opios wieder sehen.

Abermals flog der Vogel am Waldrand entlang. Dann schien Segomar ihn verloren zu haben. Als das Pferd wieder nervös wieherte, wunderte er sich, denn er konnte den Adler nirgends am Himmel erkennen. Das Pferd begann sogar zu tänzeln, und da fand er die Erklärung: Der Raubvogel saß auf einer Eberesche am Waldrand und blickte herüber. Erwartete er den Reiter?

Segomar trieb das Pferd vorwärts. Hinter einer Waldbiegung kam Targurs Hof in sein Blickfeld. Der Adler schwang sich in die Lüfte und verschwand. Diesmal endgültig.

Bei der Eberesche entdeckte der Fürst Wagenspuren, die in den Wald führten. Er stieg ab, band das Reittier fest und folgte den Rillen im Waldboden ein Stück weit. Ein paar starke Äste waren abgehauen worden, um den Wagen Platz zu machen. Das konnte viel heißen, in der Regel waren es die Spuren von Holzfällern. Aber dass der Adler den Fürsten direkt hierher geführt hatte – Segomar beschloss, es dem Priester zu berichten. Sollte der herausfinden, was es bedeutete.

Itam wurde langsam missmutig, als er den Ochsen zum dritten Mal an diesem Tag vom Schutthaufen im Wald wegtrieb. Mit den verbrannten Holz- und Lehmresten hatte er die Hoffnung begraben, dass sich nach dieser Sklavenarbeit noch jemand für seine Sorgen interessierte. Er schuldete seinem Vater ein kleines Vermögen und seinen einzigen Besitz, den Wagen, würde er weggeben müssen.

Plötzlich erhob mitten auf dem Weg eine Gestalt gebieterisch die Hand. Itam erkannte sofort an dem markanten langen Kinnbart und dem völlig kahl geschorenen Kopf Ritomar, den Priester. Er konnte sich in jedes beliebige Tier verwandeln und durch seine Verwünschungen Menschen zu Stein erstarren lassen, erzählte man sich nachts an den Feuern. Und jetzt sah ihn dieser Mann mit einem Interesse an, das dem Köhlerjungen höchst unangenehm war.

Der Priester war schlicht gekleidet, mit brauner Hose und grauem langem Hemd. Der bis auf die Brust reichende, schmale Bart unterstrich die Wirkung des länglichen, hageren Gesichtes. Durch die kühn gebogene Nase und die hervorstehenden Wangenknochen hoben sich die Züge von denen gewöhnlicher Menschen ab – vergleichbar einer Felsformation, die nicht so recht in die Landschaft passt und in der man einen Zugang zur Anderwelt vermutet. Die blauen Augen wirkten tiefgründig wie Opferbrunnen.

„Wer bist du, und zu welchem Hof gehörst du?", fragte der Priester unvermittelt.

„Ich bin Itam, Sohn von Barcha, dem Köhler. Wir gehören zum Hof von Birac, dem Zimmermann."

„Und was tust du hier?"

„Ich fahre den Brandschutt in den Wald."

Jetzt wusste Ritomar, dass der Fürst keiner Laune eines Vogels, sondern einem Wink der Götter gefolgt war.

„Ich muss mit dir sprechen, Itam. Lass mich auf deinen Wagen."

Itam blieb der Mund offen stehen.

Ritomar dirigierte ihn zu einer Stelle, wo sie vor Blicken geschützt waren. „Ist dir irgendetwas an dem Schutt aufgefallen? Etwas, das womöglich nicht dort hingehört? Was mit dem Ausbruch des Feuers zu tun haben könnte? Amphoren, aus denen vielleicht Öl floss, um die Flammen zu nähren, ein Helm oder eine Waffe, wie man sie hier nicht trägt?"

Itam versuchte zu vergessen, wen er vor sich hatte und konzentrierte sich. „Ja, etwas ist mir aufgefallen." Er fühlte sich erleichtert, mit einer Beobachtung dienen zu können. „An einer Stelle, ganz hinten in der Schmiede, war der Boden unversehrt vom Feuer. Drumherum lag eine dicke Schicht von Eisen-Abbrand."

Ritomar wurde hellhörig. „Der Abrieb von geschmiedetem Eisen, sagst du? Bist du sicher, dass es Eisen war?"

„Aber ja, es war ganz grau, wie ich es schon oft gesehen habe."

„Und mittendrin ein unversehrter Fleck? Könnte dort ein Amboss gestanden haben?"

„Sehr wahrscheinlich. Man muss ihn nach dem Brand fortgeschafft haben."

Ein zweiter Amboss ganz hinten in der Schmiede, wo sich die Hitze staut und die Arbeit erschwert, dachte Ritomar bei sich. Warum dieser ungünstige Standort? Der Amboss durfte wohl nicht gesehen werden. Hier wurde also offenbar heimlich Eisen geschmiedet. Er fragte weiter: „Wie dick war diese Schicht aus Abbrand?"

„Mehr als handbreit." Itam hielt seine Hand quer vor sich, um das Maß zu unterstreichen. Das deutete auf eine große Menge an Eisen hin. Mehrere Barren, möglicherweise ein Dutzend, mussten verarbeitet werden, damit solch eine Menge an Abbrand abfiel.

24

Der Priester wusste, dass Häuptling Targur zum letzten Vollmond Eisenwerkzeuge abgeliefert hatte, die er dem Fürsten regelmäßig als Tauschware anbieten musste. Und er wusste, dass Targur ständig gegen das Gebot verstieß, Eisen nur für den Fürsten, sich selbst und seine Sippe zu verarbeiten. Er handelte mehr oder weniger heimlich damit. Aber was der junge Mann da schilderte, lag jenseits aller erwarteten Ausmaße.

„Übertreibst du auch nicht?", forschte Ritomar nach, da Kelten sehr zum Fabulieren neigten.

„Ich kann es beweisen", erwiderte Itam. „Ich selbst habe dem Schmied, genauer gesagt seinem Gehilfen Atto, in den letzten zwanzig Tagen zehn Lieferungen Holzkohle gebracht. Die elfte wäre am Tag nach dem Brand fällig gewesen."

„Jeden zweiten Tag diesen Wagen voll? Wozu brauchten sie so viel?"

„Das haben sie mir nicht gesagt."

„Solche Unmengen Kohle zu brennen, dauert doch sehr lange. Wann haben sie dich damit beauftragt?"

„Atto schlug mir vor zwei Monden das Geschäft vor."

Der Priester dachte einen Augenblick nach, dann fragte er: „Itam, musst du heute noch einige Fuhren erledigen?"

„Ich denke schon. Jedenfalls soll ich mich auf Targurs Hof melden", wurde mir gesagt.

„Sobald sie dich entlassen, komm auf den Opios ins Herrenhaus. Sage den Wächtern dort, dass dich Ritomar, der Priester, herbefohlen hat. Ein paar Leute müssen vielleicht noch Genaueres wissen über das, was du gesehen hast."

„Natürlich. Ich komme, sobald ich kann." Fast hätte Itam vor Aufregung gestottert. Dennoch siegte die Neugier: „Was für Leute werden das denn sein? Und was bedeutet das alles, mit den großen Mengen an Eisen?"

„Heute Nacht wird sich vieles klären", versicherte Ritomar. „Aber überstürze nichts, Targurs Leuten darf nichts auffallen. Und verliere kein Wort zu ihnen. Am besten, du sprichst zu überhaupt niemandem." Damit war das Gespräch beendet, und sie trennten sich.

„Was macht er denn da? Ich muss doch auf meiner Wachrunde dort vorbei", fragte auf dem obersten Wall des Opios ein Wachtposten einen anderen.

„Störe ihn bloß nicht. Ich glaube, er versucht, aus dem Flug der Vögel zu lesen."

„Was versucht er denn zu erkunden? Hat es etwas mit dem Brand zu tun?"

„Ich denke schon. Hast du es noch nicht gehört? Man munkelt, dass es ein Überfall war. Ritomar versucht wohl, die Spur der Räuber zu finden."

„Da sollten sie lieber Fannac losschicken."

„Der ist schon unterwegs."

„Na, da bin ich gespannt, wer besser Spuren lesen kann, unser bester Jäger oder der Vogelbeobachter da."

Während sich die Wachtposten trennten, stand der Priester weiterhin reglos in der Ecke des Wehrgangs, den Blick auf die beiden großen Grabhügel, Targurs Hof und das Wäldchen gerichtet. Ihr Götter habt euren geflügelten Boten zum Fürsten sprechen lassen – schickt doch auch welche zu mir, sandte er seine Gedanken zum wiederholten Mal in den Himmel. Ich bin euer Priester; zu mir müsst ihr mindestens so deutlich sprechen wie zu dem Fürsten. Ich bin euch doch viel mehr zugetan.

Eine Zeit lang kam keine Antwort von oben. Doch dann segelte eine Amsel heran – sie kam von rechts, der Seite des Guten. Auf Höhe von Ritomar drehte sie abrupt nach Osten ab, flog über die Ebene, fast genau über Häuptling Targurs Hof hinweg und verschmolz als kleiner Punkt mit den Bäumen des Waldes dahinter.

„Ich danke dir, Bote der Götter, Stimme aus dem Licht von Taranis", murmelte Ritomar.

Fast im gleichen Augenblick bewegte sich etwas von links heran, der Seite von Unglück und Verderben. Es war auch noch ein Rabe, ein Wesen des Totenreichs. Der Priester beobachtete jeden Flügelschlag. Fast genau an der Stelle, wo die Amsel abgedreht war, wendete auch er scharf nach Osten und flog über Targurs Hof hinweg. Gerade stiegen Rauchschwaden eines Herdfeuers auf und schienen den Weg des schwarzen Vogels zu kreuzen.

Mehr zeigten ihm die Vögel nicht. Ritomar versuchte eine Deutung, als er die Treppe des Wehrganges hinabstieg: Die Götter hatten durch ihre Boten eindeutig nach Osten gezeigt – einmal mit freundlicher Miene, dann mit den Vorzeichen auf Tod, Feuer und Vernichtung. Die Richtung, aus der das Schicksal kommen sollte, stand fest. Aber nicht, was es mit sich bringen würde.

Ritomar hatte mehr erwartet. Doch vielleicht würde sich diese Botschaft ja zusammen mit Itams Erkenntnissen zu einem deutlichen Bild fügen.

Als Itam sich am Tor der großen Mauer meldete, die um den Fuß des Opios herum lief, schien der Wächter ihn schon erwartet zu haben. Er eilte zum Wachhaus und kam mit einem Mann zurück, der sofort als Anführer zu erkennen war: Den karierten Umhang hielten drei wertvolle Gewandfibeln aus Bronze, der Schwertgriff war mit roten Einlegearbeiten aus Korallen verziert. Er stellte sich als Hauptmann Garmo vor. Für den Soldatenführer des Fürsten erschien er Itam ziemlich jung; doch seine Züge waren bereits von jener Bestimmtheit geprägt, die bei anderen erst heranreifen musste. Er wirkte still und nüchtern, machte einen freundlichen, aber distanzierten Eindruck.

Der junge Hauptmann führte Itam in das Wachhaus; den Ochsenkarren musste er vor dem Tor stehen lassen. Im Haus lag schon ein Umhang bereit, den Itam sich überwerfen und über den Kopf ziehen musste. „Befehl des Priesters persönlich", erklärte Garmo. „Auf dem Markt des Opios gibt es bekanntlich alles, auch neugierige Blicke."

Itam fand, dass er an diesem lauen Frühsommerabend in solch einem Aufzug eher Neugier erwecken, als abwenden würde.

Eilig schritten sie den langen Weg hinauf entlang des Palisadenwalls, der sich vom Fuß des Berges direkt bis zum Gipfel zog. Er trennte die von Dornenranken überwucherte Wildnis an den Steilhängen vom flacheren, besiedelten Teil. Der bewohnte Bereich war durch drei Wälle unterteilt, die rechtwinklig vom langen Palisadenwall abgingen und sich jeweils entlang einer Höhenlinie an den Berg schmiegten. Die Mauern bestanden aus gewaltigen Balkengerüsten, aufgefüllt mit Quader- und Bruchsteinen. Die Vorderseiten der Wälle waren mit glatten Kalksteinen verkleidet und weiß getüncht, sodass ihre Wehrhaftigkeit und Pracht weit übers Land erstrahlten.

Die Fläche zwischen unterem und mittlerem Wall war nur mit Wirtschaftsgebäuden bebaut. Die Handwerkersiedlung und den großen Markt zwischen Mittelwall und oberer Wehranlage kannte Itam von früheren Besuchen mit seinem Vater. Hier herrschte das bunteste Leben im Land, Waren aus der ganzen Welt lagen aus: grellbunte Mosaike aus aufgerollten Säckchen mit fremdländischen Gewürzen, farbig bemalte teure Keramikware, mit schillernden Steinen besetzte und mit kunstvollen Mustern verzierte Schmuckstücke aus Bronze, Gold und Silber, Amphoren, Tiegel, Töpfe, Krüge, leuchtende Seidenstoffe. Viel Volk tummelte sich hier, um zu staunen und Dinge für den täglichen Bedarf wie Werkzeuge oder Felle sowie das eine oder andere erschwingliche Schmuckstück einzutauschen. Die wertvollen Waren blieben den Herren der größeren Höfe und ihren Familien sowie besser begüterten Handwerkern vorbehalten. Händler in ungewöhnlichen Gewändern hatten sich eingefunden, horteten in den ihnen zugewiesenen Hütten die eingetauschten Eisenbarren, Bronzewaren, Räucherschinken, Honigtöpfe, Salzsäcke, Felle und Bernsteine, die andere Händler oder Leute des Fürsten angeliefert hatten. Um diese Stunde saßen viele Händler schon vor den Gasthäusern, sahen zu, wie sich knusprig gebratene Schweine an den Bratspießen drehten, und tauschten bei Bier und Met Neuigkeiten aus.

Viel zu schnell für den Geschmack des neugierigen Itam eilten sie weiter zur Mauer der dritten und stärksten Bewehrung hinauf. Ein doppelter Wall schützte das Gipfelplateau mit dem Fürstensitz zur flachen Seite des Berges hin. Zu den Steilhängen lief der Doppelwall in einem einfachen Wehrgang aus, der den gesamten Gipfel umschloss. Der letzte Teil des Weges verlief in einer tiefen Gasse zwischen diesem Wall und der äußeren Palisade. Schließlich liefen Anfangs- und Endstück des Gipfelwalles parallel nebeneinander her, sodass sie eine Hohlgasse bildeten, die ihren Abschluss im obersten Tor fand. Feindliche Krieger wären in der Enge zwischen den Wällen dieses Zangentores erst einmal in einen Hagel aus Speeren, Pfeilen und Steinbrocken geraten. Itam hatte diesen Durchlass noch nie durchschritten. Er führte zum Gipfel, wo die Häuser der Krieger und

Diener, Pferdeställe, Speicher und Gebäude für hochgestellte Gäste dicht an dicht standen. Sie eilten durch eine Gasse, die sich erst vor dem mächtigen Herrenhaus zu einem Platz weitete.

Itam musste vor der großen Tür stehen bleiben, durch die der Hauptmann eintrat. Sie war mit Eisen beschlagen und mit Schnitzereien verziert. Man wartete offenbar schon auf Itam, denn Garmo holte ihn sofort nach.

Die Halle wirkte überwältigend auf den Köhlersohn – mächtige Eichensäulen, überzogen mit Schnitzereien, geheimnisvolle, farbenprächtige Ornamente und Figuren auf einem breiten Stoffstreifen unterhalb der Decke. Das alles hätte er den ganzen Tag lang betrachten mögen. Doch er konnte die Pracht nur mit flüchtigen Blicken würdigen, während ihn der Hauptmann zu einer Tafel führte, an der eine Frau und vier Männer saßen und an der Garmo nun auch Platz nahm.

Der Priester, dem er erst kurz zuvor begegnet war, trug jetzt keine gewöhnlichen Kleider mehr, sondern ein bodenlanges, schlichtes, hellgraues Gewand. Salmo, den Bronzeschmied, erkannte Itam an dem für Kelten ungewöhnlichen Vollbart. Damit wirkte er wie ein Grieche oder Etrusker – er wollte den Südländern offenbar nicht nur in ihrer Bronzekunst, sondern auch in der Mode nacheifern. Den dritten Mann, einen jungen Krieger, kannte er nicht.

Beim Anblick des vierten Mannes und der Frau erstarrte er vor Ehrfurcht – es waren der Fürst und die Fürstin.

Der Herr des Opios saß in der Mitte der Tafel. Er trug Kleider aus fein gewobenen Stoffen in den Farben, die am schwersten zu gewinnen waren, rot und blau. Die Metallbeschläge am Gürtel waren ebenso aus purem Gold wie die Armreife und der Torques, der massive, vorne offene Halsreif, der in zwei Kugeln endete und das Zeichen der Fürstenwürde darstellte. Vergeblich schielte Itam nach dem legendären goldenen Prunkdolch, denn den trug der Fürst nur an hohen Festen, bei wichtigen Opferungen oder dem Empfang vornehmer Personen.

Doch all das Beiwerk war gar nicht nötig, um Segomar als den Keltenfürsten auszuweisen. Auch brauchte er keinen herrischen Gesichtsausdruck oder machtvolle Gesten. Ihm wohnte eine Majestät inne, so natürlich wie die des Opios in seiner stillen, überwältigenden Erhabenheit, mit der er sich über das Land erhob.

Eine ähnliche Vornehmheit strahlte auch Fürstin Akiana aus – ihr unergründliches, selbstsicheres Lächeln bedurfte keiner weiteren Machtinsignien. Niemand hätte daran gezweifelt, seine Herrin vor sich zu haben. Sie war in Luxus gehüllt, der auf plumpen Prunk verzichtete: Das Kleid aus feinstem Leinen war mit der Schale einer fremdländischen Frucht leuchtend gelbgrün gefärbt und mit Borten verziert, wie sie nur eine besondere Künstlerin weben konnte. Ihr mit Essenzen aus fernen Ländern sorgfältig gepflegtes blondes Haar fiel seidig glänzend herab. Mit Schmuck musste sie nicht protzen, einige schmale Arm-, Hals- und Beinreife genügten ihr.

Der aufmerksame Blick des Fürsten ruhte auf dem immer nervöser werdenden Itam.

Ritomar, der Priester, schien das Wort zu führen: „Wir hoffen, in deinen Beobachtungen Einzelheiten zu finden, die das Geheimnis um den Brand vielleicht lösen", begann er. „Salmo, der Schmied, hier ist fachkundig und weiß, wonach er fragen muss und Fannac", damit deutete der Priester auf den für Itam bislang unbekannten Krieger, „kann noch aus der unscheinbarsten Spur Erstaunliches herauslesen."

Itam wiederholte, was er dem Priester im Wald bereits erzählt hatte. Dann fragte Salmo, der Bronzeschmied: „Deutete irgendetwas darauf hin, wozu das viele Eisen verarbeitet wurde?"

„Vor einem gewöhnlichen Menschen wie mir bleiben die Geheimnisse der Eisenverarbeitung verborgen", antwortete Itam. „Wie kann ich so etwas erkennen, zumal, wenn alles verbrannt ist?"

„Hast du keine Gegenstände aus Eisen gesehen?"

„Doch, die Krieger, die den Schutt aufluden, sonderten verkohlte Werkzeuge, Beschläge und anderes aus Eisen, das vielleicht noch von Wert ist, aus. Manches warfen sie auf einen Haufen, anderes wurde eilig weggebracht."

„Konntest du einen Blick auf die Dinge werfen, die weggebracht wurden? Fiel dir etwas auf?", fragte der Priester.

„Was mir auffiel, war eine sehr große Eisenstange, deren Zweck ich mir nicht erklären konnte." Itam formte mit Daumen und Zeigefinger einen Ring: „Etwa so dick." Anschließend breitete er die Arme aus und ließ sie dabei leicht angewinkelt: „Und so lang."

„Stabeisen", bemerkte Salmo verwundert.

Der Priester beugte sich zum Schmied hinüber: „Wo hat Häuptling Maban die her? Bei uns sind nur Spitzbarren üblich."

„Es gibt zwei Möglichkeiten", sagte Salmo. „Entweder hat er sie selbst schmieden lassen oder er hat sie auf einem fremden Markt eingetauscht."

Fürst Segomar bemerkte, wie der Schmied immer nachdenklicher wurde. „Was meinst du, hat es mit diesen stabförmigen Barren auf sich?", wollte er wissen.

„Erlaubt mir noch einige Fragen, dann kann ich es vielleicht erklären", gab der Schmied zur Antwort.

Der Fürst ärgerte sich, dass ihm ein Bronzeschmied seine Vermutungen vorenthielt, doch er ließ ihn gewähren.

„War unter den Werkzeugen auch ein Schabeisen?"

Jetzt horchten alle außer der Fürstin auf. Itam spürte die Anspannung und war verwirrt – er kannte dieses Werkzeug nicht und wusste folglich auch nicht, dass man es zur Glättung frisch geschmiedeter Schwertklingen benutzte. Fragend sah er den Schmied an.

„Es ist eine breite Klinge mit zwei aufragenden Griffen links und rechts. Ganz ähnlich der Hobelklinge eines Schreiners."

Für diese Erklärung fing sich der Schmied einen bösen Blick des Priesters ein. Ritomar gefiel es ganz und gar nicht, dass die Geheimnisse der Schwertschmiedekunst vor einem kleinen Köhler ausgebreitet wurden.

„Ja, ein Krieger zog so etwas aus dem Schutt und brachte es weg", bestätigte Itam.

„Wie breit war die Klinge?"

„Nicht sehr breit. Etwa so." Itam hielt Daumen und Zeigefinger ein kleines Stück auseinander.

„Eisenschwerter!" Dieses Wort erklang so mächtig aus dem Mund des Schmiedes, dass selbst der Fürst zusammenfuhr. „Das Schabeisen beweist es. Und es bestätigt meine Vermutung zu den langen Eisenbarren – sie lassen sich leichter zu Schwertern schmieden als unsere Spitzbarren, die in der Mitte viel zu klobig sind. Und es muss eine stattliche Anzahl gewesen sein. Die Klinge eines neuen Schabeisens ist etwa dreimal so breit. Bei solch einer starken Abnutzung wurden gut und gerne sieben Schwerter damit geglättet. Vielleicht auch zehn."

„Zehn Eisenschwerter!" Hauptmann Garmo wirkte mit einem Mal gar nicht mehr gelassen.

„Weiter, Salmo", ließ der Fürst die Befragung fortsetzen. „Ich will alle Beweise."

„Hast du auch Steine im Schutt gefunden?", fragte Salmo.

„Was genau meinst du?" Itam wusste nicht, worauf der Schmied hinauswollte. „Da waren verkohlte Lehmbrocken vom Mauerwerk und der steinerne Amboss, der vorne stand, wo schon immer sein Platz war."

Der Kupferschmied winkte ab. „Nein, nein, ich meine Feldsteine. Länglich und so groß, dass man sie gerade noch in die Hand nehmen kann."

Itam musste nachdenken. „Ja, da waren auch ein oder zwei solche Steine. Ich maß ihnen keine weitere Bedeutung bei."

„Überlege genau", mahnte Salmo. „Waren sie oben rau und uneben, wie man sie am Wegrand findet, unten aber glatt mit abgerundeten Kanten?"

Jetzt, da der Schmied das Bild so klar vorzeichnete, hatte Itam es wieder vor Augen: „Ja, da war zumindest ein Stein in dieser Form. Unten ganz glatt, als wäre er geschliffen worden."

„Das wurde er auch", sagte Salmo, zum Fürsten hingewandt. „Vielmehr war das der Schleifstein, um die Klingen zu schärfen. Ebenfalls stark abgenutzt von der Bearbeitung mehrerer Klingen. Jetzt gibt es keinen Zweifel mehr, mein Fürst."

„Beherrschte Targurs Schmied denn diese Kunst?", wagte Fannac, das Schweigen, das eingesetzt hatte, zu brechen.

„Ja, er hat sie erlernt, als ich ihn beauftragte, Prunkwaffen aus purem Eisen anzufertigen, einen Dolch und ein Schwert", gab der Fürst selbst die Antwort. „Er reiste dazu lange umher und lernte die Kunst des Eisenschmiedens im Osten der Alpen."

Der Gesichtsausdruck von Salmo, dem Bronzeschmied des Fürsten, verfinsterte sich. Es war für ihn ein Schlag ins Gesicht gewesen, dass Fürst Segomar diesen Auftrag dem Schmied seines Widersachers gegeben hatte und nicht ihm, seinem stets treu ergebenen Gefolgsmann.

„Und jetzt ließ dein Feind Targur Eisenschwerter fertigen." Salmo hielt mit diesen Worten dem Fürsten vor, was dabei herauskam, wenn man Talent vor Gefolgstreue setzte. „Zehn an der Zahl, wenn es nach dem geht, was Itam gesehen hat. Das ist Hochverrat!"

„Immer mit der Ruhe!", beschwichtigte ihn der Priester. „Wir wissen nicht, wozu sie bestimmt waren. Aber wir können davon ausgehen, dass sie geraubt wurden – warum sonst hätte jemand den Schmied und die Soldaten erschlagen sollen?"

Itam konnte einen erstaunten Schrei nicht unterdrücken. Alle sahen ihn an. Ihnen wurde bewusst, dass er erst in diesem Moment von der Gewalttat erfuhr.

„Fannac, hast du noch Fragen an unseren jungen Freund?", fuhr der Priester ungerührt fort.

„Ich müsste mir die Überreste des Brandes selbst ansehen", erklärte der Fährtenleser. „Du weißt ja, wo sie liegen, nicht wahr?", wandte er sich an Itam.

„Ja, aber sie bewachen den Schutthaufen Tag und Nacht."

„Der Schutt läuft uns nicht weg", warf Hauptmann Garmo ein. „Wohl aber die Männer, die den Überfall begingen. Ich kann mir nicht vorstellen, wie sie nahezu unbemerkt entkommen konnten. Ich habe zwölf Trupps ausschwärmen und jeden einzelnen Bauern befragen lassen – keiner hat etwas gehört in dieser Nacht. Dass sie unbemerkt einzeln gekommen sind und sich direkt bei Targurs Hof getroffen haben, kann ich mir ja vorstellen. Aber dass niemand hörte, wie sie davongaloppierten …"

„Führt mein Sohn immer noch den Trupp an, der am weitesten ausschwärmt?", fragte der Fürst beiläufig.

„Natürlich, mein Fürst, es ist ja dein Befehl."

Cintugen, der einmal Nachfolger seines Vaters werden sollte, war im vergangenen Winter fünfzehn Jahre alt geworden. Nicht nur im Volk, auch in der eigenen Familie fragte man sich, wann ihm die Götter wohl die erste Bewährungsprobe zuteilwerden lassen würden, die eines Fürstensohnes würdig wäre. Segomar erkannte die Chance, ihn bei der Jagd nach den Schwerträubern an die Spitze zu setzen. Seine

Soldaten wussten, was zu tun war – wo immer eine Spur auftauchen würde, überließe man sie natürlich ihm.

„Die Räuber sind direkt in den Wald beim Hof geritten und dann weiter in die südlichen Wälder", überlegte der Fürst. „Ich jedenfalls hätte es so gemacht. Dort gibt es gute Wege und kaum Gehöfte. So konnten sie unbemerkt verschwinden." Er wandte sich an den Priester: „Ritomar, konntest du nicht im Zwiegespräch mit den Göttern oder durch irgendeine andere Magie die Räuber aufspüren? Oder die Schwerter? Von ihnen muss doch eine gewaltige Macht ausgehen."

Itam spürte, wie daraufhin ein betretenes Schweigen in der Luft lag. Niemandem, auch dem Fürsten nicht, standen Zweifel an den Fähigkeiten des Priesters zu.

Alle ließen ihre Blicke verstohlen zu Ritomar wandern und nahmen verwundert wahr, wie der mächtige Priester für einen schwachen Moment betroffen das Haupt senkte, bevor er erklärte: „Die Götter haben mir heute bei der Vogelschau einen Hinweis gegeben – wir müssen im Osten suchen."

„Im Osten, aha." Der Fürst gab zu verstehen, dass er diese Erkenntnis für etwas mager hielt.

„Nun ja, das ist doch schon etwas", warf die Fürstin beschwichtigend ein. „Targur hält schließlich Kontakte in alle Richtungen – zu den Fürsten und den fremden Stämmen im Norden, zu den Norikern im Süden, zu Pyrene und Canecoduno[*] im Westen und zu den Handelsstationen an der Danubia[**] im Osten."

Fast nur zu sich selbst sagte der Fürst: „Wir dürfen den Räubern nicht nachlaufen, sondern müssen ihnen in Gedanken vorauseilen. Wohin wollen sie mit den Schwertern? Für wen sind die bestimmt?"

„Es gibt zwei Möglichkeiten", überlegte Hauptmann Garmo. „Entweder, es sind Krieger, die diese Schwerter im Kampf selbst einsetzen. Dann kann ich nur hoffen, sie wollen uns nicht damit angreifen. Eine Armee mit zehn Eisenschwertern an der Spitze hält nie-

---

[*] Hochdorf (Hohenasperg)
[**] Donau

34

mand auf. Oder sie verkaufen sie. Dann muss jemand ein Vermögen dafür eintauschen. Was sage ich, einen ganzen Tempelschatz!"

„Aber so ein Geschäft kann doch nicht unbemerkt vonstattengehen", warf Fürstin Akiana ein. „Solch einen Schatz zusammenraffen, fortschaffen, bewachen, eintauschen – das muss doch auffallen. Egal, wo das passiert, das Wissen darum wird sich unter Kaufleuten wie ein Lauffeuer verbreiten, oder?"

„Du hast recht, meine Liebe – ein Kaufmann, der in letzter Zeit im Osten herumgekommen ist, könnte von so etwas erfahren haben", stimmte der Fürst zu. „Garmo, suche den Verwalter und sieh dich mit ihm um, ob solche Händler auf dem Opios einquartiert sind. Bring sie her!"

Nach erstaunlich kurzer Zeit war Garmo mit zwei Männern zurück. Den Verwalter Medugen kannte Itam. Der andere war ein Mann, den er im ersten Augenblick als viel älter einschätzte, als er war. Als Itam später sein wahres Alter erfuhr, fragte er sich, welche Last oder sonstige Anstrengung ihn so vorzeitig hatte altern lassen.

Der Fürst jedenfalls kannte den Mann – es war Namant, ein Händler aus dem Osten. Der erschrak zutiefst, als ihm der Fürst darlegte, worum es ging. Aber er hatte eine Vorstellung, die in das Bild passte, das Fürstin Akiana von dem aufsehenerregenden Handel gezeichnet hatte. „Bei den Skythen geht es seit einiger Zeit sehr unruhig zu", erklärte er. „Man hört von Überfällen auf Bernsteinhändler einerseits, von großen Geschäften, bei denen Berge von Gold die Besitzer wechseln, andererseits. Ich selbst meide die Gegend wohlweislich seit etwa anderthalb Jahren und tausche die Waren von dort lieber teurer, aber sicherer bei Handelsposten an der Danubia ein. Weit im Osten verschachern manche Skythenstämme angeblich alles günstig, was sie von Wert besitzen – Seide, Teppiche, Felle, Gold- und Silberschmuck, Sklaven. Andererseits bezahlen sie wohl jeden Preis für gute Pferde, Zaumzeug, Rüstungen und Waffen. Händler, die Abenteuer und großes Risiko nicht scheuen, sollen dort riesige Vermögen machen. Allerdings sei auch schon so mancher Kaufmann, kurz nachdem er reich geworden war, umgekommen auf den unsicheren Wegen in die Heimat."

„Ich habe schon von diesen Umtrieben gehört", erklärte der Fürst. „Aber man muss aufpassen – von je weiter die Geschichten kommen, umso mehr wird fabuliert. Insgesamt hört es sich nach Stammesfehden oder einem bevorstehenden großen Krieg an."

„Ihr schätzt die Lage ganz richtig ein", bestätigte Medugen, der Verwalter. „Nach allem, was ich von den Händlern aus dem Osten gehört habe, trifft wohl beides zu. Stämme verbünden und bekriegen sich. Die Skythen insgesamt stoßen weit im Osten zwischen ihren beiden Meeren, aber auch entlang der östlichen Alpenränder nach Süden vor*."

„Es passt alles hervorragend ins Bild", sagte Fürstin Akiana. „Zehn Eisenschwerter kann man dort ohne großes Aufheben schnell in ein Vermögen verwandeln, denke ich."

„Zweifellos", stimmte der Fürst zu. „Ist dir von solch einem Geschäft etwas zu Ohren gekommen, Namant?"

Der Händler schüttelte bedauernd den Kopf. „Wie gesagt, in der Ferne tut sich viel. Und sobald wertvolle Waren die Danubia erreichen, fallen sie als einzelne Lieferung kaum noch auf."

„Ich hatte mir einen klareren und eingegrenzten Hinweis gewünscht", erklärte der Fürst betrübt. „Die gesamte Skythenwelt als mögliches Ziel der Schwerträuber nützt uns nichts."

Salmo, der Schmied, lenkte die Gedanken in eine neue Richtung: „Da müsste es noch einen Beteiligten geben, der Bescheid weiß – Gobat konnte zwar Klinge und Griffkern schmieden, aber so etwas Wertvolles wie ein Eisenschwert wird gewöhnlich reich verziert. Und in dieser Kunst war er nicht geübt, soviel ich weiß."

„Nein, die prachtvollen Griffe meines Schwertes und Dolches aus Eisen sowie die Scheiden dazu hat mir damals ein etruskischer Künstler verziert, den ich eigens dafür kommen ließ", erklärte der Fürst nachdenklich.

„Könnte der nun auch für Targur gearbeitet haben?"

„Das glaube ich nicht. Das ist ja schon über zehn Jahre her, und es war ein Wanderhandwerker. Den hat seither niemand mehr gesehen.

---

* in den Balkan

Aber du hast recht – ein Kunstschmied hat bestimmt schon an den Scheiden und Schwertgriffen gearbeitet. Ich nehme an, ein fahrender Handwerker. Wer solch hochwertige Kunst zustande bringt, muss von einem reichen Kunden zum anderen reisen."

Bei den letzten Worten erinnerte Itam sich an den Fremden in den feinen Kleidern, der bei den Brandruinen mit Maban, dem dicken Hauptmann, gestritten hatte. Dieser Mann hatte angekündigt, zum nächsten reichen Kunden weiterzuziehen. Und er hatte von seiner kunstfertigen Arbeit gesprochen, für die er Gold, Silber, Bernstein und Korallen benötigte. Diese Arbeit sei wohl in den Flammen zerstört worden, hatte er geklagt. Natürlich – da er von einem Raub nichts ahnte, dachte er, die Schwerter und vielleicht auch die Scheiden, die er verziert hatte, wurden in den Flammen vernichtet.

„Ich habe diesen Kunstschmied gesehen", meldete sich Itam sichtlich aufgeregt.

Alle Blicke waren schlagartig auf ihn gerichtet.

Wort für Wort berichtete Itam von dem Gespräch zwischen Hauptmann Maban und dem Mann namens Guar, der angekündigt hatte, nach Pyrene weiterzureiten.

„Das muss unser Mann sein!", fiel ihm Salmo, der Schmied, begeistert ins Wort. „Wie heißt er, sagst du – Guar? Kennt ihn jemand?"

Die Männer der Runde sahen einander kopfschüttelnd an.

„Garmo, finde heraus, ob er jemandem auf dem Opios bekannt ist. Und wenn ja, dann bring denjenigen augenblicklich hierher", befahl der Fürst.

Sofort eilte Hauptmann Garmo hinaus.

Diesmal kam er nicht so schnell zurück, denn er hatte keinen Erfolg. „Niemand kennt einen Kunstschmied namens Guar", erklärte Garmo, als er schließlich wieder erschienen war.

Segomar dachte lange nach. Dann richtete er seinen Blick auf Itam: „Wie es scheint, bist du der Einzige von uns, der ihn gesehen hat."

Itam, vom Blick des Fürsten höchst beunruhigt, begriff nicht.

„Außer dem Kunstschmied, von dem wir wissen, wo er sich aufhält, haben wir im Augenblick keine konkrete Spur", fuhr der Fürst fort. „Du wirst dich meinem Handelszug anschließen, der ohnehin nach Pyrene aufbricht und noch Verschiedenes für die Totenfeier besorgt. Garmo, könnt ihr morgen schon losziehen?"

„Natürlich, in drei Tagen wäre es sowieso losgegangen. Es ist fast alles vorbereitet. Aber ich sollte doch den Zug zum Fürsten von Canecoduno begleiten?"

„Das muss einer deiner Unterführer tun. Ich brauche dich jetzt, damit du dich um diesen Guar kümmerst." Der Fürst wandte sich wieder Itam zu: „Also, wie gesagt – du musst den Kunstschmied in Pyrene finden und ihn Hauptmann Garmo zeigen. Dein Teil ist dann erledigt. Und du, Garmo", sprach er jetzt wieder zum Hauptmann, „du wirst aus dem Mann herausbekommen, was er über die Schwerter weiß, oder?"

„Er wird es mir sagen", erwiderte Garmo mit einem maliziösen Lächeln. „Wenn er erfährt, dass du, mein Fürst, sein Geheimnis kennst, wird er es ganz bestimmt nicht wagen, auch nur ein Wort für sich zu behalten."

„Aber was kann der Kunstschmied denn über die Schwerträuber wissen?", warf Namant, der Händler, ein.

„Aufwändiger Schmuck wie auf dem Griff oder der Scheide eines Schwertes verrät sehr viel", erläuterte nun wieder die Fürstin. „Es stecken Symbole darin, die Rückschlüsse auf den Besitzer zulassen – eine Gruppe von Gottheiten, wie sie von einem bestimmten Stamm verehrt wird, das Wahrzeichen eines Feldherrn. Und ist es nicht üblich, einen persönlichen Talisman in eine wichtige Waffe einzufügen?", fragte sie mit einem Blick zu den Kriegern.

Die Krieger nickten zustimmend.

„Seht ihr, solche Talismane muss der Künstler bekommen haben, und er weiß vielleicht auch, woher sie stammen. Es gibt viele Möglichkeiten. Jedenfalls sitzt er an der Nahtstelle zwischen den Waffen und den Menschen, für die sie bestimmt waren."

„Aber sie waren doch gar nicht für die Räuber bestimmt", äußerte Namant seine Zweifel.

„Einen Zusammenhang gibt es trotzdem", entgegnete die Fürstin. „Woher wussten denn die Räuber von dem Geheimnis? Sie mussten doch irgendwie auf den bevorstehenden Handel gekommen sein, irgendjemanden ausspioniert haben. Oder die Auftraggeber der

Schwerter haben es sich leicht gemacht und die Ware einfach gestohlen, statt einen Schatz dafür zu bezahlen. Einen Zusammenhang gibt es auf jeden Fall, da bin ich mir sicher."

„Wie auch immer, unser Plan ist gefasst", verkündete der Fürst, erhob sein Trinkhorn und beendete damit das Treffen.

Einige der Männer wunderten sich, warum der Fürst trotz der Erkenntnisse, auf die man wunderbarerweise gestoßen war, so missmutig wirkte.

Segomars schlechte Laune rührte daher, dass der gerade gefasste Plan bedeutete, dass er das Abenteuer aufgeben musste, mit einem großen Handelszug nach Bragniac zu ziehen, der Stadt am Zusammenfluss der fernen Flüsse Saône und Doubs. Insgeheim hatte er gehofft, bei einem guten Verlauf der Reise sogar noch weiter bis zur legendären griechischen Handelsniederlassung Massalia* zu gelangen. Doch was er an Tauschware für diesen Zug angesammelt hatte, musste er jetzt zum großen Teil für das prunkvolle Ausrichten der Totenfeier einsetzen.

Als die Versammlung im Auflösen begriffen war, betrachtete Ritomar, der Priester, Itam genauer. Der Köhlerjunge war etwas kleiner als der Durchschnitt und von Statur auch nicht so massig wie die Kelten, die in reiferen Jahren oft zum Fettwerden neigten. Trotzdem wirkte er nicht schwach, sondern sehnig und wendig. Übertrug Ritomar die körperliche Erscheinung auf die Beschaffenheit des Geistes, so war der Junge, der an der Schwelle zum Mann stand, wahrscheinlich kein plumper, prahlerischer Haudrauf wie so viele der Bauern und Krieger. Er schien beseelt von einem wachen Geist, der sich seinen Weg nicht mit Gewalt bahnt, sondern klug beobachtend die Pfade erkennt, die ihm das Schicksal vorgezeichnet hat.

Auch Itams Gesichtszüge passten zu dem Bild, das der Priester sich gerade von ihm machte. Die schmalen Augen schienen sich ständig anzustrengen, ein fernes Ziel zu erfassen. Die Wangen waren etwas stärker ausgeprägt als bei anderen Kelten, der Kiefer dafür etwas weniger – dadurch wirkten die Züge eher von überlegter List als von

---

* Marseille

wildem Tatendrang geprägt. Itams Mund war, wenn er schwieg, immer leicht geöffnet; wie bei Lernenden, die begierig Erkenntnisse einsogen.

Als Itam die Halle verließ, tauchte der Priester ganz unvermittelt neben ihm auf und zog ihn in den Schatten eines angrenzenden Gebäudes. „Du bist dir im Klaren, dass niemals ein Wort von dem, was du dort drinnen erfahren hast, über deine Lippen kommen darf?" Der eisige Blick Ritomars durchbohrte Itam förmlich.

Dieser wagte sich nicht im Entferntesten vorzustellen, was der Priester mit ihm anstellen würde, wenn er von den unglaublichen Dingen, die er gerade erfahren hatte, eine Silbe weitergäbe. Er starrte den Magier nur an und nickte heftig.

Der Schreck ließ nicht nach, als er dem Bannkreis des Priesters entkommen war. Im Gegenteil – Itam wurde auf dem finsteren Weg den Opios hinunter klar, dass es den mächtigen Männern in der Halle dort oben nicht viel bedeuten würde, sein Leben zu opfern, um die Geheimnisse zu schützen, die er nun kannte.

In der Nacht, in der die Versammlung auf dem Opios stattfand, gab es anderswo ein weiteres Treffen – heimlich, verschwörerisch, in einem finsteren Winkel des Waldes. Kein Geringerer als Häuptling Targur saß dort mit seinem Hauptmann Maban auf einem halb verrotteten Baumstamm.

„Es gibt keinen Zweifel – die Schwerter sind weg", versicherte Maban. „Ich weiß, wo sie der Schmied aufbewahrt hatte, dort habe ich jedes Steinchen selbst umgedreht. Und auch, falls er sie irgendwo anders versteckt hätte, ich hätte sie gefunden. Sie wurden geraubt, davon müssen wir ausgehen."

„Aber von wem? Die Fellgesichter können es nicht gewesen sein", entgegnete der Häuptling. „Von denen war seit Monaten keiner hier, der ein Kundschafter sein könnte."

„Als Kundschafter kann jeder dienen, das muss keiner von denen selbst sein", gab Maban zu bedenken.

„Die Räuber wären sehr wahrscheinlich Skythen gewesen. Doch es hat niemand einen kommen oder gehen sehen. Nirgendwo." Der Häuptling schüttelte den Kopf. „Nein, das habe ich im Gefühl. Die waren das nicht. Und wenn – Luguwal wird bald zurück sein. Ihm ist bestimmt etwas aufgefallen, falls sie es waren. Außerdem lässt er zwei Männer zurück, die sich umhorchen, dafür habe ich gesorgt. Aber die werden nichts zu berichten wissen, da bin ich mir sicher. Maban, es ist viel einfacher – Segomar selbst war es."

Der dicke Hauptmann nickte bedächtig. „Ja, die einzigen Reiter, die man in der Brandnacht gesehen hat, waren Krieger des Fürsten. Und etliche von den Bauern, die meine Leute befragten, schwören, dass Reiter des Fürsten von der Burg heruntergekommen waren, noch bevor sich das Feuer ausgebreitet hatte."

„Das kann täuschen. Niemand kann beurteilen, ab wann genau der Brand zu sehen war", warf der Häuptling ein, gab seinem Hauptmann aber recht: „Trotzdem – sie waren da und sonst niemand. Das ganze Durcheinander mit den angeblichen Nachforschungen und der angebotenen Hilfe diente nur zur Ablenkung."

„Achtung!" Maban hob den Kopf und deutete ins Dunkel des Waldes. „Er kommt."

Es raschelte im Unterholz – der Spion vom Opios erschien und kam sofort zur Sache: „Der Fürst redet von nichts anderem als von den Schwertern."

„Was sagt er?", fragte Maban.

„Er will alles tun, um die Schwerträuber zu entlarven. Aber jede Spur führt ins Leere."

„Was genau tut er?"

„Er hat Krieger ausschwärmen lassen, die Räuber zu suchen."

„Das haben wir auch", winkte Hauptmann Maban ab. „Die werden nichts finden."

„Was noch?", hakte der Häuptling nach.

„Er lässt den Kunstschmied verfolgen, der die Griffe anfertigte."

„Was soll der denn über die Schwerträuber wissen?", grunzte Maban verächtlich. „Hat ihm der Fürst Reiter nach Pyrene nachgeschickt?"

„Nein, er will ihn durch die Bewacher eines Handelszuges aushorchen lassen."

„Ein Handelszug?" Der Häuptling wurde hellhörig.

„Ja, sie sollen morgen losziehen. Ein paar Tage früher als geplant."

„Gibt es noch andere Handelszüge?"

„Einen zum Fürsten von Canecoduno."

„Siehst du, Maban, es ist genau so, wie ich es dir gesagt habe", triumphierte Häuptling Targur, der sonst selten Gefühlsregungen erkennen ließ. „Er will die Schwerter schnell verschachern, bevor wir sie finden, ihn des Frevels überführen und stürzen. Die Nachforschungen sind nur Tarnung für die Eingeweihten unter seinen eigenen Leuten. Ein vorgeschobener Grund, die Handelszüge so schnell wie möglich loszuschicken. Das sieht dem Fürsten ähnlich: Er benutzt unbesiegbare Schwerter nicht zum Kämpfen, sondern tauscht sie ein gegen hellenische Vasen, feine Stoffe, Duftöle und Salben für den wund gerittenen Arsch seines Sohnes!"

„Fragt sich, ob der Arsch wirklich von einem Pferd so wund geritten wurde!", meinte der Hauptmann lachend und die beiden anderen stimmten ein.

Dann wurde der Häuptling wieder ernst: „Zieht der Handelszug mit dem Boot los?"

Der Spion nickte.

„Maban, du schickst sofort Leute zur Warantia*. Unser Boot muss morgen früh fertig sein und sich dem des Fürsten anschließen. Die Bootsleute sollen die Augen offen halten nach Eisenschwertern in der Ladung. Morgen sendest du jeweils zwei Reiter nach Pyrene und Canecoduno. Sie müssen die Schwerter finden. Um jeden Preis."

„Und was ist mit diesem Kunstschmied?", fragte Maban. „Es gefällt mir gar nicht, dass er weit von hier mit Leuten des Fürsten zusammentrifft. Am Ende hat er doch etwas mit dem Schwertraub zu tun. Woher kennen die den Kunstschmied überhaupt?"

„Das weiß ich nicht", log der Spion. Er wollte Itam noch nicht auffliegen lassen, sondern ihn als Trumpf in der Hinterhand behalten. Womöglich fand er selbst ja in Pyrene Dinge heraus, die ihm nützlich waren. Es schadete nichts, wenn er sich immer wieder mit neuen Erkenntnissen unentbehrlich machte.

---

* Wörnitz

„Vielleicht war der Kunstschmied ja Segomars Kundschafter. Er verriet ihm den richtigen Augenblick, in dem die Schwerter fast fertig, aber noch nicht fortgeschafft waren", überlegte Maban.

„Das könnte durchaus sein", stimmte Häuptling Targur zu.

Itam verabschiedete sich am Abend von Vater, Schwester und Großmutter. Er erzählte ihnen nur einen Teil der Wahrheit, nämlich, dass er als Gehilfe mit Kaufleuten des Fürsten loszog. Doch bereits das war Barcha, seinem Vater, zu viel. „Gestern hast du noch für Häuptling Targur gearbeitet und morgen arbeitest du für den Fürsten", sorgte er sich. „Du kannst dich als kleiner Mann doch nicht so zwischen die großen Herren stellen!"

Er ahnte nicht, wie recht er hatte.

Itam sagte nichts dazu. Auch seine jüngere Schwester Magula, die außer Itam als einziges der Geschwister noch zum Vater hielt, schwieg. Es war längst sinnlos geworden, gegen dessen ewige Vorsicht anzureden. Die älteren Brüder und Schwestern, allesamt schon aus dem tristen Haus geflüchtet, hatten an ihm zeitlebens die ungestüme Kraft eines echten Kelten vermisst, verlachten seine Vorsicht gar als Verzagtheit. Sie rührte jedoch daher, dass der Vater etwa in Itams Alter erlebt hatte, wie sein eigener Vater als stolzer Krieger dem Hofherren beistand, den Angriff eines feindlichen Stammes abzuwehren. Versprengte Plünderer stießen jedoch auf das Haus der Familie, und nur mit letzter Not retteten sich Mutter und Kinder in die Wälder. Der Vater konnte sie nicht beschützen, weil er für andere kämpfte. Barcha hatte seitdem allem Kriegertum, aller Abenteuerlust und aller Gewalt eine Absage erteilt und war immer als einfacher Mann bei seiner Familie geblieben.

Senobena, Itams Großmutter, nahm sich an diesem Abend besonders viel Zeit, um das Essen zuzubereiten. Kochen war ein den Göttern geweihtes Ritual. „Erdmutter Ana, nimm diese Gabe entgegen", murmelte sie, als sie den Weizen für den Brei ins siedende Fett schüttete. „Spende uns dafür nicht nur Leben und Nahrung aus dem Kessel, in dessen Gestalt wir dich verehren, sondern lasse dich auch bitten, für Itam dein Reich, die Erde, über die er schreiten muss, frei von Gefahr zu halten." Als sie kurz darauf Wasser aufgoss, um den Brei zu verdünnen, sprach sie dazu: „Quellgöttin Danu, auch dir opfere ich und bitte dich, lass Itam keinen Schaden nehmen, wenn er auf deinen Wassern fährt."

Nach dem Essen wandte sich Senobena ihrer Webarbeit zu, und Itam begutachtete den Stoff, der da entstand. Seine Großmutter war eine gute Weberin – trotz ihres einfachen Webstuhls, in dem die herabhängenden Kettfäden durch gewöhnliche Kieselsteine gestrafft wurden, nicht durch die teureren Scheibengewichte aus Ton. Ihre Stoffe gerieten so fein, dass zwanzig bis fünfundzwanzig Fäden auf die Breite eines kleinen Fingers kamen. Itam fiel erst jetzt auf, dass sie ihren „Schatz" endlich preisgab, die blaue Wolle.

Es war schon zwei Jahre her, als er miterlebt hatte, wie sie die Wolle färbte, die der Vater vom Schaf geschoren, und die Magula dann abgelaugt und mit der Fallspindel gesponnen hatte. Die Großmutter war mit riesigen Büscheln von Färberwaid angekommen, das sie an geheim gehaltenen Orten gesammelt hatte, und hatte die Pflanzen mit dem Messer zerkleinert. Während der folgenden Tage, an denen sie trockneten, musste die ganze Familie in den Schweinetrog urinieren; die Sau fraß derweilen aus einer Erdkuhle. Das getrocknete Gehäcksel kam in den Holztrog mit der mittlerweile äußerst übel riechenden Flüssigkeit und blieb eine Zeit lang in der prallen Sonne stehen. Alle versuchten mit wenig Erfolg, ihren Ekel zu verbergen, als Senobena schließlich hineinstieg und die Masse mit den Füßen stampfte – Itams Vater ließ sie erst wieder ins Haus, nachdem sie sich in der Agira* gewaschen hatte. Noch größer wurde der Ekel, als sie diesen Brei tagelang unter grässlichem Gestank immer wieder aufkochte. Endlich füllte sie die Wolle hinein, ließ sie dann trocknen und gab sie danach abermals hinein. Heraus kam grüne Wolle, die an Licht und Luft jedoch bald ein intensives Blau annahm. Senobena war daraufhin alles verziehen, denn blaue Wolle war wertvoll.

Leuchtend gelbe Wolle hatte sie in einem Sud aus Birkenlaub und Kamille gefärbt und braune Wolle mithilfe von Eichenrinde. Gelbe

* Eger

und braune Quadrate wurden nun von schmalen blauen Streifen durchkreuzt. Die Großmutter hatte sich geweigert, die blaue Wolle vor der Zeit für einen Stoff zu verarbeiten, den sie vielleicht nicht teuer genug eintauschen konnte. Doch zum Totenfest würden unzählige Händler, vornehme Männer und Frauen kommen, die Qualität hoch schätzten – die Feinheit und die raffinierten, farbenfrohen Muster keltischer Stoffe waren sogar bei den Hellenen begehrt. Unter Senobenas geschickten und erfahrenen Händen entstand ein Tuch, das einem anspruchsvollen Gast des Häuptlings oder des Fürsten mehr Tauschware entlocken konnte als einem durchreisenden Händler. Bald würde Senobena ihre Ware vor dem Tor zur Siedlung des Opios feilbieten.

3

ITAMS GROSSE REISE

Noch bevor die ersten Sonnenstrahlen den neuen Tag erahnen ließen, wartete auf Itam ein berittener Krieger namens Lagan an der Straße, die vom Opios nach Osten führte. Er hatte ein zweites gesatteltes Pferd dabei. Itam konnte nicht reiten, man hatte deshalb ein ruhiges Tier ausgesucht, das dem vorderen einfach hinterhertrabte. Itam musste sich nur im Sattel halten, und so ritten sie den Ostweg entlang, der größtenteils aus zwei Spurrillen von Wagenrädern bestand.

Sie kamen durch die große Wegesiedlung*, wo drei Straßen aufeinandertrafen. Um diese Zeit schlief noch alles, nur hinter einer Palisade des Herrenhofes im Norden zeichnete sich die Silhouette eines Wächters ab. An der Weggabelung verließen sie die Strecke direkt nach Osten und schlugen die südöstliche Richtung entlang der Agira ein. Der Weg verlief durch weniger gangbares Gelände, dafür war er aber gut ausgebaut: Löcher und Mulden in steinigem Untergrund hatte man mit Steinbrocken und Kies gefüllt, sumpfigen Boden durch Äste gefestigt und mit Reisigbündeln bedeckt.

Es war ein herrlicher Sommertag. So weit das Auge reichte, lagen Gehöfte und Dörfer inmitten grüner Felder und Weiden. Im Lauf des Vormittags sahen sie immer wieder, womit die Menschen im

---

* Nördlingen

täglichen Leben beschäftigt waren: Aus dem ersten Dorf nach der Wegesiedlung trieben verschlafene Hirten das Vieh auf die Weide. Aus den nächsten Gehöften rumpelten schon Ochsenkarren heraus. Aus dem folgenden Dorf drang das Hämmern und Lärmen von Schmieden und anderen Handwerkern. In der Mittagshitze wurde es dann wieder ruhiger. Nur ein Händler, der einen schwer bepackten Ochsen führte, kam ihnen entgegen.

Ein Stück vom Weg entfernt entdeckte Itam die halb verkohlte Ruine eines Hofes. „Der Geisterhof", erklärte Lagan mit unwillkürlich gesenkter Stimme. „Die Skythen haben ihn damals überfallen und alle Bewohner getötet. Im Hof erhebt sich ein großer Grabhügel – in ihm ruhen die skythischen Krieger, die wir damals in der großen Schlacht erschlugen. Sie haben keine Köpfe mehr, die besitzen jetzt wir. Alte Weiber erzählen den Kindern, dass nachts die Menschen, die von den Skythen getötet wurden, aus der Anderwelt hervorkommen und hier ihr Unwesen treiben. Sie sagen, die Geister der erschlagenen Hofbewohner kämpfen mit den Geistern ihrer Mörder, um ihnen den Zugang zur Anderwelt zu verwehren."

Entlang des Weges, dem sie folgten, waren vor fünf Jahren die Skythen eingefallen, die der Fürst in jener legendären Schlacht besiegt hatte. Itam hatte bislang nur bruchstückhafte Geschichten darüber gehört. „Warst du beim Kampf dabei?", fragte er.

„Allerdings", warf sich Lagan stolz in die Brust. „Ich habe einen Skythen erschlagen. Vorher fing ich mit meinem Schild einen seiner Pfeile ab, der meinen Mitstreiter getroffen hätte." Der Krieger fischte aus dem Lederbeutelchen an seinem Hals einen Talisman – die Spitze des Skythenpfeils.

Ehrfürchtig betrachtete Itam das todbringende kleine Kunstwerk aus drei scharfen Klingen, die sich vorne zu einer Spitze vereinten und hinten in drei tückischen Widerhaken ausliefen.

„Vorsicht, schneide dich nicht", mahnte Lagan. „Es könnten noch Reste von Pfeilgift daran sein."

„Viele unserer Krieger sind durch das Pfeilgift umgekommen, nicht wahr?"

„Das skythische Pfeilgift ist eine verfluchte Sache. Weißt du, wie sie es herstellen? Sie lassen eine tote Giftschlange verwesen und werfen sie dann in einen Topf mit faulendem Menschenblut. In diese Brühe tauchen sie vor dem Kampf ihre Pfeile." Lagans Blick schien mit einem Mal nach innen gerichtet, als ob er die schrecklichen Bilder der Vergangenheit wieder vor Augen hatte. „Manche ersticken nach kurzer Zeit, andere werden tagelang von eiternden Wunden gequält." Dann fing er sich wieder: „Nun ja, der Schütze dieses Pfeils richtet keinen Schaden mehr an. Sein Schädel hängt über dem Eingang meines Hauses."

Schließlich gelangten sie an ihr erstes Etappenziel – die Stelle, wo die Warantia die Agira aufnahm. Sie folgten dem Fluss bis zur Furt. Am gegenüberliegenden Ufer war eine Anlegestelle. Drei Boote dümpelten hier, so groß, wie sie Itam noch nie gesehen hatte: Jedes maß fünf Mannslängen, hatte Segelmasten, Steuer- und Antriebsruder. Ein Boot gehörte Fürst Segomar und lag bereit zur großen Fahrt. Ein Mann vertäute gerade einige Leinenbündel – Verpflegung und Tauschwaren. Auch das zweite Boot war bemannt und wurde in großer Eile von Gehilfen zum Auslaufen bereit gemacht. Das dritte Boot war leer.

An die Anlegestelle schloss sich eine kleine Siedlung an, in der Bootsleute, Fischer und Bauern lebten. Zwischen den Häusern setzte sich der Weg fort, auf dem die Händler nach Osten zogen und von wo einst die Skythen gekommen waren. Itams Aufmerksamkeit gehörte jedoch dem zweiten Handelsweg, der hier verlief – dem Fluss, der Warantia.

Nachdem er die Boote bewundert hatte, blieb er versonnen auf dem Steg stehen und folgte mit seinem Blick dem träge dahinströmenden Wasser. Gleich nach der Anlegestelle passierte der Fluss ein natürliches Tor, das von zwei Bergen gebildet wurde, und durch das er die große Ebene verließ. Auf der Seite, von der sie gekommen waren, erhob sich ein Berg[*], den ein verwitterter Wall krönte. Dieser wiederum fasste eine uralte Brandopferstätte ein. Viele Götter- und Geistergeschichten rankten sich darum. Beim Skytheneinfall hatte

---

[*] Rollenberg, im Roman der Opferberg

hier ein beherzter Mann das Signalfeuer entfacht, das Fürst Segomar mit seinem Heer zur Rettung herbeirief.

Unmittelbar gegenüber von diesem Berg lag ein zweiter* am anderen Ufer des Flusses, der nicht von vergangenen Mythen und Geschichten, sondern vom gegenwärtigen Leben erfüllt war: Um seine Kuppe zog sich ein breiter Grabenwall mit Palisaden – der Hof von Häuptling Brogimar, dem Vater der Fürstin. Itam hatte schon so manchen hinter vorgehaltener Hand lästern hören, Fürst Segomars größte Tat sei es gewesen, die Tochter dieses mächtigen Häuptlings zu heiraten. Denn dadurch beherrschte der Fürst zusammen mit seinem Schwiegervater den Ostweg von einem Rand der Ebene zum anderen. Mit Beförderungsdiensten und Begleitschutz für die durchziehenden Händler machten sie gute Geschäfte.

Nachdem sie auf einem steilen Weg den Berg hinaufgeritten waren, gelangten sie durch ein riesiges Tor in den Herrenhof, der noch größer war als Häuptling Targurs Sitz. Der Markt mit Gasthäusern, Kriegerunterkünften und Haupthaus erinnerte sogar ein wenig an das Treiben auf dem Opios. Auf dem Platz vor dem Herrenhaus trafen sie Hauptmann Garmo und drei weitere Krieger.

Garmos Laune war getrübt. „Das zweite Boot wird sich unserem anschließen", knurrte er. „Es soll Fracht für Häuptling Targur befördern – die natürlich zur Ausstattung des Totenfestes gedacht ist. Er hat, genau wie der Fürst, Reiter entlang der Alb vorausgeschickt, um Geschäfte zu erledigen und die Ankunft des Bootes vorzubereiten. Es gefällt mir ganz und gar nicht, dass wir in Pyrene von Targurs Leuten umgeben sind."

Itam setzte sich zu den Kriegern an die Feuerstelle. Hier hatte der Häuptling die Leute seines Schwiegersohnes am Abend vorher zu einem Festmahl eingeladen, die Tafel stand noch da. Ein Sklave trug ein großes Brett mit kaltem Braten auf, weitere Diener brachten Krüge mit Bier und Wasser. Zwei Wachsoldaten, deren Dienst gerade vorbei war, gesellten sich dazu und setzten sich neben Itam. Der er-

---

* Burgberg

griff die Gelegenheit und fragte seinen Nachbarn: „Warst du damals beim Skythenüberfall dabei?"

„Bei Taranis und Andarta, das war ich." Der Krieger schien Itams Hoffnung zu erfüllen, hier, am Ort des Überfalls, etwas aus erster Hand zu erfahren. Ohne große Mühe ließ er sich dazu überreden, zu erzählen. „Für mich war es nur ein kurzer Kampf, wie für die meisten anderen Krieger, die vom Hof aus hinunterstürmten. Wir liefen in eine Wand aus Schuppenrüstungen, Schilden und Helmen, in einen Hagel von Pfeilen, in Schwerter und Äxte, die uns in großer Überzahl erwarteten. Bevor es mir vergönnt gewesen wäre, einen von diesen Hunden zu erledigen, traf mich eine Schlagkugel am Helm und ich fiel um wie tot. Ich trug damals einen einfachen Helm aus Weidengeflecht, der hielt nicht viel aus."

„Wie lief denn der Überfall ab?"

„Nun, der Haufen Skythen war wohl auf dem Ostweg angerückt, hatte aber ein gutes Stück, bevor er hier ankam, den Weg verlassen. Verborgen vor unseren Blicken, im Schutz der Hügel auf der Nordseite da drüben, waren sie unbemerkt bis an die Siedlung am Fluss herangekommen. Es war eine friedliche Zeit damals – niemand rechnete mit Feinden, es gab also keine Wachen. Jedenfalls fielen sie über den Ort her, plünderten und verwüsteten alles. Aber die wirklich fette Beute machten sie auf dem Fluss: Ein Händler lag mit zwei vollen Bootsladungen der kostbarsten Waren an der Anlegestelle. Schätze von dieser Größe häufen sich nicht alle Tage an. Fast glaube ich, was der arme Kerl in seinem Wahn herumgeschrien hat."

Der andere Krieger hatte zugehört und winkte nun ab: „Ach was, Ammenmärchen. Der Kerl ist verrückt geworden, weil sie seinen Sohn erschlagen haben. An dieser Verrätergeschichte ist doch überhaupt nichts dran."

„Doch!", ereiferte sich der erste Krieger. „Glaubst du denn, es ist ein Zufall, dass ausgerechnet in der Nacht, in der die wertvollste Fracht des Jahres daliegt, ein Haufen von dreihundert plündernden Skythen hier einfällt? Krieger aus der Eskorte des Händlers haben ihn verraten, das sage ich dir!"

„Was war mit dem Händler? Wen haben sie erschlagen?", fragte Itam nach.

„Na, die Ladung auf den Booten war so wertvoll, dass der Händler auf dem einen Boot schlief und sein Sohn auf dem anderen, um die Ware zu bewachen. Für mich schon ein Zeichen, dass er seinen eigenen Wachen nicht traute. Als sich die Skythen über die Boote hermachten, erschlugen sie den Sohn, der Händler hatte Glück und entkam schwer verletzt."

„Er hatte Glück!", äffte der zweite Wachsoldat seinen Kameraden nach. „Seinen Sohn hat er verloren, sein Vermögen und den Verstand auch noch. Was für ein Glück!"

„Dass sich die Krieger des Fürsten, die auf der anderen Seite des Flusses lagerten, davongemacht hatten, vergrößerte die Bitterkeit des armen Mannes noch", setzte der erste Krieger hinzu.

„Was waren denn das für Feiglinge?", bemerkte Itam.

„Der Fürst hat ebenso wenig Feiglinge unter seinen Männern wie unser Häuptling!", brauste der Krieger sofort auf. „Es war vielmehr klug von dem kleinen Haufen, sich angesichts der erdrückenden Übermacht zurückzuziehen. Darum wurden sie auch nicht gleich niedergemacht wie wir, sondern konnten später zur großen Schlacht stoßen und sich so manchen Skythenkopf ans Zaumzeug hängen. Einer ritt dem Heer des Fürsten entgegen und berichtete ihm genau, wie stark der Gegner war, dass wir es mit vielen gepanzerten Kriegern und Bogenschützen zu tun hatten. Dass der Fürst auf seinen Gegner vorbereitet war, hat ihm auf jeden Fall sehr genützt. Vielleicht war das sogar ausschlaggebend für den Sieg. Das war also alles andere als feige."

„Wieso lagerten denn Krieger des Fürsten dort drüben?"

„Sie gehörten zu den Wagen, die der Fürst geschickt hatte. Am nächsten Morgen sollte die Bootsfracht des Händlers darauf verladen werden. Der Wagenzug sollte dann über den Opios bis nach Canecoduno gehen."

„Was war denn nun mit dem Leuchtfeuer, das die Krieger des Fürsten herbeirief?", kam Itam auf einen weiteren wichtigen Teil der Geschichte.

„Ja, das war die entscheidende Sache", riss jetzt der zweite Krieger das Gespräch an sich. „Es war nämlich Aisto, mein Schwager, der es entzündete. Aisto hatte bald gesehen, dass die Sache hier völlig aussichtslos für uns stand. Er überlegte, wen er um Hilfe rufen könnte und vor allem wie. Da kam ihm die Idee, sich durch die Furt zu retten und auf den Opferberg dort drüben zu steigen. Unsere Ahnen brachten dort oben früher ihre Brandopfer dar, und so kam Aisto auf die Idee mit dem Leuchtfeuer – mögen die Götter ihm die Entweihung ihrer Stätte verzeihen. Er war so umsichtig, dass er sogar noch ein Stück glühende Kohle vom Herdfeuer in einen Lederlappen einwickelte und mitnahm. Er hoffte, das Feuer würde Leute aus der großen Ebene oder gar den Fürsten des Opios zu Hilfe rufen. Das Geschickte an dem Opferplatz ist, dass er zu unserer Seite her durch den alten Wall abgeschirmt ist. Die Skythen konnten das Feuer hier unten also nicht sehen, solange es noch klein war. Aisto hatte genügend Zeit, einen großen Haufen Sträucher darüber aufzuschichten. Als sie es entdeckten, war es zu spät, es brannte schon lichterloh. Bis sich einige auf ihren Pferden hinaufgemüht hatten, war Aisto längst über die andere Seite des Berges hinab geflohen und in Sicherheit. Die Wache auf dem Opios hatte das Feuer gesehen, wie ja jeder im Land weiß. Und so kam es dann zur großen Skythenschlacht – der Fürst schickte uns sein Heer, die Skythen gingen ihm in die Falle."

Zu gerne hätte sich Itam noch mehr aus berufenem Munde über die Schlacht erzählen lassen. Wiederholt hatte er einzelne Episoden gehört – vom Wagenzug der Fürstin, vom Wettlauf der Reiter Segomars und Targurs oder dass Ritomar, der Priester, durch einen Zauber Speere vom Himmel regnen ließ. Aber Hauptmann Garmo befahl schon zum Aufbruch. „Auf der Totenfeier wirst du die ganze Geschichte von der Schlacht hundertmal zu hören bekommen", vertröstete er ihn.

Beim Abschied bekam Itam sogar den Vater der Fürstin zu sehen. Häuptling Brogimar mit seinem schlohweißen Bart und dem wallenden weißen Haar trat aus seinem Haus und wünschte ihnen alles Gute für die Reise.

Garmo, seine Krieger und Itam zogen den Weg zum Fluss hinab. Dort angekommen stieg Itam auf das Wassergefährt zu den beiden Bootsleuten, machte auf Anweisung des Steuermannes die Taue los und schon trieben sie in der Strömung davon. Geschickt brachte der

Bootsführer sie in die Flussmitte. Itam wandte sich um und sah, dass in einiger Entfernung das Boot Häuptling Targurs folgte, ebenfalls mit zwei Leuten besetzt. Garmo und seine vier Soldaten waren zunächst verschwunden. Doch hinter dem Berg mit der Opferstatt tauchten sie wieder auf und ritten am Ufer nebenher.

Der Wind wehte zu schwach; es hätte keinen Sinn gehabt, das Segel zu setzen. Große, zerrissene Felder weißer Wolken zogen schnell über den Sommerhimmel und gaben Grund zu der Hoffnung, dass der Wind, der sie dort oben antrieb, vielleicht bald die dunkelgrünen Grashalme und das unbeweglich aufragende Schilf wiegen und das Wasser kräuseln würde. Hauptmann Garmo verließ sich aber nicht darauf, dass das passieren würde, und befahl, die Schiffe zu trendeln – dazu wurde ein langes Seil jeweils vorne am Boot und am Sattel eines der Pferde festgebunden und gezogen.

So glitt das Boot, auf dem Itam war, mit beachtlicher Geschwindigkeit zwischen dem Schilf dahin. Von einem bequemen Platz in den Leinenbündeln aus beobachtete Itam die Wasservögel, die sie immer wieder aufschreckten.

Später am Tag sah er gespannt zu, wie zwei Krieger mit ihren Jagdbögen Wildenten für das Abendessen erlegten.

Als sich das Wolkenfeld lichtete und nur noch einzelne bizarre weiße Figuren über den sommerblauen Himmel jagten, verschränkte Itam genüsslich die Arme hinter dem Kopf, schloss die Augen und ließ die Sonne auf sein Gesicht brennen.

Sie kamen an zwei Dörfern vorbei, die direkt am Ufer lagen. Einmal rief ihnen jemand zu, ob sie nicht Tauschgeschäfte machen wollten. Einer der Krieger tauschte einen Pfeil gegen eine Handvoll Angelhaken. Er erklärte, die Händler auf dem Opios würden für solch fein gearbeitete Haken viel mehr verlangen als die Fischer vom Schlangenfluss, wie die Warantia landläufig genannt wurde.

Die Sonne war bereits in der Anderwelt versunken, als sie zur nächsten großen Station ihrer Reise gelangten – dem Zusammentreffen von Warantia und Danubia. Wie Itam erwartet hatte, lag auch hier eine befestigte Siedlung mit einer Bootsanlegestelle; aber sie war noch viel größer, als er es sich ausgemalt hatte. Mehr als zehn große Boote dümpelten hier. Das war kein einfacher Landesteg mehr, sondern eine regelrechte Marktgasse. Itam beobachtete einen Mann, der ein riesiges Bündel mit dunklen, glänzenden Fellen, wie er sie noch nie gesehen hatte, in ein kleines Lagerhaus trug. Einer der Krieger erklärte, es seien Felle von Zobeln, weit aus dem Osten herangeschafft und ungeheuer wertvoll.

Itam begleitete den Krieger über den Markt am Fluss in die weitläufige Siedlung. Viele Reisende saßen um mehrere Feuer und ließen sich fürstlich bewirten. Es gab neben dem üblichen Rinder- und Schweinefleisch auch gebratenen Fisch, der köstlich duftete, weil an Gewürzen aus den Ladungen der Händler kein Mangel herrschte. Garmos Soldaten und die Bootsleute hatten ein Stück abseits zwischen Schilf und Riedgras ihr Lager aufgeschlagen, wo jetzt über einem großen Feuer die fünf erlegten Enten an Spießen brutzelten.

Als Itam mit seiner Entenkeule so dalag und im Schein des Feuers den Reiseerlebnissen der Bootsleute lauschte, war es ihm, als ob der vorbeiziehende Fluss endlich das wahre Leben in ihn hineinströmen ließ. Er saß so weit von zu Hause entfernt wie noch nie – an der Danubia, der Lebensader, die bis zum legendären Pyrene und in ferne Königreiche und Skythensteppen führte.

Einer der Bootsleute hatte gerade eine Geschichte beendet, die er am Feuer zum Besten gegeben hatte, da sprach einer, der im zweiten Boot mitfuhr, Itam an: „He, du, erzähle doch einmal etwas von dir. Du sollst mit Häuptling Targur Geschäfte gemacht haben, sagt man."

„Nicht mit dem Häuptling, sondern mit seinem Schmied Gobat. Genauer gesagt mit Atto, seinem Gehilfen. Ich brachte ihm zehn Lieferungen Holzkohle in zwanzig Tagen und hätte dafür und für zwei weitere Lieferungen eine Bernsteinscheibe bekommen sollen. Eine große", entgegnete Itam.

„Wofür brauchte der Schmied denn so viel Holzkohle?", fragte nun ein anderer.

Erst jetzt wurde Itam klar, dass er sich verplappert hatte. Hauptmann Garmo war gerade weg, um sich einen Krug voll Bier zu besorgen. Er wäre Itam wohl von Anfang an ins Wort gefallen bei den heiklen Fragen, was in Gobats Schmiede vor dem Brand vorgegangen war. War es wirklich Zufall, dass die Bootsleute das Gespräch darauf brachten, als der Hauptmann gerade nicht da war? Wollten sie ihn aushorchen? Wie dem auch sein mochte, um keinen Verdacht zu erregen, musste Itam ganz unbeschwert fortfahren zu erzählen, es aber vermeiden, auf die Schwerter zu kommen. „Ich musste erst einiges in das Geschäft stecken", lenkte er ab. „Mein Vater – er ist Köhler – hat mir alles an Holzkohle überlassen, was wir nur brennen konnten. Ich habe mit angepackt, um zwei statt nur einen Meiler aufzuschichten. Aber das reichte immer noch nicht. Ich musste auch die Vorräte von Salmo, dem Bronzeschmied, aufkaufen, bei dessen Köhler eine weitere Ladung in Auftrag geben und auch bei den Eisenerzgruben an Kohle mitnehmen, was ich kriegen konnte. Die ließen sich aber nicht überreden, mir die Ware auf Vorschuss zu geben."

„Womit hast du sie bezahlt?"

Jetzt senkte Itam den Kopf. „Mit den letzten zwei Kühen meines Vaters."

„Du scheinst sehr geschäftstüchtig zu sein."

„Willst du mich verspotten? Ich bin ruiniert, wie es aussieht." Itam hatte seinen Vater noch tiefer in die Schuldenmisere gezogen, in der er sowieso ständig steckte. Barcha hatte sich immer wieder Vieh bei Birac, dem Herren des Schreinerhofes, und beim Verwalter des Fürsten geliehen. Seine Hoffnung, irgendwann einmal mehr Kälber heranzuziehen, als er ihnen schuldete, war nicht aufgegangen. Zwei Missernten, ein Pflug, der vorzeitig in die Brüche ging, der Ausfall des ohnehin spärlichen Geschäftes mit der Kohle, als Barcha einige Monate lang schwer krank war, die Hochzeitsfeiern für zwei Töchter, die er auszurichten hatte – all das ließ die Hoffnung, je auf einen grünen Zweig zu kommen, immer mehr schwinden. Und Itams Versuch, mit einem Befreiungsschlag die Lage zu bessern, war ins Gegenteil umgeschlagen.

„Wie kommt es, dass du mit der Holzkohle deines Vaters handelst?", fragte einer der Bootsleute.

„Früher hat sie uns ein Händler abgekauft, der auf den Hof kam. Ich habe aber erfahren, dass er uns nur halb so viel dafür gab, wie er von den Schmieden und anderen Kunden erhielt. Da habe ich beschlossen, die Geschäfte selbst in die Hand zu nehmen, und mir von Biracs Wagenbauer einen Karren zimmern lassen."

„Wie hast du den bezahlt?"

„Ich habe ihn bei Birac abgearbeitet. Er ist gut dabei weggekommen, so wie ich geschuftet habe."

„Sind die Geschäfte gut gelaufen?"

„Nun ja, so eine Köhlerei wirft gerade so viel ab, dass man nicht verhungert. Und jetzt scheine ich alles verloren zu haben."

„Siehst du, so etwas kann unsereinem nicht passieren", sagte ein alter, raubeiniger Krieger. „Mir wäre dieses Geschachere zuwider, wo sie dir jederzeit dein ganzes Hab und Gut abluchsen können."

„Na, und was machst du denn hier, du Dummkopf?", sagte ein anderer. „Du lässt es dir gut gehen, weil du die Waren von einem großen ‚Geschachere' bewachst. Du lebst doch auch davon, aber ohne etwas zu riskieren."

Einer der Männer gab den anderen mit einer Kopfbewegung einen Wink – der Hauptmann kam mit seinem Bier zurück. Schlagartig brachten sie das Gespräch auf ein anderes Thema.

Am nächsten Tag war es vorüber mit dem unbeschwerten, schnellen Dahingleiten auf dem Wasser – der Weg führte die Danubia stromaufwärts, und jeder Meter musste erkämpft werden. Itam und einer der Soldaten schlugen jeweils ein Ruder, und zwei Pferde waren mit Seilen vor das Boot gespannt. So ging es drei Tage lang mühsam durch die Auen des großen Flusses; erschwerend kam noch hinzu, dass das schöne Sommerwetter der ersten Tage zunehmend feinem Regen aus einem fadgrauen Himmel wich. Zum Glück lösten immer wieder Krieger Itam beim Rudern ab. Targurs Bootsleute, die während der ganzen Reise in größerem Abstand hinter ihnen fuhren, hatten es nicht so gut; die Krieger gaben ihnen zwar die Pferde zum Trendeln, aber sie weigerten sich, zu rudern. Wenigstens wehte immer wieder ein günstiger Wind, und die Steuermänner konnten die Dreiecksegel aufziehen.

Ab dem vierten Tag lagen die vertrauten Hügel und Felsen der Alb immer näher am Fluss. Das Ufer wurde unwegsam, und die Pferde konnten nicht immer das Boot ziehen, sodass es langsamer vorwärtsging. Für Itam bedeutete das das Ende der bequemen Reise.

Hauptmann Garmo nahm ihn hinter sich aufs Pferd, und sie ritten auf Pfaden abseits des Flusses voraus.

Diese Art des Fortkommens war nach knapp zwei Tagen beendet. Der schmerzende Hintern war auf einen Schlag vergessen, als vor ihnen, auf einem steilen Bergsporn hoch über der Danubia, Pyrene zu sehen war. Itam gingen die Augen über. Er hatte viel von dem legendären Festungsbau gehört, doch was er sah, übertraf seine kühnsten Fantasien. Über die ganze Breite des Berges zog sich eine gewaltige, schneeweiße Mauer, so hoch wie drei Männer. Oben patrouillierten Wachen auf einem Wehrgang und spähten zwischen Zinnen herüber; der Gang war überdacht. Es war ein einzigartiges Bauwerk in der Welt der Kelten, errichtet nach dem Vorbild der Hellenen.

Der Pfad, auf dem Garmo und Itam sich dem Bollwerk näherten, führte erst hinab zu der Bootsstelle. Von der Quelle her gerechnet war das die erste an der Danubia, vorher war der Fluss nicht schiffbar. Sie stiegen den steilen Pfad zum Flusstor hinauf.

Als Garmo den Wachen erklärte, er reise im Auftrag von Fürst Segomar, wurden sie mit ehrerbietigem Gruß eingelassen.

In der Stadt konnte Itam nicht aufhören zu staunen. Auf dem Opios standen die Häuser, Hütten, Scheunen und Ställe kreuz und quer, so wie sie im Laufe vieler Jahre nach und nach hinzugekommen waren. Aber hier waren die Gebäude schnurgerade ausgerichtet entlang von Gassen, die sich allesamt im rechten Winkel kreuzten. Kein Stückchen Freiraum war vergeudet worden.

Garmo suchte als Erstes die Gehilfen von Madugen, dem Verwalter des Fürsten, die vom Opios vorausgeritten waren. Als sie sich nach deren Quartier umsahen, entdeckte Itam, dass die rückwärtige, dem Fluss abgewandte Mauer mit zahlreichen kleinen Türmen bewehrt war. Schließlich fanden sie die Männer – sie hatten ein ganzes Gasthaus gemietet, in dem auch noch Platz für die nachfolgenden Krieger und Bootsleute war. Ein Pferdestall gehörte dazu.

Bei einem deftigen Willkommensmahl erfuhr der Hauptmann, dass zwei Männer von Häuptling Targur schon auf der Burg eingetroffen waren und in einem anderen Gasthaus Quartier bezogen hatten.

Nach dem Essen wurde Garmo schon wieder geschäftig und trieb Itam an: „Los, je eher wir diesen Kunstschmied finden, umso besser."

Itam fragte sich, wie er einen Mann, den er nur flüchtig gesehen hatte, unter Hunderten von Menschen in dieser riesigen Siedlung wiedererkennen sollte. Doch ihm kam zugute, dass die Gebäude in Pyrene nicht nur ordentlich aufgereiht, sondern nach Gassen für die einzelnen Handwerke eingeteilt waren.

Die Gasse der Goldschmiede und Kunsthandwerker hatten sie schnell gefunden; sie lag nahe beim Herrenhaus, das mit seinem riesigen Dach sogar den Wehrgang überragte. Auf den Tischen häuften sich derart große Schätze, dass eigens ein schwer bewaffneter Wachsoldat abgestellt war, um Diebstählen vorzubeugen.

Nachdem sie eine Weile durch die Gasse geschritten waren und sich dabei umgeschaut hatten, entdeckte Itam den Kunstschmied. Guar saß hinter einem Stand mit ausgebreiteten Kleinodien und mehreren Tonschüsselchen, die Korallen, Bernstein und bunte Steine zur Weiterverarbeitung enthielten. Ein Mann war bei ihm, der eine reich verzierte Gewandfibel in der Hand hielt und ihm gerade deren Machart zu erläutern schien. Itam raunte dem Hauptmann zu, welcher der beiden der Gesuchte war.

Garmo tat, als ob er am Stand nebenan einen riesigen bronzenen Getränkeeimer in Augenschein nahm, der mit eingeritzten Figuren eines Festgelages verziert war. Aus den Augenwinkeln beobachtete er die beiden Männer. „Ich denke, der andere ist auch Künstler und lebt in dem Haus beim Verkaufsstand", vermutete er. „Guar ist wohl bei ihm zu Gast und darf auch seinen Stand mitbenutzen. Heute Abend werde ich schon irgendwie an ihn herankommen."

Da Itam seinen Auftrag erfüllt hatte, gönnte er sich einen Bummel durch die bunten und von schwerem Gewürzduft durchzogenen Händlergassen. „Feine Eisenwerkzeuge! Die findet ihr nur hier; derb gedengelte Sensen und grobe Pflugscharen könnt ihr bei eurem Dorfschmied holen!" Dieser Lockruf lenkte ihn zu einem Stand, der mit edlem schwarzen Stoff ausgeschlagen war. Neben präzise geschliffenen Bügelscheren, Messerchen, dünnen Feilen, Sticheln, Ahlen und Bohrern entdeckte er Gerätschaften, die er nicht kannte.

„Was ist denn das?", fragte er den Händler und deutete auf ein Kettchen, an dem drei winzige Gegenstände hingen.

„Ein Löffelchen zum Entfernen des Ohrenschmalzes, eine Pinzette zum Haarauszupfen und ein Nagelschneid-Eisen", erklärte der Händler knapp und wandte sich einem Kunden zu, von dem er sich eher versprach, dass dieser sich solche Dinge leisten konnte.

Itam bewunderte noch die V-förmige, scharf geschliffene Scharte des Eisens, in die man den Fingernagel legte, um ihn gleichsam abzu-schälen.

Der Nachbarstand führte alles, was man zu Jagd und Fischfang brauchte, vom Bogen bis zur Reuse. Ein Krieger hielt dem Händler einen Pfeil hin und sagte: „Kannst du mir helfen? Der ist einwandfrei gearbeitet, aber unbrauchbar, weil er im Flug schlingert. Damit treffe ich nicht einmal einen Ochsen."

Der Händler ließ prüfend seinen Blick über den Schaft gleiten, be-tastete die Pfeilspitze und fuhr mit den Fingern über die Federn. „Ah, da haben wir's", sagte er triumphierend, „eine Feder ist falsch. Zwei stammen von einem rechten Flügel, eine von einem linken. Der Pfeil kann sich nicht genau um die eigene Achse drehen, wenn nicht alle Federn von der gleichen Flügelseite stammen."

Ungläubig, dass er das selbst nicht gemerkt hatte, prüfte der Krie-ger das Gefieder. „Kannst du das richten?", fragte er.

„Ich kann dir drei neue Federn mit Pferdehaar festmachen."

„Was willst du dafür?"

„Jagst du auch Vögel?"

„Natürlich."

„Gut, dann bringe mir morgen zwölf schöne Schwingenfedern, egal von welchem Vogel. Aber du weißt schon: sechs vom linken und sechs vom rechten Flügel. Bis dahin habe ich deinen Pfeil fertig."

„Na schön, dann gibt es heute eben Ente", meinte der Krieger la-chend und verabschiedete sich.

Am abendlichen Lagerfeuer sprachen die Männer über die Geschäfte, wegen derer sie hier waren. Fürst Segomar musste sich darauf ein-richten, bei der bevorstehenden Totenfeier gut fünfzig höhergestellte Gäste standesgemäß zu empfangen und mehrere Tage lang zu bewirten – diese kamen wohlgemerkt noch zu Häuptling Targurs Ehrengästen hinzu. Wie immer bei großen öffentlichen Anlässen durfte der Fürst in keiner Einzelheit hinter seinem Rivalen Targur zurückstehen. Das Volk achtete auf jede Kleinigkeit, und so galt es, edlere Felle, als Targur sie besaß, und raffiniert aus Gras geflochtene Kissen für die Totentafel zu beschaffen. Wenn Targurs Ochsen und Schweine an eisernen Spießen brieten, konnte Fürst Segomar keine Bronzespieße verwenden, und wenn aus Targurs Kesseln der deftige Geruch von gegartem Schweinefleisch emporstieg, mussten die Kessel des Fürsten nach teuren Gewürzen duften. Auf der Tafel Segomars sollten Schalen mit bunt leuchtenden Früchten stehen, seine Gästehäuser würden mit reich bestickten Stoffen ausgestattet sein. Wo Targur Met reichte, sollte aus den Amphoren des Fürsten Wein fließen; ließ Targur Bier ausschenken, durfte dem Fürsten der Honigwein gerade gut genug sein.

„Targurs Männer sind mächtig neugierig", erzählte einer der Händler. „Sie wollten uns gestern Abend regelrecht aushorchen, welche Waren in unserem Boot gebracht werden."

„Und? Haben sie etwas mitbekommen?"

„Glaubst du, wir haben ihnen auch nur eine von unseren Waren genannt?", entgegnete der Angesprochene beleidigt. „Wir sind Vertraute vom Verwalter des Fürsten!"

In diesem Moment wurde mit dem Blasen von Hörnern kundgetan, dass die beiden Tore gleich geschlossen wurden und damit das gesellige Nachtleben begann. Die Gruppe löste sich auf, und die meisten schlenderten durch die nächtlichen Gassen zu Bier, Met, Gesang von Spielleuten oder zu einer der Frauen, die „gerne ein Geschenk annahmen", wie es die Männer lachend ausdrückten. Itam machte sich Freunde, indem er alleine zurückblieb und das Haus bewachte. Garmo hatte versprochen, ihn später abzulösen. Doch zuerst wollte er seinen Auftrag erfüllen, den Kunstschmied zu stellen und herauszubekommen, was dieser über die Schwerter wusste.

Aber daraus wurde nichts.

Garmo kam bleich wie Kalk zurück, stürzte ins Haus, holte seine Waffen heraus und legte sie griffbereit neben sich, bevor er seinen

Holzhumpen aus dem Fass mit Bier füllte und in einem Zug hinunterstürzte.

„Was ist denn passiert?", wollte Itam wissen.

„Bei den Göttern, er ist tot! Kurz bevor ich zu ihm kam, wurde er ermordet."

„Der Kunstschmied? Guar?" Itam sprang auf.

Garmo nickte geistesabwesend und starrte finster ins Feuer vor dem Haus.

„Wie denn? Und wo?"

„Es geschah im Haus seines Gastgebers, wo wir ihn heute Nachmittag gesehen haben", murmelte Garmo. „Ein gezielter Stich mit dem Dolch, genau hier." Er zeigte auf die Stelle zwischen Hals und linker Schulter. „Eine tiefe Wunde, alles war voller Blut." Er streckte seine Arme von sich, der rechte Ärmel war rot besudelt. „Ich habe nur kurz gefühlt, ob noch Leben in ihm ist, dann kamen auch schon die Wachen."

„Aber es müssen doch Leute im Haus gewesen sein?"

„Der Mörder hat den richtigen Zeitpunkt abgewartet. Der Gastgeber war losgegangen, einen Krug Met zum Abendessen zu holen, seine Frau fütterte hinter dem Haus die Hühner und Gänse. Nicht einmal der Wachsoldat hat etwas bemerkt."

„Wer kann das denn gewesen sein? Ein Räuber?"

Garmo schüttelte heftig den Kopf. „Für einen Räuber hätte es anderswo lohnendere Beute gegeben. Nein, das hat mit unserer Sache zu tun."

„Du meinst, er wurde umgebracht, weil er von den Schwertern wusste?", fragte Itam aufgeregt.

„Da bin ich mir absolut sicher. Ehrlich gesagt, habe ich mich die ganzen Tage schon gefragt, wie Häuptling Targur diesen Mann mit seinem Geheimnis hat gehen lassen können. Ich hätte ihn festgehalten, bis sich alles aufgeklärt hätte."

„Meinst du, Targur hat ihn umbringen lassen? Die beiden Männer, die er mit dem Pferd vorausgeschickt hat ..."

Garmo stand auf, nahm Itam am Arm und sah ihn an: „Für mich ist dies nun ein sehr schwieriger Augenblick. Ich darf dich jetzt, wo der Mörder noch in der Nähe ist, eigentlich nicht alleine lassen. Du weißt schließlich auch von den Eisenschwertern." Itam erschauerte. „Aber andererseits muss ich unbedingt wissen, was die Wachen über den Mord herausfinden. Was Guar über die Schwerter sagen konnte, werden wir nie erfahren; aber der Mörder kann uns viel eher zu den Schwerträubern führen, glaube ich. Ich muss seine Spur aufnehmen, und zwar sofort. Hier, nimm meinen Dolch und bleibe genau im Eingang des Hauses sitzen, da ist es am sichersten. Lass keinen Fremden herankommen, verstanden?"

Itam nickte. Garmo wusch sich im Pferdetrog das Blut ab, gürtete sein Schwert und setzte den Helm auf. Er wollte zeigen, dass er ein Kriegerhauptmann war, um sich dadurch Zugang zu den Wachen zu verschaffen, die den Mord untersuchten.

Als Itam alleine an den Türpfosten gekauert dasaß und in die Dunkelheit starrte, in der sich ein Mörder verbarg, wurde ihm die finstere Seite des Abenteuers plötzlich bewusst. Die Faust, die den Dolch umklammerte, zitterte. Noch nie war er sich so einsam, schutzlos, fremd, verloren und bedroht vorgekommen. Er dachte an seinen Vater, der aller kriegerischen Abenteuerlust abgeschworen hatte. Noch vor kurzem hatte er sich ihm so überlegen gefühlt. Schließlich war er innerhalb weniger Tage zu Gast auf zwei mächtigen Fürstensitzen, nicht zu vergessen Häuptling Brogimars Hof. Nun konnte er seinen Vater verstehen, denn was hatte das alles schon zu bedeuten? Es ging nur um Macht, Intrigen, Verbrechen und Geschäfte anderer, für die er jetzt den Kopf hinhielt – genau, wie es Barcha immer sagte.

Itam hatte jedes Zeitgefühl verloren, als Garmos Rückkehr ihn endlich aufatmen ließ. Der Hauptmann schien, den Umständen entsprechend, sehr gelöst. In hohem Bogen warf er den Helm auf sein Lager, schöpfte einen Krug Bier aus dem Fass und wischte nach einem kräftigen Schluck mit einem genießerischen „Aaaahh" den Schaum aus dem Schnauzbart.

„Du hast etwas herausgefunden?", deutete Itam den Anflug guter Laune. Er wunderte sich, wie schnell der Hauptmann offenbar den Tod des Mannes verwunden hatte.

„Möglicherweise. Ich bin an den Gastgeber unseres Kunstschmiedes herangekommen, nachdem ihn die Wachen vernommen hatten. Ich sagte ihm, als Hauptmann des Herrn, auf dessen Land sich der Ermordete kurz zuvor aufhielt, hätte ich auch ein Interesse, alles über die Tat zu erfahren. Der Mann erzählte mir, Guar sei seit drei Tagen hier gewesen und gleich am zweiten Tage habe ihn ein seltsamer Mann angesprochen – ein Mann mit schwarzem Vollbart und einem schweren, mit Eisenplatten besetzten Gürtel. Er wollte ihm einen Auftrag beim Fürsten von Canecoduno schmackhaft machen, der angeblich jemanden suchte, der ihm eine wertvolle Fibel anfertigte. Dem Fürsten mangele es derzeit an guten Künstlern und der Mann mit dem Vollbart wollte den Wander-Kunstschmied unbedingt überreden, sofort aufzubrechen. Guar kam der Mann verdächtig vor, denn als er fragte, wie er denn auf ihn käme, stellte sich nach und nach heraus, dass der Fremde fast nichts von ihm wusste – eigentlich nur, dass er vom Opios gekommen war. Guar wurde zutiefst misstrauisch und wollte nichts mehr mit dem Kerl zu tun haben."

„Der mit dem Vollbart wollte ihn weglocken?"

„Ganz offensichtlich. Vielleicht versuchte er damit, Guars Leben zu retten."

„Dann meinst du, dass er nicht der Mörder ist?"

„Schwer zu sagen. Jedenfalls hat er es zunächst mit List und nicht mit Gewalt versucht. Mir scheinen da Targurs Leute viel eher verdächtig."

Wie aufs Stichwort kam einer von ihnen in Begleitung der beiden Gehilfen von Fürst Segomar aus einer Gasse. Alle drei setzten sich an das Feuer vor der Behausung von Itam, Garmo und seinen Männern und erzählten ganz aufgeregt von dem Tumult um den Mord. Wie sich herausstellte, waren die Gehilfen des Fürsten den ganzen Abend über mit einem der Krieger Targurs herumgezogen. Garmo sah zwar nicht gerne, wenn sich Segomars Männer mit denen des Häuptlings verbrüderten, doch in diesem Fall erleichterte es die Nachforschungen. Dieser Krieger hier schied als Mörder aus, er war zum Tatzeitpunkt mit verlässlichen Zeugen zusammen gewesen.

Bald wurde klar, dass es auch der andere nicht gewesen sein konnte – der war, wie sein Kamerad erzählte, schon lange vor Schließung der Tore zur Bootsanlegestelle hinuntergegangen. Er hatte dort bei einem Händler ein großes Fass Pech eingetauscht, mit dem die Balken der Grabkammer des Schmiedes abgedichtet werden sollten. Das Fass den steilen Weg zur Burg hoch und später wieder hinunter zu schaffen, wäre zu umständlich gewesen; also bewachte Targurs Gehilfe es lieber bei der Anlegestelle und schlief auch dort.

Am nächsten Morgen vergewisserte sich Hauptmann Garmo gleich nach dem Öffnen der Tore, dass der zweite Mann wirklich den ganzen vorigen Abend und die Nacht über bei dem Fass gewesen war. Tatsächlich fand er einen Zeugen, der das bestätigte.

Der Mord war zeitlich so nah mit dem abendlichen Blasen der Hörner zusammengefallen, dass man nicht sagen konnte, ob er noch vor oder kurz nach dem Schließen der Tore stattgefunden hatte. Garmo war sich ziemlich sicher, dass der Täter vorher zugeschlagen hatte. Aus seiner Sicht wäre es dumm gewesen, sich nach der Tat in der Burg einsperren zu lassen. Vollbrachte er die Tat jedoch unmittelbar vor Torschluss, konnte er gerade noch hinausschlüpfen, und etwaigen Verfolgern wäre der Weg zunächst versperrt gewesen.

Garmo fragte deshalb die Wächter, ob ihnen jemand aufgefallen war, der im letzten Moment noch hinaushuschte. „Du bist gut", antwortete einer, „viele Leute schrecken auf, wenn sie die Hörner hören, und wollen schnell noch raus. Das ist ganz normal." Ein bärtiger Mann mit Eisengürtel sei ihm nicht aufgefallen, aber das hätte in dem Gedränge nichts zu sagen, meinte er.

Garmo verabschiedete einen der Handelsgehilfen des Fürsten auf dem schnellsten Pferd, das sie dabeihatten. Er musste die Nachricht von Guars Tod zum Opios bringen. Außerdem hielten der Hauptmann, der andere Gehilfe und Itam sicherheitshalber nach dem Mann mit dem schwarzen Vollbart Ausschau; auch wenn Garmo überzeugt war, dass das keinen Sinn mehr hatte.

Er sollte recht behalten.

Der Hauptmann wollte nicht ohne irgendeine Erkenntnis zum Opios zurückkehren und suchte deshalb Guars Gastgeber noch einmal auf. Er ging mit ihm jedes Gespräch durch, das dieser mit dem Ermordeten geführt hatte. Ein vager Punkt blieb übrig: „Guar meinte einmal, sein Erfolg liege nicht nur in seiner Kunstfertigkeit", erinnerte sich der Mann. „Er sei mit einem Bernsteinhändler befreundet, der ihm besonders schöne Stücke zurücklege. Auch solche, in denen die Lichtgötter ihre Boten auf ewig bewahren*. Es war ein sehr guter Freund von ihm, dem er wohl auch so manches anvertraut hat."

„Weißt du, wie der Mann heißt?"

„Nein, aber er lebt in Alkimoennis."**

Garmo war zufrieden, er stand nun wenigstens nicht mit ganz leeren Händen da.

Am nächsten Tag kamen die Boote an. Krieger wie Bootsleute murrten, als sie erfuhren, dass sie schon am nächsten Morgen wieder zurückmussten und gerade einmal eine Nacht Zeit hatten, sich in den Gassen zu vergnügen – Garmo wollte nach dem Mord auf der Burg keinen Moment verlieren und schnell zurückkehren. Er trieb die Krieger an, noch vor der Mahlzeit die ersten Tauschwaren zur Burg hochzuschleppen.

Die Männer auf Targurs Boot zeigten nicht solche Eile und be- obachteten das Fortschaffen jedes Bündels, jedes Fasses und jeder Kiste mit wachem Interesse. In der Burg lauerten schon die beiden, die Targur zu Pferd vorausgeschickt hatte, und verfolgten den wei- teren Weg der Waren. Segomars Händler hatten gute Vorarbeit geleis- tet und die Geschäfte, die es zu tätigen galt, längst eingefädelt. Da der Fürst Eisenbarren sowie Schmuck und Werkzeuge aus Bronze ge- schickt hatte, erübrigten sich langwierige Überprüfungen der Quali- tät, und sie schafften es noch vor Torschluss, die eingetauschten Wa- ren aufs Boot zu schleppen.

Garmo und Itam schliefen auf dem Boot, damit die anderen we- nigstens eine Nacht wachfrei hatten und sich in der Siedlung aufhal- ten konnten. Itam musste an die Geschichte von dem Händler und dessen Sohn denken, die damals in den Booten auf der Warantia ge- schlafen hatten, und deren Unglück dadurch besiegelt gewesen war, als die Skythen kamen.

---

* Bernstein mit eingeschlossenen Insekten
** Kelheim

4

LIEBE IN DER HÖHLE DES LÖWEN

Das erste Sonnenlicht ließ die Klinge aufblitzen, Ritomar stach zu. Das Lamm zuckte nur kurz, der Priester hatte das Herz gut getroffen. Er beobachtete den Blutstrahl, der herausschoss, doch nichts ließ sich daraus ablesen; kein Pulsieren, kein Schwanken des Strahles, keine kleineren Ausflüsse, die ein Muster ergeben hätten.

Als ein Großteil des Blutes über den Opferstein hoch droben auf dem Opios gelaufen war und im Boden versickerte, schlitzte Ritomar das Tier auf und ließ die dampfenden Eingeweide herausquellen. Er schreckte zurück, als sein Blick auf die Nieren fiel. Sie waren nicht gleich groß, ein schlechtes Zeichen. Aber was genau bedeutete es tatsächlich? Aus der Lage der Eingeweide zueinander konnte er nichts erkennen.

Also wandte er sich der Leber zu. Wo zeigten sich weiße Verfärbungen? Hier, an den Stellen, die Gutes verhießen. Aber dort, an den Bereichen, die für Gefahr und Bedrohlichkeit standen, zeichneten sich ebenfalls Flecken ab.

Die Eingeweideschau ergab ein diffuses Gesamtbild: Es stand etwas Großes bevor, aber der Ausgang war noch völlig offen. Es konnte in einer Katastrophe enden, sich aber auch zum Guten wenden. Ritomar schüttelte verzweifelt den Kopf, den er auf die Brust hatte herabsinken lassen. Die Götter gaben ihm nur vage Hinweise und enthielten ihm die letzte Erkenntnis vor. Er konnte sich nicht als Empfänger göttlicher Eingebungen unter Beweis stellen. Gut, mit seinem Traum in der Brandnacht hatte er überhaupt erst die Ahnung geweckt, dass Räuber am Werk waren. Aber seitdem kam nichts mehr. Von ihm wurde mehr erwartet, viel mehr.

Ritomar ahnte, warum sich ihm die Götter verweigerten: Nur reine Gefäße waren ihrer Ergüsse würdig. Aber Ritomar war nicht rein. Er hegte unreine Gedanken wie den an den Sturz seines Fürsten.

Flussabwärts verlief die Reise, verglichen mit der Herfahrt, in atemberaubendem Tempo. Die Strömung riss die Boote so mit, dass sie vier- bis fünfmal schneller vorankamen als bei der Herfahrt, wo sie sich den Fluss hinaufquälen mussten. Schon am dritten Tag erreichten sie die Mündung der Warantia. Hier musste Itam auf ein Pferd umsteigen, das Hauptmann Garmo am Zügel neben sich herführte. Mittlerweile hatte Itam so viel Übung, sich im Sattel zu halten, dass er beim Heimritt durch die Flussauen halbwegs alleine zurechtkam. In einem Wald am Rand des Flusstals schlugen sie ihr Nachtlager auf.

Es war noch dunkel, als Garmo Itam schon wieder zum Aufbruch rief und den restlichen Transport der Waren den Kriegern überließ. Später glaubte Itam zu wissen, warum: Sie ritten so früh im Morgengrauen durch die Tore der Festung auf dem Opios, dass sie noch keinen unliebsamen Spähern unterkamen.

Garmo beschied Itam auf der Fürstenburg, im Quartierhaus der Wache zu warten. Itam zog erst noch sein Hemd aus und wusch sich im Trog vor dem Pferdestall.

Gerade kamen zwei Knechte mit Packpferden an, die auf jeder Seite ein Fass trugen. Sie mussten täglich das Wasser für die Burg von zwei Zisternen den halben Berg heraufschleppen. „Schon wieder fast leer", maulte der eine Knecht, während er mit einem Kübel das Wasser in den Trog schöpfte.

„Den Herren Kriegern würde es ja nicht einfallen, ihre Pferde vielleicht einmal zum Fluss hinunterzureiten, um sie zu tränken", stimmte der zweite Knecht demonstrativ laut mit ein. Ein Krieger, der in der Nähe stand, tat so, als hätte er nichts gehört.

Die Wasserträger zogen weiter zur Küchentür des Herrenhauses, Itam ging ins Wachhaus. Dort nahm er dankbar ein Stück Räucherschinken und ein Brot entgegen und legte sich nach dem Essen auf einen Strohhaufen zum Schlafen nieder.

Bevor er einschlief, hörte er von draußen Teile eines Gespräches zwischen zwei Kriegern: „Sie haben dem Fürstensöhnchen zu einer kleinen Heldentat verholfen", sagte einer.

„Das wird aber nicht genügen. Er ist zu ungeübt für einen wahren Krieger. Er kann das Schwert immer noch nicht richtig führen."

„Wie denn auch, wenn er es nie anfasst. Ich kenne Bauernburschen in seinem Alter, die schon seit zwei Jahren täglich ihre Übungsspeere und die Pfeile fliegen lassen."

„Deren Väter treiben sie wohl auch dazu an."

Dass die Krieger untereinander das Wort gegen die Fürstensippe erhoben, darüber wunderte Itam sich sehr.

Das Sonnenrad war schon ein gutes Stück über den Himmel gezogen, als Hauptmann Garmo Itam weckte. Seine Miene war betrübt. „Dass mir der Kunstschmied vor der Nase ermordet wurde, ist schlimmer, als ich dachte", sagte Garmo. „Der Fürst und die anderen konnten überhaupt nichts herausfinden und setzten ihre ganzen Hoffnungen auf uns. Die Stimmung ist miserabel."

„Habt ihr die Besprechung schon ohne mich abgehalten?" Itam hoffte, dass er von der üblen Laune der hochgestellten Herren verschont bleiben würde.

Doch er wurde sogleich enttäuscht.

„Nein, die Versammlung fängt jetzt an. Komm mit."

„Du kannst doch nichts dafür, dass Guar ermordet wurde, warum nimmst du das so schwer?", wunderte sich Itam auf dem Weg zum Herrenhaus.

„Als wir ankamen, lebte er noch", knurrte Garmo. „Ab da hatte ich die Verantwortung. Ich hätte einen Mann abstellen müssen, der auf ihn aufpasste, bis ich mit ihm sprach."

„Ihn bewachen? Aber es wusste doch kein Mensch, dass er in Gefahr war."

„Ich hätte es wissen müssen. Der Fürst schickte ja seinen Hauptmann, damit nichts Unvorhergesehenes mehr passieren konnte."

Itam beneidete den Hauptmann kein bisschen.

In der Halle war wieder die vertraute Runde versammelt: Das Fürstenpaar, Ritomar, der Priester, Salmo, der Bronzeschmied, Namant, der Kaufmann, Medugen, der Verwalter, und Fannac, der Spurenleser. Neben dem Fürsten sah Itam jemand neuen – es war Cintugen, der älteste Sohn des Fürsten, über den die beiden Krieger draußen gerade so abfällig geredet hatten. Itam hatte ihn noch nie aus der Nähe gesehen, doch er erkannte die feinen Gesichtszüge des Vaters wieder. Das Haar wallte golden glänzend bis auf die Schultern hinab. Es wirkte nicht kriegerisch-wild, sondern fast weiblich und passte nicht so recht zu seinem leichten Brustpanzer aus Hanfgeflecht und Lederaufsätzen.

Auf ein Zeichen seines Vaters ergriff Cintugen das Wort: „Es ist uns gelungen, die Spur der Schwerträuber zu finden", begann er. „In den Wäldern südlich der Agira. Neun Reiter waren es, sie flohen im Wald nach Osten." Cintugens Blick schweifte kurz zu Fannac, dem Spurensucher. Der zog verächtlich eine Augenbraue hoch und kniff die Lippen säuerlich zusammen, was aber wohl sonst niemand wahrnahm.

Da war Itam klar, dass in Wirklichkeit Fannac die Spur gefunden hatte. Er begriff, dass sich genau darauf das Gespräch der beiden Soldaten vorhin bezogen hatte, als der eine gesagt hatte: „Sie haben dem Fürstensöhnchen zu einer kleinen Heldentat verholfen."

Cintugen fuhr mit seinem Bericht fort: „Wir waren uns sicher, die Spur würde durch den Wald bis zur Warantia führen und von dort entweder entlang des Flusses oder über eine Furt weiter nach Osten. Aber auf halber Strecke zwischen hier und der Warantia wandten sich die Schwerträuber nach Norden, verließen den Wald und ritten geradewegs in die Ebene hinein."

Es entstand eine Pause, die Fürst Segomar schließlich kopfschüttelnd unterbrach: „Das ergibt doch überhaupt keinen Sinn. Wieso verlassen sie den schützenden Wald?"

„Zumal zu diesem Zeitpunkt bereits die Morgendämmerung heraufgezogen sein dürfte", pflichtete ihm Hauptmann Garmo bei.

Missmutige Blicke von der Tafel waren die Antwort. Jeder wusste, dass Garmo versagt hatte, da halfen ihm schlaue Erläuterungen auch nicht mehr. Erst jetzt wurde Itam richtig bewusst, dass Garmo nicht wie beim letzten Mal seinen Platz an der Tafel hatte, sondern wie ein Bediensteter im Hintergrund stehen musste.

„Wir konnten die Spur weiterverfolgen", meldete sich Cintugen wieder zu Wort. „Sie trennten sich in Dreier- und Zweiergruppen. Die Hufabdrücke gingen irgendwann auf morastigen Pfaden zwischen Spuren von Ochsenkarren und Rinderherden unter. Aber wir trafen immer wieder Bauern, die zum fraglichen Zeitpunkt Reiter vorbeigaloppieren sahen. Und dann, auf einen Schlag – nichts mehr. Sie scheinen wie von der Anderwelt verschlungen. Niemand hat sie mehr gesehen, wir haben die Leute in jedem Hof und in jedem Dorf befragt."

„Es ergibt keinen Sinn", wiederholte der Fürst.

„Alles ergibt einen Sinn." Ritomar, der Priester, erhob sich in seinem langen, grauen Gewand. „Manchmal liegt es nur an der Sichtweise auf die Dinge, dass sie keinen Sinn ergeben."

„Was soll falsch sein an unserer Sichtweise?", fragte der Fürst.

„Nun, wir sind bisher davon ausgegangen, dass die Schwerträuber so schnell und so weit wie möglich davonkommen wollten."

„Und du glaubst, das wollten sie nicht?"

„Ein Unterschlupf!" platzte Hauptmann Garmo hervor, der ahnte, worauf der Priester hinauswollte. „Natürlich, das würde erklären, warum sie den Schutz der Bäume verließen und vor aller Augen über die Ebene ritten. Sie hatten eine Zuflucht, wo sie sich mit der Beute verstecken konnten. Sie sind in kleinen Gruppen hingeritten, damit es nicht auffällt."

Der Priester nickte zustimmend. Garmo erntete nun schon etwas freundlichere Blicke.

„Wer könnte denn so weit östlich in der großen Ebene einem Haufen Schwerträuber Unterschlupf gewähren?", fragte der Fürst in die Runde. „Das liegt außerhalb meines Gebietes, ich kenne kaum jemanden dort."

Keiner hatte eine Ahnung, und so wandte sich Segomar notgedrungen seinem Hauptmann zu: „Garmo, nimm dir einen Trupp und durchforste die ganzen Höfe und Dörfer in dieser Gegend. Es kann doch nicht schwer sein, das Haus zu finden, wo neun Krieger untergeschlüpft sind."

Itam atmete mit Garmo zusammen auf. So schnell konnte es im Herrenhaus gehen – im einen Augenblick stand man noch in Ungnade, im nächsten war man schon wieder der wichtigste Mann.

Doch Namant, der Händler, hatte einen Einwand, der der Rehabilitierung des Hauptmanns entgegenstand: „Verzeih mir, Fürst, aber ich bezweifle, ob hier ein Soldatentrupp das Richtige ist. Es geht um Verschwörer, die einem Räuberhaufen Unterschlupf gewähren. Die würden sich doch wohl niemals den Kriegern des Fürsten zu erkennen geben."

„Da ist etwas dran", stimmte Salmo, der Schmied, zu.

„Du meinst, man sollte jemanden schicken, der sich unauffällig umhört?", fragte der Fürst.

„Jemand, der plötzlich dort auftaucht und herumfragt, wird immer auffallen, ganz gleich ob Krieger oder sonst jemand", murrte der Priester. Er hoffte, dass seine Stunde jetzt endlich gekommen war und er mit seiner Magie das Versteck aufspüren konnte.

„Das kommt darauf an." Namant ließ sich nicht beirren. „Wer zurzeit überhaupt nicht auffällt, sind Kaufleute, die zuhauf kommen, um ihre Geschäfte auf der bevorstehenden Totenfeier zu machen. Ein Händler, der abends dort eintrifft und ein Quartier erbittet, weil er es vor Anbruch der Nacht nicht mehr zum Opios schafft, erregt kein Misstrauen. Und dass Händler generell neugierig sind, ist jedem bekannt. Schließlich gehört zu jeder Ware auch eine Neuigkeit, sagt man doch."

„Lass mich raten, Namant", sagte der Fürst. „Du selbst sollst dieser Händler sein, wie?"

„Es wäre eine Ehre für mich." Der Kaufmann fasste sich ans Herz und verbeugte sich.

„An einem Abend bekommst du doch nicht genug heraus", warf der Priester ein.

„Ich finde schon eine Ausrede, am nächsten Tag auch noch zu bleiben – ein lahmendes Lasttier oder eine wichtige Nachricht, auf die ich noch warten muss", konterte Namant.

„Nun, was haltet ihr von diesem Plan?", fragte Segomar und schaute in die Runde.

Man beriet murmelnd mit seinen Tischnachbarn, dann nickten alle bis auf den Priester.

„Gut, so ist es beschlossen. Namant, du wirst den Plan heute noch in die Tat umsetzen. Lade zwei Packtiere voll und quartiere dich heute Abend in der fraglichen Gegend ein. Einer der Soldaten, die bei der Spurensuche dabei waren, soll dir den Weg zeigen, er fällt als Begleitschutz nicht auf. Horche die ältesten Männer aus, die du finden kannst; die wissen über alles und jeden Bescheid."

Jetzt war Garmo an der Reihe – er musste von der Reise nach Pyrene berichten. Er fasste sich kurz, denn zum einen war es für ihn eine höchst unangenehme Situation, zum anderen war offenkundig jedermann bereits informiert. „Wir haben dennoch zwei Spuren", tröstete Garmo über den Fehlschlag hinweg: „Einen geheimnisvollen Mann mit schwarzem Vollbart und eisernem Kampfgürtel; sehr wahrscheinlich der Mörder. Und einen Bernsteinhändler in Alkimoennis, der angeblich gut mit dem Opfer befreundet war und vielleicht etwas weiß."

„Vielleicht aber auch nicht", warf der Priester ein. „Und dieser Mörder kann sich den Bart abrasieren und den Gürtel ablegen, dann finden wir ihn nie. In dieser Richtung kommen wir nicht weiter."

„Es gibt aber noch andere Richtungen", ging der Schmied gegen die aufkommende Resignation an. „Es müssen doch viel mehr Leute mit den Schwertern zu tun haben. Für wen waren sie bestimmt? Für Targurs eigene Krieger wohl kaum; es wäre ja offenem Aufruhr gleichgekommen, hätten seine Anführer plötzlich alle Eisenschwerter. Dann waren sie also doch für andere Kriegsherren. Zu solch wichtigen Männern pflegt Targur gewiss Kontakt. Das muss doch nachzuverfolgen sein."

„Mein Fürst, als du am Tag nach dem Brand in Targurs Haus zum Totentrunk eingeladen warst, ist dir doch aufgefallen, dass Targurs Sohn Luguwal nicht da war", rief Hauptmann Garmo in Erinnerung. „Er war verreist, hatte man dir gesagt. Vielleicht diente die Reise ja dazu, das Geschäft mit den Schwertern abzuschließen? Die Waffen standen vor der Fertigstellung, wie wir aus Itams Angaben schließen konnten. Der Zeitpunkt hätte also durchaus gepasst."

„Daran habe ich auch schon gedacht", stimmte der Fürst zu. „Ich habe gehört, dass dieser Tage Luguwal und mit ihm ein ganzer Trupp wieder zurückgekommen ist. Aber ich konnte noch nichts Genaueres erfahren. Denn da haben wir schon unser nächstes Problem: Ich hatte einige Vertraute an Targurs Hof und der Umgebung. Sie trugen meinen Leuten zu, was sie so an Neuigkeiten erfuhren. Aber Targur ist nicht dumm und kann sich denken, wer Verbindungen zu mir hat. Er hat sie alle kaltgestellt und unter irgendwelchen Vorwänden weggeschickt."

„Wir brauchen unbedingt Augen und Ohren auf Targurs Hof", forderte der Priester. „Targur darf sich uns nicht schon wieder überlegen zeigen, wenn es um das Geheimnis der Eisenschwerter geht."

„Was heißt ‚schon wieder'?" Der Fürst klang gereizt.

„Dass er es überhaupt geschafft hat, die Schwerter unter unseren Augen schmieden zu lassen, ohne dass wir das Geringste merkten, ist schon ein schwerer Schlag gegen uns", entgegnete der Priester scharf. „Gegen dich, um genau zu sein."

„Also, wir brauchen neue Informanten bei Targur", lenkte Fürstin Akiana von dem drohenden Streit zwischen Fürst und Priester ab. „Wen können wir schicken?"

Itam glaubte zu spüren, wie ihn ein Blick durchbohrte. Er kam aus den unergründlichen blauen Augen Ritomars, denen das Lachen fremd zu sein schien.

„Du warst doch schon dort", sagte der Priester. „Und du hast deine gute Beobachtungsgabe unter Beweis gestellt. Du musst noch einmal versuchen, dich unter Targurs Leute zu mischen. Sie brauchen Arbeiter, um alles für die Totenfeier aufzubauen."

„Ich, ich weiß nicht, ob ich so etwas kann", stammelte Itam. „Ich bin doch nur ein Holzkohlehändler und noch ein erfolgloser dazu. Wie soll ich es denn anstellen, mich einzuschleichen und den mächtigen Targur auszuspionieren …"

„Ausspionieren? Rede nicht, als ob wir hier eine Bande niederträchtiger Schurken wären, die einen Diebstahl aushecken!", donnerte der Priester.

Itam war sicher, die lähmende Furcht, die ihn jetzt überkam, war der erste Schritt zu der Versteinerung, mit der Ritomar ihn auf der Stelle strafen würde.

„Deine Bestimmung ist es, dem Fürsten in schwerer Zeit einen Dienst zu erweisen. Sei dankbar, dass du dafür ausersehen bist!"

Itam verspürte überhaupt keine Dankbarkeit, als er die Burg wieder verließ. Im Gegensatz zu seinem ersten Besuch, nach dem er sich geehrt und als Liebling der Götter gefühlt hatte, kam er sich jetzt eher vor wie ein Hund, den man zum Jagen hetzte – ein Hund, der Prügel zu erwarten hatte, wenn er keine Beute apportierte. Alle Abenteuerlust war dahin – er musste wieder an die schrecklichen Augenblicke in Pyrene denken, als er am Türpfosten des Gasthauses kauerte und alleingelassen den Mörder erwartete.

„Ach, sieh an, mein Mitstreiter im Rat des Fürsten!" Namant, der Händler, legte Itam fast schon vertraulich die Hand auf die Schulter, als er ihn auf dem Wegstück am Rand des Marktes einholte. „Darf ich dich zu einem Bier in meiner Unterkunft einladen?"

Solch ein freundschaftlicher Ton tat gut nach dem Treffen eben. Itam nahm die Einladung gerne an.

Es gab sogar noch einen Schweinebraten dazu, und die beiden speisten erst einmal am Feuer zusammen mit einem Gehilfen des Kaufmanns. Der war seltsam wortkarg und musterte Itam ständig in Augenblicken, in denen er sich unbeobachtet fühlte.

„Weißt du, wir Händler sind so etwas wie eine große Familie", setzte Namant zu einer Unterhaltung an, wobei er das leer gegessene Brett wegstellte und sich das Bratenfett vom Mund wischte. „Es liegt in der Natur des Handels, dass wir ständig über aller Herren Länder verteilt sind. Deswegen brennen wir immer darauf, zu erfahren, wer von uns sich gerade wo aufhält. Hast du mitbekommen, welche Händler in Pyrene verweilen? Das tut nicht nur meiner Neugier gut – es könnte ja auch für unseren Fall wichtig sein." Bei den letzten Worten sah sich Namant um, um sich zu vergewissern, dass niemand lauschte. „Es kam ja schon zur Sprache, dass man die Schwerter vielleicht über einen Händler denen zukommen lassen will, für die sie bestimmt sind."

Itam überlegte kurz, ob er solch ein vertrauliches Gespräch außerhalb des Rates beim Fürsten führen durfte. Aber da Namant ja selbst der Vertrautenrunde angehörte, dachte er sich nichts dabei. Er konnte ohnehin nicht mit großen Erkenntnissen aufwarten: „Der Anführer der Bootsleute erwähnte einmal, es füge sich für bestimmte Geschäfte gut, dass er einen gewissen Darsa getroffen habe."

„Ah, Darsa, der Salzhändler?"

„Das weiß ich nicht, ich habe nur den Namen aufgeschnappt. Und dann war noch von einem Glai die Rede."

„Glai? Ich glaube, das ist nur ein Gehilfe. Sein Herr heißt Gutam."

„Diesen Namen habe ich nicht gehört."

„Normalerweise kommt er auch nicht bis Pyrene; er ist mehr im Osten unterwegs. Mich wundert nur, dass euch nicht noch mehr begrüßten, wo doch etliche Händler zur Totenfeier kommen werden."

„Hauptmann Garmo sorgte dafür, dass wir uns alle im Hintergrund hielten, erst recht nach dem Mord."

„Das war auch sehr richtig, natürlich", stimmte Namant zu. „Nun ja, ich werde sowieso viele von ihnen auf der großen Feier treffen. Bei den Göttern, das wird schon allein für uns ein Fest!"

„Als Händler muss man doch ein schönes Leben haben", sinnierte Itam. „Ihr seid überall gefragt, wo es glanzvoll und feierlich zugeht."

„Da hast du recht", sagte Namant und wies den Gehilfen an, die Krüge noch einmal zu füllen. „Wir sind da, wo das Leben am schönsten ist, auf Märkten und Festen. Oft ist schon unsere Ankunft ein kleines Fest, wenn wir heiß begehrte Waren dabeihaben."

„Und ihr braucht nicht wie unsereins zu warten, bis einmal eine Feier zu euch kommt."

„Ja, wir ziehen dem Leben entgegen. Und wir bekommen viel von der Welt mit. Aber tröste dich: Zwischen den Festen ist die Arbeit für uns mühsamer als für einen Köhler", meinte Namant lachend. „Das Herumschleppen, Auf- und Abpacken der Last jeden Tag, der Ärger mit störrischen Eseln und entkräfteten Packpferden, das Geschaukele und mühsame Vorwärtskommen auf den Booten ..."

Es war Itam schon aufgefallen, dass der Händler auf eine gewisse Weise von der Last seiner Arbeit erschöpft und ergraut wirkte. „Und gefährlich kann es doch auch werden", merkte er an. „Gibt es eigentlich viele Überfälle auf Händler?"

„Es passiert immer wieder." Eine tiefe Stirnfurche aus der Nasenwurzel heraus warf für einen Augenblick einen Schatten auf das Gesicht. „Ein Händler muss eben wissen, wann es angebracht ist, sich einen guten Führer oder teures bewaffnetes Geleit zu leisten." Fast nachdenklich fügte er hinzu: „Ein zuverlässiger Geleitschutz bewahrt dich vor der Furcht in der Fremde. Ja, die Fremde – du hast sie ja selbst kurz kennengelernt. Während vieler Abende an fremden Feuern, so wie jetzt, ist unsereins von der Sehnsucht nach einem Haus erfüllt, wo man seine Familie sehen kann, so wie es für euch Sesshafte jeden Tag selbstverständlich ist."

Der Gehilfe brachte die Krüge, wurde bei den letzten Worten noch mürrischer, als er ohnehin schon war, und verschwand wortlos in der Unterkunft. Scheinbar fehlte auch ihm seine Familie. Doch schnell wurde die Stimmung wieder fröhlich, man erhob noch einmal den Krug, und schließlich verabschiedete sich Itam.

Namants Worte von der Geborgenheit der Familie als Gegensatz zur Abenteuerlust hallten noch nach, als Itam seinen Vater, der gerade das Schwein fütterte, herzlich umarmte und drinnen der ganzen Familie von seiner Reise erzählte. Als er mit ihnen in dem einfachen, aber vertrauten Haus am Tisch saß, wollte er nur noch in Ruhe leben, sobald die mächtigen Herren von ihm abließen – egal, welch armseliges Dasein ihm dann beschieden wäre. Doch im Augenblick bestimmte der Fürst über sein Leben. Nach dem Essen, das seine Schwester Magula voll Wiedersehensfreude zubereitete und das er noch zu Namants Schweinebraten in den Magen quetschen musste, zog er gleich wieder mit dem Ochsenkarren los.

Der Versuch, sich auf Targurs Hof einzuschleichen, gestaltete sich noch erfolgreicher, als Itam zu hoffen gewagt hatte. Die Torwachen konnten sich noch an ihn und seinen Karren erinnern und ließen ihn durch. In der allgemeinen Unruhe hatten sie nicht mitbekommen, dass seine Fuhrdienste bereits beendet waren. Die Aufregung lag nun nicht mehr in der Brandkatastrophe begründet, sondern in den Vorbereitungen der Totenfeier, die nach Targurs Wunsch so gewaltig werden sollte wie beim Begräbnis eines Fürsten. Immerhin war ein Schmied ein heiliger Mann, der aus einstmals wertlosen Erzklumpen wahre Eisenschätze zaubern konnte. Von seiner Arbeit hing alle andere Arbeit ab: Er belieferte Handwerker mit Werkzeugen, Bauern mit Arbeitsgeräten, Krieger mit Waffen. Kurzum, man musste Gobat und die anderen Opfer von Taranis in würdiger Form auf die Reise zu den Ehrenplätzen der Anderwelt schicken.

Doch Targur galt es nicht allein, der Würde des Schmiedes gerecht zu werden. Er musste ein Gegengewicht zu der Tatsache schaffen, dass ihm der zürnende Himmelsgott seinen Schmied mit Gewalt entrissen hatte. Nach dem Begräbnis sollte niemand in seiner Sippe, auf den verbündeten Höfen und im Rest des Landes mehr tuscheln, dass sich Taranis und die anderen Götter gegen Targur gewandt hatten oder dass das Inferno eine Strafe war, weil er immer wieder zu viel Eisen aus dem Leib der Erdgöttin gerissen hatte, oder weil er gegen den Fürsten aufbegehrte, zu machthungrig war, finstere Pläne im Schilde führte, die man erahnte, von denen aber keiner etwas wusste. Nach dem Totenfest sollten sie nur noch von dessen Pracht reden, die jeden Gott versöhnen musste, von den Vergnügungen, die sich über mehrere Tage erstreckten, von dem großzügigen Mahl, von den eindrucksvollen Ehrengästen.

Dass die Vorbereitungen unter voller Anstrengung liefen, bemerkte Itam, als er Targurs Hauptmann Maban lautstark mit einigen Handwerkern debattieren hörte. „Krieger, Krieger!", zürnte gerade einer. „Die können Bäume umhauen, sonst nichts! Meine Leute sind vollauf damit beschäftigt, die Eichenbalken für die Grabkammer zu bearbeiten. Den Prunkwagen lassen wir schon von Birac bauen. Wenn er nicht Räder auf Vorrat gehabt hätte, wäre es ohnehin nicht gegangen. Und jetzt kommst du und willst riesige Tische für die Totentafel. Das geht nicht. Ich habe keine Leute mehr übrig!"

„Dann beschaffe dir welche, egal woher! In genau zehn Nächten gibt es die größte Begräbnisfeier der letzten zwanzig Jahre, das wird wegen dir nicht verschoben!", polterte der dickbäuchige Hauptmann.

Itam begriff und handelte sofort: „Braucht ihr noch einen Zimmermann?", rief er vom Wagen herab. „Hier habt ihr einen." Das war frech übertrieben; Itam hatte lediglich ein paar Monate in der Schreinerwerkstatt seines Hofherrn Birac ausgeholfen, um die Schuld für seinen Ochsenkarren abzutragen. Aber sie konnten nicht wählerisch sein, das war soeben mehr als deutlich geworden.

Der Mann, der mit Maban gestritten hatte, wandte sich ihm misstrauisch zu: „Du willst Zimmermann sein? Ich kenne alle Leute meines Gewerbes in der Gegend. Dich habe ich noch nie gesehen."

„Frag Birac", entgegnete Itam. „Ich habe für ihn gearbeitet."

„Kannst du Balken behauen?"

„Natürlich." Itam tat beleidigt, dass jemand daran zweifeln konnte. Dabei hatte er bisher nur die Ränder von Fichtenbrettern abgeglättet, aber so groß konnte der Unterschied ja nicht sein.

„Wir werden sehen", brummte der andere. „Du kommst sofort mit in den Wald. Mit deinem Karren können wir die fertigen Balken dann gleich wegfahren, oder?"

„Aber natürlich!", antwortete Itam voller Eifer, überglücklich, dass es ihm tatsächlich so schnell gelungen war, sich bei Targur einzuschleichen.

Der Zimmermann stieg zu ihm auf den Wagen, und während Itam wendete, hörte er schon Mabans nächsten Streit: „Ich bin angesehener Schmied auf meinem Herrenhof!", brüllte einer der Männer. „Wie kommst du dazu, mich dem Bronzeschmied des Fürsten als Knecht zuzuweisen, hä?"

„Unser toter Eisenschmied braucht auf seinem Prunkwagen Eisenbeschläge, wenn er in der Anderwelt als Former des Eisens gelten will, das wird ja wohl sogar in deinen Schädel hineingehen, oder nicht?", brüllte der Hauptmann zurück. „Und du hast die Ehre, an diesen Beschlägen mitzuarbeiten! Der Fürst lässt seinen Schmied in der Not für Targur arbeiten, und du wärst dir zu gut dazu, oder wie?"

Mehr hörte Itam nicht, denn der Mann neben ihm trieb ihn zu schneller Fahrt in den nahen Wald an. Unweit der Stelle, wo sie den Brandschutt vergraben hatten, fällten zwei Krieger mit ihren Streitäxten eine Eiche. Zwei weitere Stämme waren aufgebockt; Gehilfen hatten einen davon schon zur Hälfte an den zugänglichen Seiten behauen. Der andere Baum wurde Itam zugewiesen, indem ihm der Handwerker ein Beil in die Hand drückte.

Itam hatte Glück: Als Erstes galt es, die Äste vom Stamm abzuhauen, was keine große Kunstfertigkeit erforderte. Er schielte immer wieder zu den anderen, um abzuschauen, wie sie mit ihren Beilen umgingen. In unbemerkten Momenten übte er die Schläge an seinem Holz, und schließlich klappte es leidlich. Als der Zimmermann die Arbeit später kontrollierte, machte er keine begeisterte Miene, tadelte ihn aber auch nicht.

Spätabends, als alle endlich die Werkzeuge sinken ließen, warteten gleich mehrere Überraschungen auf Itam: Zunächst gab es für Arbeiter, Handwerker, Krieger, Fuhrleute und Lieferanten, die an der Vorbereitung der Totenfeier mitwirkten, ein großes Fest im Haus Hauptmann Mabans und auf dem Platz davor – Maban wollte die Männer, denen er etliche Tage hintereinander Höchstleistungen abforderte, bei Laune halten. Außerdem blieb so sein ganzer Trupp zusammen, denn die meisten schliefen gleich hier.

Itam genoss es, bei saftigem Rinderbraten und einem Krug, den er nach Belieben mit Bier füllen konnte, mit den Männern auf den Fellen zu sitzen. Aufmerksam hörte er ihnen zu – schließlich war er als Spion hier.

Die zweite Überraschung für Itam kam, als sich ein Torflügel des großen quadratischen heiligen Hauses öffnete, und er im Schein von Fackeln Ritomar, den Priester des Fürsten, herauskommen sah. Seine Kleidung war über und über blutbefleckt.

Itam erfuhr, dass Ritomar in dem Hoftempel, in dem die sterblichen Überreste des Schmiedes und der anderen Toten aufbewahrt wurden, ein Lamm geopfert hatte. Aus den Eingeweiden wollte er lesen, an welchem Ort die Begräbnisstätte den Übergang in die Anderwelt sicher gewährte. Hauptmann Maban stand sofort von seinem Gelage auf, eilte zum Priester und fragte, ob er den Platz bestimmt hatte, damit die Arbeiter endlich mit dem Bau der Grabkammer anfangen konnten. Ritomar erklärte, er müsse dazu erst noch in den Sternen lesen.

Itam dachte, er ginge in der Masse der Feiernden unter, doch der Blick des Priesters fiel zweifellos genau auf ihn. Mit jeder Begegnung wuchsen in Itam Unbehagen und Abneigung gegen den heiligen

Mann – er hatte ihn im Wald gepackt wie ein Opfertier und auf den Opios gezerrt. Ja, geopfert werden sollte er, dieses Gefühl überkam ihn jedes Mal, wenn er den finster dreinschauenden Priester sah. Er verzweifelte an diesen Gefühlen, war er doch sicher, Ritomar würde sie spüren und sich bitter dafür rächen, dass der Köhlerjunge ihm nur widerwillig folgte.

Itam ertränkte solch düstere Gedanken im Gerstenbier, was ihm schnell gelang, da er das Gebräu ganz und gar nicht gewohnt war. Er ließ sich von der überbordenden Stimmung mitreißen – beim Schwertkampf zweier Krieger, die in kühnen Attacken immer wieder übermütig durch lodernde Flammen sprangen, feuerte er seinen Favoriten an. Er bejubelte einen Reiter, der in vollem Galopp zwischen den Feiernden hindurchstieb, dabei aufrecht auf dem Pferd stand und immer wieder mit gespreizten Beinen hochsprang. Als ein Bogenschütze einem völlig betrunkenen Kameraden die Ärmel seines Gewandes mit Pfeilen an eine Hüttenwand nagelte, hielt er mit den anderen Zuschauern den Atem an.

Das Bier wirkte, doch er war noch Herr seiner Sinne, als er hinter Mabans Haus eine Schar von Kriegern entdeckte, die sich brennend für etwas in ihrer Mitte zu interessieren schienen. Er ging hin, nicht ohne vorher seinen Holzkrug noch einmal zu füllen.

Da sah er, was die Krieger so faszinierte: In ihrer Mitte stand eine junge Frau, wie er sie noch nie gesehen hatte. Sie trug Männerkleider und einen breiten, wertvollen Schwertgurt mit bronzenen Platten besetzt. Ihr langes blondes Haar hing wirr und schweißnass herunter und gab immer nur kurz den Blick auf das Gesicht frei. So war einen Moment lang ein stechend graublaues Auge zu sehen. Volle Lippen legten sich an den Rand eines Tonkruges. Hände mit langen, feinen Fingern wischten den Schaum in einer derben Bewegung weg. Die Frau rümpfte die kleine, keck nach oben gewölbte Nase, als sie den Kopf wild zur Seite warf und einem jungen Krieger zurief: „Hör mir auf mit Schwerttänzen, davon habe ich in den letzten Tagen mehr als genug gesehen."

„Ich schenke dir einen Feindeskopf aus der Skythenschlacht!", rief ein anderer Krieger.

„Im Haus meines Vaters hängen davon mehr, als die Dachbalken tragen können", erklärte sie und winkte mit dem Arm so heftig ab, dass sie ins Torkeln geriet. Ganz offensichtlich war sie, genau wie Itam, angetrunken.

„Ich trage dich auf meinem Schild rund um den ganzen Festplatz!", rief ein weiterer Krieger.

„Hatten wir schon." Sie verzog ihr Gesicht zu einer gelangweilten Grimasse, was ringsum Gelächter erzeugte.

„Was machen die da?", fragte Itam seinen Nachbarn.

„Taparu treibt wieder ihre Spielchen mit den Männern", erklärte der Krieger lachend.

„Heißt die Frau so?"

Der Mann wandte sich verblüfft Itam zu: „Ja, kennst du Taparu nicht? Die Tochter unseres Häuptlings? Das heißt, viele glauben ja, dass nicht der Häuptling, sondern ein wilder Hengst aus der Anderwelt ihr Vater ist." Wieder lachte der Krieger schallend.

„Und was geht hier vor?"

„Ach, sie hat verkündet, sie wolle einen Mann für die Nacht und warte jetzt auf Vorschläge, wie sich der Glückliche diese Gunst erkämpfen soll."

„Ist das ihr Ernst?"

„Es heißt, sie suche sich Männer aus, als ob es um die Wahl zwischen Schweinebraten oder Rindereintopf ginge. Aber genau weiß man es nie, ob sie es ernst meint oder ob die, die sich als Auserwählte rühmen, nicht bloß prahlen."

„Aber sie ist doch ziemlich jung."

„Alt genug."

Jetzt wurde es spannend, denn Taparu hatte ihre Entscheidung getroffen: „Schluss mit eurem Waffengeklirr und Schildherumgetrage, ich will einmal etwas Romantisches von euch derben Böcken sehen. Wer mir als Erstes einen frisch geschnittenen Mistelzweig bringt, der soll heute Nacht glücklich mit mir werden."

Ein enttäuschtes Raunen ging durch die Runde: „Einen frischen Mistelzweig? Wo verdammt noch mal soll man den jetzt herbringen?", „Was, weg vom Fest gehen, mitten in der Nacht im Wald herumstolpern und besoffen auf Eichen klettern?", „Jetzt geht sie aber

zu weit! Misteln sind doch heilig, damit treibt man keine Scherze!",
„Ach, die Mühe lohnt sich ja doch nicht – die will bloß wieder sehen,
ob sie tapfere Männer wie Hunde abrichten kann."

Während die meisten Krieger auseinanderliefen und sich eine
neue Unterhaltung suchten, hatte Itam plötzlich eine Eingebung. Auf
einer der Eichen, die gerade für die Grabkammer gefällt worden waren, hatten sich doch Mistelzweige eingenistet. Deren pralle, kleine
weiße Früchte mischten die Priester in ihre Tränke und das Volk
schätzte sie als Heilkräuter, Glücksbringer und Liebessymbole. Die
Misteln hingen noch frisch am Ast, leicht zugänglich gleich über dem
Boden. Gar nicht weit von hier.

Versuch es doch!, drang eine innere Stimme durch den Bierdunst
in seinem Kopf. Im Rausch des Festes schien ihm heute alles möglich.

Itam rannte los.

Auch einem anderen jungen Mann befahl eine Stimme, einen Mistelzweig zu holen, um Taparus Gunst zu erobern. Keine innere Stimme, sondern die mächtigste, die man sich hier auf dem Hof vorstellen
konnte – die Stimme Targurs, des Häuptlings. Sie sprach zu Bamar,
einem jungen Krieger. Der Häuptling hatte Bamar als Schwiegersohn
auserkoren, als Mann für Taparu. Bamar war der älteste Sohn des
Herren der Viereckschanze nördlich der Wegesiedlung. Sein Vater
regierte bislang alleine über die Sippe und die ihm verbundenen
Höfe, hatte sich weder Fürst Segomar noch einem anderen Herrn
angeschlossen und befehligte eine nicht geringe Zahl von Kriegern.
Konnte seine Tochter hier einheiraten, hätte Targur einen weiteren
wertvollen Verbündeten gewonnen. Die Waagschalen, auf denen seine und Fürst Segomars Macht gemessen wurden, kämen wieder zu-
gunsten Targurs in Bewegung.

Der Häuptling hatte die Kapriolen seiner Tochter aus der hin-
tersten Reihe mitverfolgt. Bamar saß wieder einmal tatenlos da und
nutzte die Gunst der Stunde nicht. Er mochte ein tüchtiger Krieger
sein, aber an List und Entschlossenheit mangelte es ihm einfach. Also
half Targur nach: „Ist es dir eigentlich ernst mit meiner Tochter?",
schreckte er ihn aus seiner bierseligen Stimmung auf.

„Aber, aber natürlich, Targur, Häuptling", stammelte der junge
Mann betreten.

„Warum bemühst du dich dann nicht um sie? Einen einfachen Mistelzweig für Taparu zu schneiden, ist doch wohl nicht zu viel verlangt, oder?"

„Ja, aber, aber – du sagst doch selbst immer, dass die Spielchen deiner Tochter eines ernsthaften Bewerbers unwürdig sind."

„Es liegt an dir, Bamar, aus dem Spiel Ernst werden zu lassen. Hol einen Mistelzweig und nagle sie damit fest, dir ihre Gunst zu schenken. Du musst dich ihr jetzt nähern. Oder willst du wieder die Gelegenheit verpassen wie auf dem Beltene-Fest*?"

„Nein, nein", gab Bamar klein bei und erhob sich. „Äh, wo finde ich denn einen solchen Zweig?"

„Meine Männer fällen seit Tagen Eichen drüben im Wald. Da brauchst du ihn nur abzupflücken."

Kurz, nachdem Itam zum Tor hinausgerannt war, drehte er sich erschrocken um. Gerade noch konnte er einem Reiter ausweichen.

War der auf die gleiche Idee gekommen, den Zweig von einer gefällten Eiche zu holen?

Gegen ein Pferd war jeder Wettlauf sinnlos. Lauf trotzdem!, erklang übermütig die Stimme in seinem Kopf, du hast nichts zu verlieren! Itam lief zwischen zwei kleinen Gehöften hindurch, die im Schutz von Targurs mächtigem Schanzenhof lagen. Am Waldrand stieß er auf das sattellose Pferd, das eilig am nächsten Baum festgezurrt war. Wieder folgte er einer Eingebung, die wohl dem Bierdunst zu verdanken war: Er entknotete den Strick, der seine Hose hielt, und näherte sich dem Pferd. Da das Tier in seiner Verwirrung ohnehin unruhig gewesen war, fiel sein erschrockenes Wiehern nicht weiter auf. Itam vollbrachte, was er nüchtern wohl nicht gewagt hätte: Er band den Strick um beide Vorderläufe und ließ dazwischen gerade eine Fußlänge Platz.

Dann schlich er zwischen Bäumen und Büschen zu den gefällten Eichen; ein Rascheln im nahen Unterholz verriet, dass sein Rivale schon auf dem Rückweg war.

---

* Frühlingsfest

Itam hatte schnell einen Mistelzweig gefunden und abgerissen. Da hörte er auch schon am Waldrand ein dumpfes Aufplumpsen und einen wilden Fluch. Kichernd suchte er sich einen Weg, auf dem er weit genug entfernt von dem gefallenen Reiter aus dem Wald gelangte. Er rannte los; jetzt hatte er eine echte Chance.

Der berittene Krieger hätte, auch wenn er erst das Seil an den Füßen seines Pferdes losmachen musste, Itam noch leicht im Galopp überholen können. Doch zum Glück für Itam war der Krieger, als das Pferd stolperte und ihn abwarf, genau auf seinen Mistelzweig gestürzt und hatte ihn zerdrückt. So musste er noch einmal zurück, um einen neuen zu holen.

Itam rannte und rannte, bis er vor Taparu stand. Die lag, immer noch von Kriegern umgeben, auf ihrem Bärenfell am Feuer und ließ sich gerade den Krug auffüllen. Er trat vor sie hin und reichte ihr den Mistelzweig. Sie starrte erst auf den Zweig, dann auf ihn und schien bereits vergessen zu haben, was das bedeutete. Da wandte sie den Blick dem heranhetzenden Reiter zu, der sein Pferd in einer Staubwolke dicht vor dem Feuer zum Stehen brachte, absprang und den zweiten Mistelzweig präsentierte.

Jetzt erst entdeckte Bamar Itams Zweig, dachte kurz nach und holte den Strick heraus, der ihn zu Fall gebracht hatte: „Gehört der dir?", fragte er scharf.

„Aber ja, er hält normalerweise meine Hose", antwortete Itam lachend, wobei er sein Hemd hochzog, um seine Behauptung unter Beweis zu stellen. „Aber heute Nacht werde ich weder Strick noch Hose mehr brauchen, denn ich habe ja Taparu als Erster den Preis für ihre Liebesgunst überbracht."

Als Bamar Itam anklagte, sein Pferd mit dem Hosenstrick zu Fall gebracht zu haben, begriffen alle, dass es um einen Mistel-Wettlauf ging, und lachten aus vollem Halse. Ein Krieger klopfte Itam begeistert auf die Schulter. Das machte den besiegten Rivalen noch wütender und schon blitzte ein Dolch in seiner Hand auf.

Taparu stand rasch auf und fiel ihm in den Arm. Dabei schmiegte sie sich eng an ihn, sah ihm verführerisch in die Augen und raunte ihm zu: „Heute hast du verloren, Bamar, aber du weißt, dass morgen eine neue Gelegenheit wartet."

Bamar erkannte, dass er sich am besten ins Dunkel zurückzog, wollte er sich weitere Häme ersparen.

Jetzt hatte Itam endgültig Taparus Aufmerksamkeit erregt. „Soso, du hast es also geschafft, einen Reiter durch List zu Fall zu bringen", sagte sie, während sie ihn umschlich wie eine Raubkatze und von oben bis unten musterte. „Und dabei scheinst du mir nicht einmal ein Krieger zu sein. Wer und was bist du?"

Itam stellte sich ihr vor.

Dabei musterte Taparu sein Gesicht. Es war lebendiger als das der Krieger, die sie kannte, sie konnte viel mehr darin lesen: In den kleinen, hellbraunen, fast bernsteinfarbenen Augen sah sie Unsicherheit; offensichtlich hatte er kaum Erfahrung mit Frauen. Doch die Unsicherheit lag im Widerstreit mit Neugier und Faszination – er fühlte sich offensichtlich sehr von ihr angezogen. So sehr, dass er alle Vernunft vergaß, sonst hätte er es als Köhlerjunge niemals gewagt, sich einer Häuptlingstochter zu nähern. Und er hätte es nie mit einem berittenen Soldaten aufgenommen. Diese vor Verlangen leuchtenden Augen taxierten sie nicht einfach als schöne Frau; sie suchten nach etwas, das tief in Taparus Innerem liegen musste. Die feinen Züge der schmalen Nase, der ausgeprägten Wangen und des für einen Mann fast schon zarten Kinns widersprachen Itams niederem Stand; sie hätten eher zu einem Barden oder einem Künstler gepasst. Die struppigen, kurzen Haare wiederum ließen sich gar nicht einordnen: Sie könnten ebenso einem kleinen Jungen wie einem Abenteurer in ferner Wildnis gehören, wirkten unbezähmbar und zeugten von einer Unbeschwertheit, der Eitelkeit fremd war.

Taparu zog Itam hinab auf das Bärenfell und leerte den Krug mit ihm. Weitere Krüge folgten.

In einem der kleinen Vorratshäuser, die auf schulterhohe Pfähle gesetzt waren, erwachte Itam am Morgen splitternackt auf einem Fell. Taparu lag neben ihm und trug ebenfalls nichts mehr am Leib. Wunderbare Bilder tauchten aus dem Nebel in seinem Kopf auf: das Schlendern zum Tor hinaus, ein Kuss unter einer einsamen Linde, seine Fingerkuppen auf ihrem Nacken, ihre Nägel wie Krallen auf seiner Brust, ihr Lachen, ihre vollen Lippen, ganz warm und feucht und überall auf seinem Körper. Und dann? Er wusste nur noch, dass sie sich Haut an Haut aneinander geschmiegt hatten.

Das Licht war schon so stark, dass es durch die Türritze drang. Itam hätte schon längst bei der Arbeit sein müssen. Es gelang ihm, sich von Taparu zu lösen, ohne sie zu wecken. Sein Hemd fand er, seine Schuhe, auch den Gürtelstrick der Hose. Aber seine Hose selbst war weg. Er kramte in dem Kleiderhaufen, zwischen den Getreidesäcken, hinter dem Fass, fand sie aber nicht. Er hatte keine andere Wahl, als Taparus Hose anzuziehen und sich zu seiner Arbeit im Wald davonzustehlen.

Ritomar, der Priester, hatte endlich den Platz für die Grabkammer festgelegt und ihn frühmorgens verkündet – am östlichen Rand des Waldes, auf der Seite, die Targurs Hof und den beiden Großgrabhügeln abgewandt war. Oben auf dem Hangrücken sollte die Kammer errichtet werden. Drei uralte, bereits zusammengesunkene Grabhügel zeichneten sich hier ab, die allerdings nicht annähernd so groß waren wie die beiden Fürstenhügel auf der anderen Seite des Gehölzes. Als Itam mit seinem Ochsenkarren ankam, fiel nicht auf, dass er bislang gefehlt hatte – der Zimmermann hatte jetzt keine Zeit mehr, das Behauen der Eichenstämme zu beaufsichtigen, er musste sich um die Baustelle der Grabkammer kümmern. Ein Krieger dirigierte Itam zu der Stelle, von wo es Balken wegzufahren galt.

Einige Männer, die die Last aufluden, wurden von seinem ausgestochenen Nebenbuhler der letzten Nacht beaufsichtigt. Ein Seitenblick, den Itam auffing, verriet, dass Bamar ihm noch lange nicht verziehen hatte.

Der Ochse musste sich entsetzlich abmühen, das Gewicht der Eichenbalken presste die Räder tief in den weichen Waldboden. Als Itam das Tier endlich aus dem Wald auf die Baustelle gezerrt hatte, erschrak er über den Trubel, der hier herrschte. Gut hundert Arbeiter gingen eifrig verschiedenen Beschäftigungen nach. Während einige die Grube für die Grabkammer aushoben, korrigierten ein paar andere die Abmessungen zwischen eingeschlagenen Pflöcken. Wieder andere legten bereits herangeschleppte Eichenbalken zurecht oder karrten Steine an, die später über der Kammer aufgeschichtet werden sollten.

Die mächtigsten Männer des Landes um den Opios waren da. Der Fürst, umgeben von seiner Leibwache, beobachtete das Treiben aus dem Hintergrund. Ritomar, der Priester, stand mit verschlossenen Augen vor dem künftigen Grab und schien immer noch darüber zu meditieren, ob es auch richtig lag. Häuptling Targur stand einen Steinwurf weit hügelabwärts zusammen mit seinem Hauptmann Maban. Beide planten mit großen Gesten wie Feldherren Aufbau und Ablauf der Totenfeier, die hier in neun Tagen stattfinden sollte. Wie immer war Maban von Handwerkern belagert, die seine Anweisungen erwarteten oder sich über etwas beschwerten, was ihre Arbeit behinderte. Von Tag zu Tag wurden sie nervöser.

Mit einem Mal löste sich eine Gestalt aus dem Pulk um Häuptling Targur – Taparu. Sie kam geradewegs auf Itam zu. Es war mehr als ungebührlich, an diesem heiligen Ort zu lachen. Doch Itam konnte sich nicht beherrschen, als er sah, dass sie seine Hose trug. Sie stapfte an ihm vorbei und bedeutete ihm mit einer energischen Kopfbewegung, ihr in den Wald zu folgen. Er pflockte den Ochsen fest, sah sich verstohlen um und ging ihr in sicherem Abstand nach.

„Ja, bist du denn verrückt, in meiner Hose herumzulaufen!", überfiel sie ihn.

Aus einem Gebüsch ertönte ein Prusten. Ein Arbeiter, der sich dort offensichtlich von seinem Harndrang erleichtert hatte, eilte davon, wobei er noch einen höchst vergnügten Blick über die Schulter zurückwarf.

„Stell dich doch gleich auf meinen Ochsenkarren und verkünde unsere Liebschaft dem Volk!" Leiser werdend und näher kommend fügte Itam hinzu: „Es ist doch eine Liebschaft, oder?"

Taparu, eben noch das angriffslustige Mannweib, senkte verlegen den Blick. Sie war nicht weniger verwirrt als Itam und hatte wie er nur schemenhafte Erinnerungen an die letzte Nacht – sehr wohlige, allerdings. Sie murmelte etwas.

„Was?", hakte Itam nach.

„Wir sollten uns einmal richtig unterhalten. Letzte Nacht, da waren wir wohl etwas … Bei den Göttern, ich weiß nicht einmal, ob wir es getan haben!"

„Ich auch nicht", entgegnete Itam, grinste und schlang seine Arme eng um ihren Körper. „Sorgen wir doch heute Nacht dafür, dass sie uns besser in Erinnerung bleibt."

Taparu sah ihn an. In diesem Blau ihrer Augen konnte gleich ein wütender Blitz oder aber der zärtlichste Teil ihrer Seele aufleuchten, das wusste man bei ihr nie. Sie schien es selbst nicht zu wissen, denn sie schob Itam weg und sagte kurz angebunden: „Wir sehen uns heute auf dem Fest."

„Was, wieder mitten unter den wüsten, grölenden Kriegern und vollgelaufen mit Bier oder Met? Dann ist es also doch keine Liebschaft, sondern nur einer von deinen derben Späßen?"

„Du wirst schon sehen", sagte sie, zog ihn wieder heran und küsste ihn auf den Mund.

„Warum haben wir uns eigentlich nicht zuvor getroffen?", fragte Itam. „Ich habe doch schon einige Tage für Hauptmann Maban gearbeitet und zuvor für den Schmied."

„Na ganz einfach – ich bin doch vor drei Tagen erst mit Luguwal zurückgekommen."

Mit einem Schlag war ihm wieder der düstere Teil der Geschichte bewusst: Die Frau, in die er sich gerade verliebte, war ja Luguwals Schwester. Sie war mit ihm auf der Reise gewesen, die vielleicht mit dem Verkauf der Schwerter zusammenhing. Taparu kannte das Ziel, das er unbedingt herausfinden musste. Von ihr konnte er etwas darüber erfahren – und wahrscheinlich nur von ihr.

Er musste die Gelegenheit beim Schopf packen, sie würde nie wieder kommen.

Nein – das wäre das Schäbigste, was er je getan hätte.

Er sah hinüber zur Baustelle, wo der mächtige Fürst auf seinem Ross saß. Er stellte sich vor, wie es wäre, diesen Mann zu enttäuschen. Es gelang ihm nicht.

Er blickte wieder zu Taparu, die ihn verliebt ansah. Itam war es zumute, als würden ihn sämtliche Balken der Grabkammer erdrücken. „Erzähle mir doch etwas von dieser Reise", forderte er sie auf. Diese Worte musste er sich regelrecht abringen.

„Das kann ich nicht. Es war ein geheimes Unternehmen."

Itam war fast dankbar für diese Antwort. Sie hatte Geheimnisse vor ihm, dann war es nicht mehr so schlimm, wenn auch er welche vor ihr hatte. Und überhaupt – noch waren sie ja gar kein richtiges Paar. Was, wenn die ganze Sache nur eine von Taparus Launen war, die sich offenbar schnell legten? Dann hätte er sich geärgert, die einmalige Gelegenheit nicht genutzt zu haben. Mit dieser Betrachtungsweise tröstete er sich. Es war allerdings ein schwacher Trost.

„Na, komm schon, du musst ja nicht gleich große Geheimnisse verraten", bohrte er weiter. „Ich bin ja nur neugierig, wie es anderswo aussieht. Wart ihr denn in einer Siedlung? Vielleicht eine so groß wie die Burg auf dem Opios?"

Taparu nickte zögerlich. „Ja, Siedlung und Burg sind dem Opios ganz ähnlich. Unten liegen zwei Bereiche mit Gehöften, Handwerkerhäusern und Markt und oben eine Burg."

„Gab es da auch so riesige Mauern wie auf dem Opios?"

„Na, und ob. Aber die Burg muss gar nicht ganz mit einer Mauer geschützt werden. An einer Seite liegt eine Steilwand, die niemand erklimmen kann. Das Burggelände läuft spitz in einem riesigen Fels aus, nach unten wird der Berg immer breiter. Die ganze Siedlung sieht aus wie eine gigantische Pfeilspitze."

„Ist das weit weg? Liegt es an der Danubia?"

„Von der Danubia ist es noch ein ganzer Tagesritt. Und die Fahrt den Fluss hinunter dauerte … Aber das darf ich dir gar nicht erzählen. Wir haben doch schließlich genügend anderes zu bereden, oder?" Bei den letzten Worten sah sie ihn mit einem derart vertrauensvollen Blick an, dem Itam angesichts seiner eigenen Falschheit kaum standhalten konnte.

Schlimmer noch: Während er in ihre Augen sah, überlegte er, wie er sich davonstehlen konnte, um dem Fürsten Bericht zu erstatten. Er würde einfach nach der Arbeit und vor der allabendlichen Feier zum Opios hinüberfahren in einem großen Bogen um Targurs Hof herum, das Gesicht verborgen wie ein Dieb.

„Zwölf Tage nach dem Feuer war Luguwal also wieder da, wenn sie vor drei Tagen zurückgekommen sind", rechnete Fürst Segomar nach, als Itam am frühen Abend Bericht erstattete. Diesmal war es keine solch große Runde wie sonst. Der Händler Namant war ja unterwegs, um das Versteck der Schwerträuber zu finden; der Priester hatte sich voll und ganz auf den Totenkult zu konzentrieren. Der Schmied Salmo erschien im Augenblick nicht von Nutzen, und der Sohn des Fürsten musste für eine wichtige Aufgabe auf der Totenfeier üben. Nur die Fürstin, Hauptmann Garmo, sein Fährtenleser Fannac und der Verwalter Medugen saßen bei Segomar.

„Wir können davon ausgehen, dass die Boten gleich am Morgen nach dem Brand losgaloppiert sind und alle zusammen, als man Luguwal die Nachricht überbracht hatte, ebenso schnell wieder zurückritten. Zwölf Tage insgesamt bedeutet sechs Tage hin und sechs zurück. Es muss also sechs scharfe Tagesritte von hier entfernt sein", folgerte der Fürst.

„Das heißt aber nicht, dass Luguwal schon am Ziel war, als ihn die Boten erreichten", warf die Fürstin ein. „Sie können ihn auch weit vorher eingeholt haben. Er hatte es bestimmt nicht eilig, nachdem er aufgebrochen war."

Hier stimmten der Fürst und die beiden Krieger zu. „Gehen wir für den Augenblick einfach davon aus, dass er schon am Ziel war", beschloss Segomar dennoch. „Wenn nicht, stellt sich das später schon heraus. Also: Wo kann er in sechs Tagesritten hingelangt sein?"

„Er ritt auf jeden Fall nach Osten", erinnerte die Fürstin an das Ergebnis von Ritomars Vogelschau.

„In dieser Richtung kommt natürlich viel infrage. Von den großen Salzminen über die Danubia-Siedlungen bis zu den Handelsposten und Festungen an der Grenze zum Skythengebiet können sie alles erreicht haben", überlegte Hauptmann Garmo.

Itam zögerte einen Augenblick. Er konnte den Ort genau beschreiben, den sie suchten. Aber diese Tatsache lag ihm derart im Magen, dass es ihn schmerzte. Vielleicht wurde es ja besser, wenn er sich davon erleichterte wie von einem verdorbenen Essen. Also gab er die Beschreibung des befestigten Handelsplatzes, die er Taparu entlockt hatte, wieder.

Sofort erhob sich Medugen, der Verwalter: „Fürst Segomar, ich habe keinen Zweifel – diese Beschreibung trifft auf den Molpir zu, einen Berg, dessen Spitze wie ein Pfeil geformt ist. Sechs Tagesritte insgesamt entfernt, ein Tagesritt nördlich der Danubia, die Wälle so angelegt wie hier auf dem Opios – kein Zweifel."

„Du kennst diesen Ort?", fragte Akiana.

„Nein, meine Fürstin. Aber die Händler haben mir alle wichtigen Handelsplätze genau beschrieben."

„Dann ist das also offenbar ein bedeutender Handelsplatz?", warf der Fürst ein.

„Ja, hier trifft man auch viele Händler der Skythen. Das würde gut zu deiner Vermutung passen, die Schwerter sind für sie bestimmt."

Segomar nickte nachdenklich.

Itam war froh, dem Fürsten endlich mit einer wichtigen Erkenntnis dienen zu können. Dennoch war der Druck in seinem Magen nicht besser geworden. Vielleicht wäre das der Fall gewesen, hätte sich seine Information als nutzlos erwiesen. Dann hätte auch der Umstand, dass er sie von seiner Geliebten erschlichen hatte, keine Bedeutung mehr gehabt. Vielleicht kann ich ja alles voneinander trennen, versuchte er nun in Gedanken erneut, mit seinen Gewissensbissen fertig zu werden. Taparu braucht nichts von meinem Auftrag für den Fürsten zu wissen und der Fürst nichts über Taparu. Ja, so könnte ich mich durchlavieren.

„Der Molpir, gut", sagte der Fürst. „Aber was nützt uns das?"

Jetzt erhob die Fürstin eine Hand, wie, um sich Ruhe für eine wichtige Bekanntgabe zu verschaffen. „Mir kommt gerade ein ganz anderer Gedanke. Wir gehen davon aus, dass Luguwal in großen Geschäften unterwegs war, die womöglich auch die Eisenschwerter betreffen. Mit anderen Worten, er hat wichtige Leute getroffen. Reiche Kaufleute, einflussreiche Mittelsmänner, vielleicht sogar Heerführer, für die die Schwerter bestimmt waren. Dann kommen die Boten seines Vaters und vermelden den Tod des Schmiedes. Mit anderen Worten, sie kündigen ein großes Totenfest an, zu dem man gewöhnlich seine bedeutenden Freunde, Verbündete und Handelspartner einlädt."

„Ja natürlich!" Die Miene des Fürsten hellte sich auf. „Luguwal hat diese Männer gleich zu dem Fest eingeladen. Sie werden zu uns kommen! Ein schlaues Weib ist so viel wert wie ein tapferes Heer!"

Während er dies sprach, nahm er den Kopf seiner Frau zwischen die Hände und küsste sie.

Die Soldaten lachten und erhoben die Methörner auf ihre kluge Fürstin.

„Sehr gut", freute sich Segomar. „Ich denke, auf dem Totenfest wird Namant die wichtigen Leute schon erkennen, die auf dem Molpir verkehren. Darüber hinaus strömen zum Glück ja derzeit Unmengen von Händlern aus allen Richtungen herbei. Von denen kann uns sicher jemand sagen, wer von den anderen sich vor gut zwanzig Tagen auf dem Molpir aufgehalten hat, oder?"

Alle machten zuversichtliche Mienen.

„Dennoch müssen wir weiterhin Augen und Ohren offen halten", fuhr der Fürst fort. „Unter der Unmenge von Menschen, die zur Feier herbeiströmen, erkennen wir die richtigen nur, wenn wir klare Hinweise auf einen Zusammenhang mit den Schwertern haben." Er wandte sich Itam zu. „Im Augenblick bist nur du direkt am Ort des Geschehens bei Häuptling Targur. Wir stochern trotz allem immer noch im Nebel, und es ist längst nicht gesagt, dass wir auf der Totenfeier etwas herausbekommen. Die Männer, die mit den Schwertern zu tun haben, werden sehr vorsichtig sein, vielleicht können sie ja ihre Herkunft verbergen. Jeder Hinweis, den du herausfindest, kann der entscheidende sein. Und du weißt ja, Arbeit, die nichts bringt, wird auch nicht belohnt."

5

DER SPION FLIEGT AUF

„Zeige mir auf, wie Steine bei den Gottesurteilen eingesetzt werden", forderte Ritomar, der Priester.

„Die drei Steine verborgen in dunkler Masse, also schwarzer Erde oder Kohle", antwortete der Schüler. „Zieht der Angeklagte den weißen Stein, ist er unschuldig, der schwarze zeigt seine Schuld. Der bunte Stein spricht für eine teilweise Schuld. Auch das Umschreiten des Altars gehört dazu, wenn du diesen zu den Steinen zählst. Neun Mal muss der Angeklagte um den Altar ziehen, dann bekommt er ein Wasser zu trinken, das der Priester mit einem Zauberbann belegt hat. Ist er schuldig, wirkt das Wasser wie Gift. Lehrst du mich heute diesen Zauberbann?"

„Ruhig, ruhig, alles zu seiner Zeit", mahnte Ritomar den Barden.

Cobrun hatte es viel zu eilig, wollte die Weisheit an sich raffen, anstatt sie in Ruhe tief einsickern zu lassen. Aus seiner Situation heraus war es verständlich. Er wusste ja nicht, wie lange er noch willkommen war, um das Wissen des Priesters aufzunehmen; schließlich war er bereits unwillig von einem Herren zum anderen gereicht worden. Der Barde hatte sich zunächst dem Fürsten angedient, doch dieser betrachtete ihn in erster Linie als Unterhalter bei Festgelagen und Verbreiter von Lobgesängen auf sich selbst. Er duldete, dass sein Priester Zeit erübrigte, ihn zu unterrichten, aber er ließ ihn nicht auf

Handelszügen mitreisen, wo er anderen weisen Männern begegnen konnte.

So hatte es sich ergeben, dass Cobrun zu Häuptling Targur übergelaufen war. Hier war er ganz anders empfangen worden. Targur ließ ihn nicht nur durch die Lande reisen, sondern zeigte sich abends am Lagerfeuer begierig, zu erfahren, welche Gedichte, Lieder und Sagen er in der Ferne gelernt hatte. Der Häuptling hatte ihm eine angesehene Stellung versprochen, sobald er oder sein Sohn Luguwal eines Tages Fürst wäre. Cobrun sollte gründlich ausgebildet werden und als Nachfolger Ritomars einmal Priester des Fürstensitzes sein. So lange richtete es Targur ein, dass er sich mit Ritomar zur Ausbildung im heiligen Hain treffen konnte, wie sie es gerade taten. Aber wie lange würde es dauern, bis der Fürst dahinterkäme, es nicht mehr duldete und den Barden aus dem Land warf?

So war es kein Wunder, dass Cobrun möglichst schnell noch an wertvollem Wissen aufnehmen wollte, was er nur konnte.

„Welche Gottesurteile werden mit Holz vollzogen?"

„Da sind die drei Holzstäbe – der des Angeklagten, das Holz der Götter und das des Herrn über das Land. Man wirft sie ins Wasser. Geht allein das Holz des Angeklagten unter, ist er schuldig. Eine Abwandlung ist das Verfahren mit nur zwei Hölzern, das des Angeklagten und das des Herrn. Erst kommen sie ins Feuer, dann legt man sie in die Hand des Angeklagten. Bleibt sein Holz kleben, ist er schuldig. Dann gibt es noch das hölzerne Halsband: Bei Schuld zieht es sich um den Hals zusammen."

„Gut." Ritomar bemerkte an seinem Schüler wieder diesen Anflug von Selbstzufriedenheit, den er nicht leiden konnte. Es gab einiges, was ihm an diesem Barden nicht gefiel. Die leicht hervorquellenden Augen vermittelten nicht gerade den Eindruck von Klugheit. Dass er sich einen langen Kinnbart hatte wachsen lassen, der dem seines Mentors Ritomar glich, betrachtete der Priester als Anbiederung. Das lange, wallende Haar wiederum wirkte zu selbstgefällig, eitel und geltungsbedürftig. Doch es war müßig, sich über diese menschlichen Unvollkommenheiten zu ärgern; sollte der Barde tatsächlich eines Tages Priester werden, würden sie beim Weiheritual ausgetilgt. Cobrun würde beispielsweise drei Tage und Nächte lang in einen heiligen Baum gehängt und geläutert, er würde dem Totenreich näher sein als der irdischen Welt und dessen Dämonen und Fürsten in der letzten Nacht als Visionen sehen. Ritomar wusste aus eigener Erfahrung, dass man anschließend ein vollkommen anderer Mensch war, eben ein Priester.

„Nun nenne mir die Gottesurteile, die man mit Metall vollzieht."

„Das Metall muss immer heiß sein. So wird im Kessel der Wahrheit Wasser erhitzt und die Hand des Angeklagten hineingesteckt. Ist er unschuldig, zieht er die Hand wieder unversehrt heraus. Verwandt damit ist das geweihte Eisen, das bis zur Rotglut erhitzt ist. Man streicht über die Hand des Angeklagten. Bleibt sie unversehrt, beweist das die Unschuld. Dem wiederum ähnelt das Gottesurteil mit der Bronzeaxt. Deren Klinge wird erhitzt und über die Zunge des Angeklagten geführt. Ist er kein Lügner oder Verräter, so hat er auch nichts zu befürchten."

Ritomar erschauerte. Er fragte sich, ob er selbst das letzte Gottesurteil überstehen würde. Denn was er hier tat, war nichts anderes als Verrat – er unterrichtete Targurs Barden. Nicht allein darin äußerte sich die starke Seelenverwandtschaft zwischen Ritomar und dem Häuptling. Immer öfter dachte er an Targurs Einflüsterungen: Dass er als Priester eines Tages gleichberechtigt neben ihm oder seinem Sohn herrschen, große Tempelanlagen bekommen und nach dem Tod mit seinem Geist in Cobrun, seinem Zögling, weiterleben sollte.

Für Fürst Segomar bestand die höhere Welt aus erhabenen Kunstwerken, aus Streben nach Wohlstand, Plänkeleien um Macht und Einfluss. Götter zählten nur nach dem Nutzen, den sie brachten. Sie waren für die Menschen da und nicht umgekehrt. Häuptling Targur jedoch war wie Ritomar überzeugt, dass ein Menschenreich die Ausdehnung der Götterwelt darstelle, jede alltägliche Handlung eine Huldigung an die Götter sein musste.

Die Anzahl an faulen Kompromissen, mit denen Ritomar seinen wahren Herren hinterging und die Herrschaft Targurs vorbereitete, wuchs. So gab beispielsweise der Barde, was er gelernt hatte, an Targurs Sohn Luguwal weiter. Auf diese Weise erfüllten sie auf Umwegen Targurs Bitte, der Priester möge doch seinen Sohn erziehen, wie es sich für einen Fürstenprinzen ziemte. Den Verrat tarnte Ritomar vor sich selbst mit dem armseligen Einwand, er unterrichte ja nicht den Häuptlingssohn, sondern den Barden.

Dass der Häuptling dem dermaßen ergebenen Priester gegenüber die zehn Eisenschwerter verschwiegen hatte, kränkte Ritomar zutiefst. Doch andererseits beruhigte das auch sein Gewissen. Es wäre unleugbar Verrat gewesen, hätte es der Priester gewusst und seinem Fürsten nichts davon gesagt. So sagte sich Ritomar, Häuptling Targur habe ihm die Last der Mitwisserschaft abgenommen, um ihn vor einem Zwiespalt zu bewahren, der ihn innerlich zerrissen hätte.

In diesem Moment spürte er Luguwals Nähe. Ritomar vernahm kein Knacken im Unterholz und auch sonst keinen Laut, aber er wusste, dass er wieder da war. Der Priester wandte den Kopf zu den beiden riesigen Eichen, die den Eingang zum heiligen Hain bildeten. Luguwal stand gerade noch außerhalb des Bannkreises, beobachtete und belauschte sie. Ritomar beneidete den jungen Häuptlingssohn wie keinen anderen im Land; er hatte eine wahrhaft große Zukunft vor sich. Ihm oblag die Aufgabe, das Fürstenreich an sich zu bringen und es von einem Reich der Krämer zu einem Reich der Götter zu machen. Seine Chancen standen gut, denn seine Zeit war gekommen. Die Ära der Vorväter, als es darum ging, feindliche Stämme abzuwehren und den Boden für Wohlstand und Frieden zu bereiten, lebte schon lange nur noch in Geschichten am Feuer fort. Auch die Zeit des Fürsten war vorbei. Die Fürstensippe war satt und träge geworden und das Volk mit ihnen. Fürst Segomars Zweig war verwelkt.

Ritomar sah die frischen jungen Blätter an den Bäumen, die sich hoch über dem verrotteten Laub erhoben. Die Knospen sprossen, wo die Früchte des Vorjahres längst abgefallen und aufgegessen waren. Das Gras erneuerte in sattem Grün, was vom Vieh verzehrt oder im letzten Winter abgestorben war. Das Neue stand in Saft und Kraft und hatte das Alte überkommen. Frische Lebenskraft musste auch ins Volk einschießen. Die Menschen mussten ihre Verwurzelung mit den Göttern neu sprießen lassen, und die Speere der müden Krieger mussten sich wieder wehrhaft und eindrucksvoll gen Himmel recken wie ein Feld voller Weizenhalme. Denn anderswo waren die Entwicklungen nicht stehen geblieben, der Angriff der Skythen vor fünf Jahren hatte es gezeigt – der feindliche Haufen war nur eine Speerspitze gewesen, die die Kelten unter Auferbietung ihrer gesamten Kraft gerade noch hatten bezwingen können.

Luguwal war in die Rolle des Helden, der in die neue Zeit führen sollte, hineingeboren. Er wirkte mit seinen neunzehn Jahren ständig wie ein Raubtier vor dem Sprung. Der im Sommer stets nackte Oberkörper bot den Anblick von geschmeidigen Muskeln, die Bizepse schienen immer angespannt. Jede Bewegung war eine Demonstration aufkeimender Macht. Luguwal schlug mit dem Schwert bei den Übungen nicht einfach nur zu, sondern schien mit jedem Schwung eine ganze Armee aufzufordern, es ihm gleichzutun. Schoss er einen Pfeil ab, stieß er mit dem Bogen hinterher, als schicke er ihm zusätzliche Kraft nach. Im Ringkampf war jeder Griff eine Pose der Kraft und Überlegenheit; selbst banale Dinge wie das Besteigen eines Pferdes wirkten bei ihm majestätisch. Der auffallend kräftig ausgeprägte Unterkiefer signalisierte Aggressivität und Tatkraft, die Augen strahlten ein fast schon erschreckend starkes Selbstbewusstsein aus. Ihnen fehlte das Feuer, für das seine Schwester Taparu so bekannt war. Doch die kalte, taktierende Überlegenheit, die aus seinem Blick sprach, flößte einem noch mehr Furcht ein als die Hitzigkeit, die die Kelten ohnehin voneinander gewohnt waren.

Immer wieder missachtete er das Verbot, zu den Lehrstunden im heiligen Hain aufzutauchen, den Priester bei seinen Ausführungen zu belauschen und anschließend Fragen zu stellen. Ritomar konnte das Verbot schlecht in ein absolutes Tabu, einen Geis, verschärfen, denn Geise sprachen Priester nur gegenüber neuen Herrschern aus. Luguwal hätte solch ein rituelles Verbot als weitere Bestätigung seines Herrschaftsanspruches aufgefasst.

Hätte doch nur Cintugen, der Sohn des Fürsten, bei seiner standesgemäßen Ausbildung solch einen Eifer an den Tag gelegt! Doch der ließ Ritomars Unterrichtsstunden im Tempel auf dem Opios über sich ergehen wie eine Schwertkampfübung oder eine Reitstunde. Er fragte nie nach und fand lediglich an der kunstvollen Konstruktion mancher Verse Gefallen. Ihm bedeuteten die heiligen Worte nicht mehr als hübsche griechische Vasen oder die Figuren auf wertvollen Fibeln. Einmal hatte er den Unterricht ausfallen lassen, weil er die

Gesellschaft eines etruskischen Künstlers vorzog, der nur einen halben Tag auf der Burg weilte.

Ritomar versuchte, diese Gedanken abzuschütteln und sich wieder auf die Lektion zu konzentrieren. „Kennst du noch ein Gottesurteil?", fragte er Cobrun.

„Ja, das mit den beiden Raben. Zwei miteinander streitende Parteien opfern den auserwählten Raben jeweils ein Gebäck. Die Partei, deren Opfergabe die Raben fressen, ist im Unrecht; die, deren Gebäck aus dem Schnabel des fliegenden Vogels über das Land verstreut wird, ist im Recht."

Ritomar nickte. Schon wieder schweiften seine Gedanken ab. Die Raben erinnerten ihn an die Vogelschau auf dem Wall der Burg, in der ihm die Götter nur unbedeutende Erkenntnisse mitgeteilt hatten. Dem Fürsten waren sie viel gnädiger gesonnen und hatten ihn durch den Adler zu Itam geführt. Der wiederum erwies sich als Schlüssel zum Geheimnis der Schwerter.

War Itam wirklich ein Medium der Götter? Das durfte nicht sein. Diese Rolle stand doch ihm zu, dem Priester, und nicht diesem einfachen Köhlerjungen.

Da kam Ritomar eine Idee. Er ließ sie reifen, während er den Barden anwies, ein langes Gedicht zu rezitieren. Dann erklärte er die Lektion vorzeitig für beendet, schickte Cobrun fort und wandte sich Luguwal zu, der sich hocherfreut zeigte, vom Priester vertraulich angesprochen zu werden.

Am Abend wartete eine herrliche Überraschung auf Itam und viele andere Männer: Taparu trug ein atemberaubendes Kleid aus feinem, dünnem Stoff, grün und pfirsichfarben, der ihren Körper schmeichelnd bei jeder Bewegung umfloss und ihn sogar durchscheinen ließ, wenn das Licht günstig darauf fiel. Die linke Schulter war frei, der Ansatz des kleinen, festen Busens zeigte sich. Eine große runde Bronzefibel mit feinen Einlegearbeiten aus grünem und gelbem Glas hielt das Tuch über der rechten Schulter zusammen. Bronzene Reife schmückten Arme und Fußfesseln. Ohrringe mit herabhängenden roten Tropfen aus Korallen reichten fast bis zur Schulter. Mehrere Schleier wirkten zunächst wie ein Umhang; doch dann, als sie ans

Feuer trat und ihre Arme zum Tanz ausbreitete, glichen sie den Flügeln von Elfen.

Ein Krieger schlug die Trommel. Taparus erste Bewegungen waren noch ruhig und verhalten. Doch Itam sah schnell, dass sich da ein wilder Tanz entfesselte, den er nicht vom Reigen der Bauernmädchen auf dem Beltene-Fest oder von den weiß gewandeten Jungfrauen bei Opferriten kannte. Die Bronzereifen klirrten, wenn die Arme in grazilen und zugleich heftigen Bewegungen zum Himmel schwangen, die Beine nach Sprüngen durch das Feuer den Schwung federnd auffingen, der Oberkörper in Schlangenbewegungen erst nach vorne und dann so weit nach hinten schnellte, dass das Haar den Boden peitschte. In einem ersten Höhepunkt beugte sich Taparu aus einem Sprung heraus nach hinten, packte den Rock und riss ihn seitlich bis zur Hüfte auf. Ein wohlgeformtes Bein kam zum Vorschein, glänzend vor Schweiß. Taparus Ekstase war längst auf das Publikum übergesprungen, die Krieger schrien und johlten, dass die Trommel kaum noch zu hören war. Immer mehr Zuschauer strömten herbei. Itam stand mit offenem Mund und klopfendem Herzen da.

Taparu warf das nackte Bein weit nach oben, umschlang damit einen unsichtbaren Mittänzer, trat einen Krieger weg, der ihr zu nahe kam, und streckte das Bein in immer größeren Sprüngen. Schließlich landete sie auf beiden Knien, ließ den Oberkörper nach hinten und die ausgestreckten Arme zur Seite sinken. Ihr Busen bebte, ihre Haut glänzte, ihr Haar lag ausgebreitet auf dem Boden. Die Zuschauer schrien und klatschten vor Begeisterung, Krieger schlugen mit den Schwertern gegen ihre Schilde.

Als jemand mit der Hand den Schenkel packte, den sie aus dem zerrissenen Rock wegspreizte, kam Taparu wieder zu sich. Sie sprang in einem Satz hoch, stieß den zudringlichen Krieger grob weg und blitzte die umstehenden Männer drohend an. Die Zuschauer wandten daraufhin ihre Aufmerksamkeit wieder anderen Annehmlichkeiten zu. Doch vielen entging nicht, wie die wilde Tänzerin geradewegs auf Itam zuschritt, ihm den Bierkrug wegnahm und in einem Zug leerte.

Heiß blitzte sie ihn zwischen schweißverklebten Haaren aus den Augen an: „Ich habe nur für dich getanzt", raunte sie ihm zu. Damit verschwand sie aus dem Lichtkreis des Feuers.

Itam folgte ihr ins Dunkel der Buche unweit des Tores und nahm sie in die Arme: „Bei allen Göttern, wo hast du so tanzen gelernt?"

Als Antwort kam zunächst ein wilder Zungenkuss. Dann fauchte sie in sein Ohr, dass er ihren heißen Atem spüren konnte: „So tanzen in der Steppe die Frauen, die einen wilden Krieger begehren oder ihn zu übermenschlichem Kampfrausch aufpeitschen wollen."

Itam ergriff ihre Hand: „Einer der Krieger sagte, du hättest noch nie in deinem Leben ein Kleid getragen."

„Ich habe auch noch nie das heiße Blut einer Frau in mir gespürt", sagte sie, rannte los und zog ihn mit. „Das musst du in Wallung gebracht haben."

„Aber wieso ich? Du hast doch vor mir schon die wildesten Krieger gehabt."

„Eben – Krieger. Immer wüste Kämpfer. Dabei bin ich selbst zu einer Kriegerin geworden. Was bisher zwischen mir und den Männern war, erinnerte mehr an Krieg als an Liebe. Sie kämpften um mich, eroberten mich wie eine Trophäe. Und ich, ich verschlang sie wie eine Beute." Sie hörte auf zu rennen. „Alles war wie ein Kampf, grob und wild. Kämpfe sind zwar leidenschaftlich und heftig, aber schnell vorüber. Falls ich einmal bei einem Krieger liegen blieb – das war nicht so oft, wie du vielleicht denkst – zogen wir uns am Morgen voneinander zurück wie zwei Heere nach dem Kampf. Da blieb nicht mehr als nach einem wüsten Siegesgelage – man hat es bis zum Überdruss genossen, und es war vorbei."

„Aber mit mir war es anders, nicht wahr?" Itam warf sich stolz in die Brust.

„Ja, du Angeber. Zieh es nicht ins Lächerliche. Na ja, ich brauche mich nicht aufzuregen, denn als ich mir den Mistelzweig wünschte, war es für mich erst auch nur ein Spaß. Aber tief drinnen war es mir ernst. Ich wollte einmal einen romantischen Liebesbeweis und keinen Schwertkampf als Vorspiel. Ich dachte, dass sich sowieso keiner der Krieger deswegen von Braten und Bier lösen würde; und wenn doch, käme wieder so ein derber Haudrauf daher."

„Und dann kam ich. Ein unscheinbarer Köhlerjunge, aber ein recht ansehnlicher Kerl, was?"

Taparu boxte ihn in die Seite, seine Abwehr kam viel zu langsam. „Jedenfalls kein tumber Krieger", erklärte sie lachend, packte in einer schnellen, geübten Kampfbewegung seinen Arm, drehte ihn auf den Rücken und hielt ihn fest. „Das bist du wirklich nicht. Aber als du dich freutest wie ein kleines Kind, weil du den Wettlauf gegen Bamar gewonnen hattest, als dein Herz klopfte, während du mir die Mistel reichtest, als du dabei schüchtern zu Boden geschaut hast, als dieses Leuchten über dein Gesicht huschte, weil ich mich so freute, als du mich ansahst wie eine Erscheinung aus der Anderwelt – da hast du jeden Krieger besiegt."

„Lass mich los", klagte Itam, „du drehst mir ja den Arm aus."

Als Taparu ihren Griff lockerte, wollte er sich rächen, doch sie sprang behände davon. Er folgte ihr, und schon waren sie hinter den ersten Bäumen des Waldes angelangt, wo ihnen Moos und weiches Gras ein Bett bereiteten. Unversehens streifte Taparu das Kleid ab. Der Anblick der im Mondlicht glänzenden Haut löste in Itam den unwiderstehlichen Drang aus, zuzupacken und sie in den Hals zu beißen. Mit einem seltsamen Geräusch, halb Stöhnen, halb Knurren, krallte sie sich unter seinem Hemd in seinen Rücken und fuhr mit den Händen hinab, ohne dass der Gürtelstrick sie aufhalten konnte. Das heiße Fleisch prallte aufeinander, sie taumelten bis zu einem Baum, der die ineinander verschlungenen und zuckenden Körper stützte. Keuchen und spitze Schreie durchdrangen den Wald, immer wieder erstickt von gierigen Küssen. Es nahm kein Ende, bis der Morgen graute.

„Ich will dich mit Haut und Haaren", ließ Taparu beim Abschied keinen Zweifel daran, dass sie es ernst meinte.

Da spürte Itam wieder das Drücken im Magen. Hatte er diese Liebe von Anfang an durch seinen Verrat vergiftet?

Das Unglück geschah schon wenig später. Vielleicht hätte Itam ohne den Nachhall der Nacht und mit etwas Schlaf schneller reagiert. Dann wäre ihm der Mann, der das Pechfass aus Pyrene herangeschafft hatte, womöglich bekannt vorgekommen, und er hätte ihm ausweichen können. So aber lief er ihm geradewegs in die Arme, als er seinen Ochsen mit dem Wagen voller Balken vor die Grabkammer führte.

Der Mann erkannte ihn sofort wieder.

Itams Balken waren noch nicht abgeladen, da stapfte schon der dicke Hauptmann Maban heran, packte ihn wortlos am Arm und zerrte ihn beiseite. „Du gehörst zu den Leuten des Fürsten, du elender kleiner Wurm?"

Itam hatte den Mann mit dem Fass mittlerweile selbst erkannt und sich schnell eine Ausrede zurechtgelegt: „Weil ich in Pyrene war? Dort habe ich mich doch bloß als Gehilfe verdingt. Was bleibt mir denn übrig, als mich überall nach Arbeit umzusehen? Von dir bekomme ich doch nichts für die Holzkohle, die ich geliefert habe. Und diese Schinderei hier wird meine Verluste auch nicht wettmachen."

„Los, du erzählst mir sofort alles von dieser Reise. Hattet ihr die …" Maban hielt inne. Konnte er den Burschen auf die Schwerter ansprechen? Was, wenn er bisher tatsächlich nichts davon gewusst hatte? Dann würde sich das Geheimnis womöglich noch schneller verbreiten. Aber die Gelegenheit, ihn auszuquetschen, bedeutete mehr als alle Bedenken. „Hattet ihr die Eisenschwerter dabei?"

„Bei den Göttern, nein!"

„Was war in dieser großen Kiste, die einem Mann fast bis zur Brust reicht? Da waren sie doch drin, oder?"

„Aber nein, das war eine Bodenvase, in Stroh verpackt."

„Hast du sie gesehen? Wie sah sie aus? Schnell, denk dir jetzt nichts aus."

„Ein Künstler des Fürsten hat sie auf dem Opios aus Ton gebrannt. Nach dem Vorbild einer hellenischen Vase, aber so verziert, wie es bei uns hier die Art ist. Die Henkel bestanden zum Beispiel aus zwei Pferdeköpfen. Das erklärten mir die Männer, die sie auspackten."

„Wer waren diese Männer? War der Verwalter des Fürsten dabei?"

„Nein, nein, das waren nur zwei seiner Gehilfen, die er uns vorausgeschickt hatte."

Maban war geneigt, dem Burschen zu glauben. Wollte der Fürst tatsächlich mehrere Eisenschwerter eintauschen, hätte er damit keine Gehilfen betraut, sondern seinen Verwalter selbst geschickt. Mabans

Beobachter hatten auch keine wichtigen Männer des Fürsten von Pyrene bei den Leuten vom Opios gesehen oder bemerkt, dass einer von Segomars Männern im dortigen Herrenhaus eingeladen war. Nein, da hatte man ganz gewöhnliche Tauschgeschäfte abgewickelt. Beim Fürsten von Canecoduno hatten seine Kundschafter Ähnliches beobachtet. Die Schwerter waren noch nicht weggeschafft worden. Also lagen sie nach Mabans Überzeugung noch auf der Fürstenburg.

Maban musterte Itam eindringlich. „Du gehst auf dem Opios ein und aus, oder?"

„Natürlich. Da ist der Markt …"

„Mit wem redest du dort? Wem berichtest du?"

Itam wand sich wie eine Schlange, deren Kopf mit einer Astgabel an den Boden gepresst wird. „Ich berichte doch niemandem …"

Maban holte mit dem Arm, an dem er den schweren Bronzereif trug, aus wie zu einem fürchterlichen Schlag: „Erzähle mir nichts! Du bist auf einer wichtigen Reise mit Männern des Fürsten dabei, du treibst dich immer wieder hier bei uns herum – ich weiß doch, woran ich einen Spion erkenne!"

Bei aller Verzweiflung spürte Itam instinktiv, dass er seine Zugehörigkeit zur Vertrautenrunde um nichts auf der Welt verraten durfte. Maban weiß nicht, dass ich dazugehöre, sonst hätte er es mir ins Gesicht gesagt, schoss es Itam durch den Kopf. „Hauptmann Garmo", räumte er notgedrungen ein. „Der unterhält sich immer sehr lange mit mir."

Maban strich über seinen langen Schnauzbart. Das tat er immer, wenn er angestrengt nachdachte. Er überlegte nicht, was Itam verraten haben konnte, sondern war schon einen Schritt weiter: Ließ er sich vielleicht umdrehen und als Spion bei Segomar einsetzen? Ein zweiter Spion als Reserve wäre nicht schlecht, denn dem Mann, den sie derzeit an Segomars Tisch sitzen hatten, traute Maban nicht. Er war selbst zu sehr verstrickt in die Geschichte mit den Eisenschwertern. Nein, ein zweiter Informant konnte gewiss nicht schaden. Schon gar nicht einer, auf den sich so hervorragend Druck ausüben ließ wie auf Itam.

Genau das tat der Hauptmann nun: „Das ist eine heiße Geschichte zwischen Taparu und dir, was?", meinte er breit grinsend.

Sofort verlor Itam die Fassung: „Sie hat nichts damit zu tun!", rief er flehentlich.

„Sie hat nichts damit zu tun? Nun, wenn ich nicht ganz falsch informiert bin, ist sie die Tochter meines Häuptlings. Du weißt schon, der Häuptling, den du gerade für Segomar ausspionierst."

„Bitte, nein! Du darfst sie mir nicht wegnehmen! Sag ihr nichts von alldem. Es wäre ein Frevel, unsere Liebe zu zerstören!"

„Ich werde ihr nichts sagen", versprach Maban. „Aber dafür musst du mir etwas sagen. Ich will nämlich wissen, wo Segomar die Schwerter hat."

„Er hat sie nicht, glaub mir doch. Wie kommst du denn darauf? Er sucht sie doch selbst ganz verzweifelt."

„Ach was, er gaukelt euch allen doch nur etwas vor", erklärte Maban und winkte ab. „Er hat die Schwerter, ich weiß es. Der Kunstschmied hat ihm verraten, wann und wo er sie finden kann. Deshalb musste er sterben, weil er als Einziger außerhalb des Opios das Geheimnis kannte."

„Was? Du glaubst, Segomar hat ihn in Pyrene ermorden lassen?"

Maban lächelte hintergründig und wirkte einen Augenblick lang gar nicht mehr bedrohlich. Überhaupt hatte Itam, seit er ihn kannte, das Gefühl, dass eine gute Seele in dem dicken, lebenslustigen Kerl steckte.

„Weißt du, was das Geheimnis der Weisen und Mächtigen ist?", setzte der Hauptmann höchst geheimnisvoll an. „Sie können ihre Augen herausnehmen und durch die Augen der anderen ersetzen. Versuche es doch auch einmal."

Itam bemühte sich, die Sache mit den Augen Hauptmann Mabans und Häuptling Targurs zu sehen.

„Wer war bei dem Kunstschmied, als er ermordet wurde?", fragte Maban. „Unsere Leute? Nein. Hauptmann Garmo war da. Und sonst niemand. Er hatte Blut an den Händen. Und sonst niemand."

Itam kam ins Grübeln. Diese Sichtweise ergab mehr Sinn als alles andere bisher – jedenfalls mehr als die Version, die Garmo erzählte.

„Jetzt sage mir nur noch, Garmo hat dir von einem großen Unbekannten erzählt, der hinter allem steckt?", setzte Maban nach.

In der Tat war die Rede von einem Mann mit dem schwarzen Vollbart gewesen, der wie vom Erdboden verschluckt war. Itam schauderte bei dem Gedanken, dass Garmo, der junge, ernste Hauptmann, mit dem er sich schon ein bisschen angefreundet hatte, ein Meuchelmörder sein sollte. „Aber sie haben eine Spur von den Schwerträubern", fiel es ihm ein.

„Lass mich raten", entgegnete der Hauptmann ungerührt. „Sie führt ins Leere."

„Nun ja, zunächst schon. Aber jemand forscht dort weiter nach, wo sie aufhört."

„So, so. Wo hört sie denn auf?"

Itam erzählte von der Spur, die durch die südlichen Wälder führte, die dann plötzlich in die Ebene abbog und vermutlich auf einen Unterschlupf zulief.

„Und wer forscht den Unterschlupf angeblich aus?"

„Namant."

„Namant. Der kann doch keine Spuren lesen. Der wird nichts herausfinden. Und weißt du, warum? Weil es keine Spur gibt. Und weil Fürst Segomar gar nicht will, dass irgendjemand irgendetwas herausfindet."

Itam wurde hellhörig. Hauptmann Maban kannte Namant, den Händler. Er fragte nicht nach, als er den Namen hörte und er sagte, Namant könne keine Spuren lesen. Das musste sich Itam merken. Doch was immer es bedeuten mochte, wieder war Mabans Sicht der Dinge richtig: Vorerst löste sich die Spur im Nichts auf. Wollte der Fürst tatsächlich alle, die dem Geheimnis nahe kamen, in die Irre führen, weil er selbst dahintersteckte? Aber hatte nicht der Fürst das Geheimnis gelüftet, indem er Itams Beobachtungen so genau deuten ließ? Nein, es war gar nicht der Fürst. Ritomar, der Priester, hatte die Nachforschungen vorangetrieben. Er hatte damals im Wald vor Itam gestanden, er hatte ihn zum Fürsten bestellt, er hatte die große Beratung einberufen. Und der Fürst? Der hatte doch beinahe mit Ritomar Streit angefangen. War er ungehalten gewesen, weil der Priester mehr herausfand, als ihm, dem Fürsten, lieb war? Mit Mabans Augen sah wirklich alles ganz anders aus. Und vieles passte besser zusammen.

„Aber wie soll ich herausfinden, wo die Schwerter sind?", fragte Itam kleinlaut. Es war nicht zu fassen – sowohl der Fürst als auch Häuptling Targur und Hauptmann Maban legten diese Aufgabe auf seine Schultern.

Der dicke Hauptmann schien seine Last zu erkennen. Sein Lächeln wirkte fast gutmütig, als wolle er mit väterlichem Rat helfen: „Nun, du musst dir immer denken, dass diese Schwerter von einer mächtigen Aura umgeben sind. Sie ziehen so manches an, und das kann man sehen, wenn man damit rechnet. Zum Beispiel Wachen. Wo immer die Schwerter verborgen sind, sie werden schwer bewacht. Lässt der Fürst Wachen einsetzen, wo sonst keine sind, wo es auf den ersten Blick vielleicht gar nicht sinnvoll scheint? Die Soldaten unterhalten sich laufend über ihren Wachdienst. Vielleicht lässt einer einmal eine Bemerkung fallen, wo derzeit mehr Posten im Einsatz sind als üblich. Oder dass er es völlig überflüssig findet, plötzlich hier oder dort stehen zu müssen." Nach einer kurzen Pause fuhr er fort: „Ein anderer Ansatzpunkt: Die Schwerter umgibt ein großes Geheimnis. Das muss man spüren, wenn man in ihre Nähe kommt. Sind bestimmte Wege im Gegensatz zu früher gesperrt, Pforten plötzlich verschlossen? Klagen Krieger, dass die Anführer plötzlich dem einen oder anderen misstrauen?"

Itam war verblüfft, welche Wege sich auch auf der Suche nach etwas Unsichtbarem eröffneten, wenn man nur wusste, worauf man aus war. Doch Maban hatte noch weitere Ratschläge: „Dann zieht so etwas Wertvolles auch die Gier an. Achte auf reiche Händler und Unterhändler, die verstohlen Einlass beim Fürsten begehren, um das ganz große Geschäft zu machen."

„Das ist schwierig – zur Totenfeier kommen solche Leute doch haufenweise. Wie soll ich erkennen, wer hinter den Schwertern her ist?" Kaum, dass er es ausgesprochen hatte, kam ihm Namant in den Sinn. Der Händler war unvermittelt aufgetaucht und saß als Einziger, der nicht vom Land des Fürsten stammte, im Kreis der engsten Vertrauten. Warum gewährte Segomar einem Fremden diese herausragende Stellung? Wieder passte Mabans Sicht der Dinge. Hatte der Fürst die Schwerter tatsächlich selbst geraubt, brauchte er einen erfahrenen Kaufmann, der sie an weit entfernte reiche Abnehmer vermitteln konnte. Das traf auf Namant zu. Und Maban schien ihn zu kennen; das hieß umgekehrt, auch Namant kannte den Hof von Häuptling Targur. War er mit daran beteiligt gewesen, den günstigsten Zeitpunkt für den Raub der Schwerter auszukundschaften? Hatte er Guar, den Kunstschmied, ausgehorcht oder gar mit ihm zusammengearbeitet? Guar hatte genau gewusst, wann die Schwerter fertig waren und wo sie sich befanden. Aber er hätte es niemals riskieren können, den Fürsten auf dem Opios selbst aufzusuchen. Hatte Namant, der Händler, der Reisende, der Wanderer zwischen den Welten, die Verbindung zwischen Guar und dem Fürsten hergestellt?

Itam begann, sich für diesen Mann zu interessieren.

Beim allabendlichen Fest auf Targurs Hof erzählte er Taparu von den vielen Fremden, die er bei seiner Arbeit kennengelernt hatte. Schließlich lenkte er das Gespräch auf Namant.

„Wieso interessiert dich gerade der?", fragte sie misstrauisch.

„Nun, ich wundere mich ein wenig. Ich meine, ich habe ihn auf dem Opios gesehen, aber auch gehört, dass er auf dem Hof deines Vaters verkehrt. Mir kommt es vor, als sei er überall ganz gut bekannt." Das war nur eine Vermutung und Itam war gespannt, ob Taparu sie bestätigte.

„So ist das eben mit diesen Händlern, sie interessieren sich nicht für unsere Zwistigkeiten und schlagen sich auf keine Seite."

Taparu stritt also nicht ab, dass Namant tatsächlich bei ihrem Vater ein und aus ging.

„Die einzige Seite, die sie kennen, ist das Geschäft. Mein Vater sieht es nicht gerne, dass er mit beiden Parteien handelt und der Fürst wohl auch nicht. Aber was bleibt ihnen übrig? Auf reiche Händler wie Namant sind sie angewiesen, mit denen haben sie ihre großen Vermögen angehäuft. Warum interessiert dich das alles?"

„Ach, das alles ist mir nicht so wichtig wie dein kleiner Finger", lenkte Itam ab. Er dachte darüber nach, dass er dem Händler gerne auf den Zahn gefühlt hätte, aber Namant war wohl noch auf der Suche nach dem Unterschlupf der Schwerträuber.

Der Priester hasste es, sich verstecken zu müssen wie ein Verbrecher. Er tröstete sich, indem er sich sagte, diesen Weg hätten die Götter gewählt und er führe eben über Itam. Die Wege der Götter waren selten gerade und direkt.

Luguwal war schon vor der verabredeten Zeit im Schatten der Bäume aufgetaucht, der Priester hatte es nicht anders erwartet. Der Häuptlingssohn platzte vor Neugier, was Ritomar jetzt wohl aus seinem Korb herausholte. Eine kleine, mit Wachs und Bast verschlossene Tonflasche leuchtete im Mondlicht auf. „Das hier musst du in Taparus Becher geben, bevor sie zu Bett geht. Mische es in den Met oder ins Bier."

„Ein Zaubertrank?" Luguwals Blick hing gebannt an dem Gefäß.

„Jedes Kräuterweib kann so etwas zusammenbrauen. Es ist einfach ein Schlaftrunk – ein sehr starker, allerdings."

„Aber du sprachst doch von einem Zauber."

„Der Zauber ist das hier." Der Priester griff abermals in den Korb.

„Wie, ein Stück Fleisch?"

„Das ist die Keule eines Opfertieres, eines Hammels. Ich habe sie mit Zaubersprüchen belegt. Itam muss sich daran satt essen, er darf danach nichts mehr zu sich nehmen. Gesättigt von diesem Fleisch muss er in Schlaf fallen. Dann kann ich ihn befragen."

„Ich dachte, er hätte dir alles gesagt, was er weiß."

„Was einem bewusst ist, ist nur ein Bruchteil der Beobachtungen, die in die Tiefen der Seele fließen und sich dort zu Erkenntnissen vereinigen."

„Und an dieses tiefe Wissen kommst du durch deinen Zauber?"

„Allerdings." Ritomar verschwieg, dass es ein großer Zauber war, den er hier missbrauchte. Mit diesem Ritual bestimmte man normalerweise Häuptlinge oder Fürsten, deren Namen das Medium im heiligen Schlaf aussprach. „Sobald Itam in der Vorratshütte schläft, gibst du mir ein Zeichen."

„Wird Itam es sagen, wenn der Fürst die Schwerter geraubt hat?"

„Die Götter wissen, was Itam aussprechen wird."

„Aber wenn er Segomar nennt, wirst du dann eine Satire gegen den Fürsten senden und gegen ihn fasten?" Das waren die schrecklichsten magischen Waffen, die man gegen einen Herrscher einsetzen konnte. Eine berechtigt ausgesprochene Satire, also ein Zaubervers, entstellte das Gesicht desjenigen, gegen die sie gerichtet war, mit Furunkeln, sagte man. Das wiederum zeigte jedermann, dass der Getroffene ein großes Unrecht begangen hatte. Deutliche körperliche Mängel eines Herrschers wurden allgemein als Strafe der Götter bis hin zum Grund für die Entmachtung angesehen. Ähnlich verhielt es sich mit dem Fasten gegen den Landesherrn. Das oberste Gebot eines Herrschers war es, alle Menschen auf seinem Land gut zu nähren. Fastete ein großer, heiliger Mann auf seinem Gebiet gegen ihn, rief er damit den Zorn der Götter auf den Fürsten herab.

„Ich werde entscheiden, was zu tun ist, sobald ich Itams Worte gehört habe", erklärte Ritomar abweisend. „Und jetzt geh, ich komme bald nach."

Der Plan funktionierte. Itam zeigte sich erfreut und erleichtert, als ihm Luguwal, der übermächtige und distanzierte Häuptlingssohn, die gebratene Hammelkeule anbot. Er aß sie auf, obwohl er die Fleischmenge kaum in den Magen zwingen konnte. Auch Taparu freute sich, dass ihr Bruder, der die Liebschaft mit dem Köhlerjungen bislang missbilligt hatte, ihnen beiden eine freundliche Geste erwies. Gern nahm sie das große Horn aus seiner Hand an und leerte es.

Bald darauf zogen sich Taparu und Itam müde zurück.

Wenig später verschmolz ein Schatten mit der Dunkelheit des Lagerhauses. Ritomar beugte sich über den schlafenden Itam und hauchte ihm Beschwörungsformeln ins Ohr. Itams leichtes Stöhnen zeigte dem Priester die Gesprächsbereitschaft der Seele an. „Wer ist für den Raub der Schwerter verantwortlich?" stellte er seine Frage und wiederholte sie einige Male. Taparu schlief indessen neben Itam wie ein Stein.

Schließlich kam aus unendlichen Tiefen mit brüchiger Stimme eine Antwort: „Der Vertraute beider Herren. Der sich frei bewegen kann. Der die Worte beider kennt."

Der Priester erschrak. Das traf ja auf ihn zu! Aber das konnte nicht sein. Er fragte genauer nach: „Wer ist es? Wie ist sein Name?"

„Fürst Segomar", kam es aus Itams Mund.

Sollten Targur, Luguwal und Maban recht haben?, dachte der Priester. Hat der Fürst die Freveltat begangen, um seinen Widersacher zu vernichten?

Doch Itam sprach weiter: „Häuptling Targur."

„Es können doch nicht beide zusammen sein. Sag, was du meinst."

„Fürst Segomar, Häuptling Targur. Der diese beiden verbindet, war es. Der vom Tisch des einen ungehindert an den Tisch des anderen kommt." Damit wurden die Worte undeutlich und Itam gab nichts mehr von sich.

Ritomar zog sich zurück. „Der vom Tisch des einen ungehindert an den Tisch des anderen kommt", prägte er sich die entscheidende Aussage ein. Es war fatal für ihn, dass er gerade wegen seiner herausragenden Stellung mit dieser Erkenntnis nicht viel anfangen konnte – er kannte schlichtweg zu viele Menschen, auf die sie zutraf. Der Verwalter Medugen und einige seiner Vertrauten saßen bei Abrechnungen sowohl am Tisch des Fürsten als auch an dem des Häuptlings, Hauptmann Garmo und andere Anführer besprachen mit beiden Seiten militärische Angelegenheiten; Salmo, der Schmied, Maban, der Hauptmann, etliche Hofherren, Namant und andere Händler, Ritomar selbst, der Barde – sie alle verkehrten auf beiden Seiten. Wieder hatte Ritomar keine klare Antwort erzwingen können.

6

DER MÖRDER IN DER HECKE

Als Itam erwachte, fühlte er sich seltsam. Er musste an die Verschwörer und ihre Eisenschwerter denken. Natürlich erfuhr er nicht, dass Ritomar, der Priester, ihn in einen verzauberten Schlaf versetzt und gezielt diese Gedanken aufgewühlt hatte. Itam kam so sehr ins Grübeln, dass ihn Taparus warmer, dicht an ihn geschmiegter Körper zum ersten Mal nicht abzulenken vermochte. Er konnte sich nicht mehr dagegen wehren, die Dinge mit Mabans Augen zu sehen. Dabei kam ihm die Runde der Vertrauten um den Fürsten zusehends unheimlich vor: War Garmo, der junge, ehrgeizige Hauptmann tatsächlich ein Meuchelmörder, vom Fürsten ausgesandt, um den Kunstschmied zu beseitigen? Und sollte Namant, der reiche Händler, wirklich die Eisenschwerter wegschaffen und gegen einen Schatz eintauschen? War Ritomar dahintergekommen? Was spielten die anderen für eine Rolle?

Da war zum Beispiel Salmo, der Schmied. Itam fiel jetzt auf, dass er alles andere als eine Randfigur war: Er musste Gobat, den Eisenschmied Targurs, aus voller Seele gehasst haben – Gobat hatte unter dem Dach von Segomars größtem Widersacher gelebt, und dennoch hatte der Fürst ihm damals den Auftrag erteilt, seine eisernen Prunkwaffen zu schmieden. Eine größere Demütigung konnte es für den Bronzeschmied, den treuen Gefolgsmann des Fürsten, doch gar nicht geben. Natürlich gehörten zur Bearbeitung von Eisen ungleich größere Fertigkeiten als zum Formen der vergleichsweise weichen Bronze. Aber Salmo hatte mehr als einmal geäußert, er besitze genügend Erfahrung, um sie auf die Arbeit mit Eisen zu übertragen. Welche Rolle spielte er wohl in dem Komplott? War er in seinem Bemühen, dem verhassten Konkurrenten verbotene Arbeiten nachzuweisen, als Erster auf die Spur der Eisenschwerter gestoßen, die in der Schmiede seines Widersachers entstehen sollten? Welchen Nutzen hatte er aus diesem Wissen gezogen? Hatte er Gobats Schatz an sich gebracht?

Salmo war neben Namant, dem Händler, der Einzige aus der Vertrautenrunde, an den Itam außerhalb der Treffen herankam; die anderen saßen meist hinter den Wällen der Burg. Er beschloss, den Bronzeschmied auszuforschen. Dazu reifte in der Stunde zwischen Schlaf und Sonnenaufgang eine einfache Idee: Itam würde sich zuerst bei den Bohnerzgruben erkundigen, was der Bronzeschmied über die Eisenlieferungen an den Häuptling wusste. Dann würde er den Schmied selbst fragen – log er, war er überführt.

Noch im Dunkeln verließ Itam seine schlafende Geliebte, nicht ohne sie zum Abschied noch über und über mit Küssen zu bedecken. Dann trieb er den Ochsen in das südlich des Opios gelegene Tal zum Hof seines Vaters.

Dort frühstückte er mit der Familie und erklärte, er wolle sich bei den Eisengruben umsehen, ob er vielleicht wieder Holzkohle verkaufen könne.

Nachdem er aufgebrochen war, folgte er ein Stück der Agira und erklomm dann mit seinem Wagen den Bergzug der Alb.

Der kräftige Ochse stapfte tapfer den immer steiler werdenden Weg durch den dichten Bergwald hinauf bis zu der kahlen, nur noch leicht ansteigenden Ebene, die ganz und gar von Zäunen umgeben war. Noch bevor er bei den Begrenzungen anlangte, war schon ein berittener Soldat bei ihm und vergewisserte sich, dass er alleine und unverdächtig war.

Zäune und Wachsoldaten schützten den Schatz des Fürsten, das Bohnerz. Diese Klümpchen lagen zum Greifen nah im Boden. Mitten im Erzfeld erhob sich ein mächtiger Herrenhof, der von Segomars vertrauenswürdigsten Männern überwacht und verwaltet wurde.

Hier stieg andauernd schwarzer Rauch auf, wenn das Erz zu Barren geschmiedet wurde. Um den großen Hof scharten sich kleinere Höfe, deren Häuser wiederum von Erzgruben und deren Aushub umgeben waren.

Ein Verantwortlicher auf solch einem Nebenhof war Vero – Erzsammler, Aufseher, Beschaffer von allem, was zur Erzförderung gebraucht wurde, sowie Nachrichtenquelle für Händler und andere Geschäftemacher. Letzteres war für Itam wertvoll, denn Vero sagte ihm immer Bescheid, wenn auf dem Eisenhof mehr Holzkohle gebraucht wurde, als der Köhler aus der Nachbarschaft herstellen konnte. Itam hatte dank seiner Informationen schon so manche Ladung losgebracht.

Vero begrüßte ihn mit dem schlitzohrigen Lächeln, das sich schon fest in seine Züge eingegraben hatte: „Na, mein Freund, dein großes Holzkohlegeschäft wird doch nicht unter dem Brand auf Targurs Hof gelitten haben?" Das war typisch für ihn – er wusste immer genug, um ins Schwarze zu treffen.

„Ach, die bevorstehende Totenfeier bietet genügend Gelegenheit für viel bessere Geschäfte." Itam lieferte Vero, gleichsam als Antrittsgeschenk, die wichtigsten Neuigkeiten vom Opios und von Targurs Hof, wobei er natürlich die Eisenschwerter verschwieg. Anschließend forderte er als Gegenleistung die Information ein, die ihn interessierte: „Ich habe gehört, Salmo, der Bronzeschmied, mischt nun auch im Eisengeschäft mit. Weißt du etwas davon? Braucht er vielleicht mehr Holzkohle als früher?" Damit gab sich Itam geschickt den Anschein, nur aus rein geschäftlichem Interesse zu fragen.

In diesem Moment stieg ein Gehilfe aus einer der Gruben, sein Gewand war ganz lehmverschmiert. Auf der Schulter trug er einen flachen Strohkorb voller schwarzbraun glänzender Klümpchen – Bohnerz. Er schüttete sie in einen großen Tragekorb, der für ein Maultier bestimmt war. „Der Grubenboden ist abgeerntet, wir können wieder ein Stück abtragen", sagte er zu Vero. „Schickst du noch jemanden her, der uns hilft?"

Vero ging zu einer anderen Grube und gab dem Mann, der dort sammelte, Anweisung, auf seinem Steigbaum herauszuklettern und sich eine Schaufel zu holen.

„Ich habe auch schon gehört, dass Salmo den Platz seines Konkurrenten Gobat einnehmen will", bestätigte Vero Itams Vermutung. „Der schmiedet das Eisen eben, solange es noch heiß ist. Aber vor Gobats Tod war er an Eisen nicht sonderlich interessiert. Jedenfalls hat er weder drüben beim Herrenhof Barren noch sonst irgendwo Bohnerz eingetauscht. Das wüsste ich."

„Glaubst du, er hat mitbekommen, dass Targur in den letzten ein, zwei Jahren viel mehr Eisen verarbeitet hat als früher?" Targurs Hunger nach Eisen hatte sich ja schließlich nicht allein auf den Bedarf für die zehn Schwerter begrenzt. Das Eisen für diese Waffen musste er heimlich abzweigen; das hieß, er musste ein Vielfaches davon verarbeiten lassen, damit es nicht auffiel. Außerdem stieg der Bedarf an soliden Pflugscharen, guten Werkzeugen und anderen Eisenwaren für den täglichen Bedarf laufend.

„Warum interessiert dich das?" Vero hatte ein gutes Gespür für verdächtige Fragen. Er selbst stellte jeden Tag genug davon.

„Nun, wenn der neue Eisenschmied erst im Laufe der Zeit erfährt, wie viel er überhaupt herstellen muss, wird ihm irgendwann klar werden, dass er viel mehr Kohle braucht. Dann will ich bereitstehen. Das Geschäft soll mir niemand wegschnappen", schob Itam seine Neugier wieder auf den Handel. „Ob Salmo wohl für den Fürsten und Targur gleichzeitig arbeiten wird?"

Vero zuckte mit den Schultern. „Kommt ganz drauf an, wie gut er ist. Gobat arbeitete für beide Herren, weil seine Kunst im Umgang mit Eisen unübertrefflich war. Sollte Salmo das nicht schaffen, wird sich Targur eher einen seiner kleineren Hofschmiede heranziehen, denke ich."

„Wie dem auch sei – werden die Schmiede über dich genügend Eisen besorgen können, wo sie doch immer mehr verarbeiten?"

„Targur und dem Fürsten reicht das, was wir hier herausholen, schon längst nicht mehr. Der Fürst hat nach wie vor den größten Zugriff auf Händler, die über die Eisenstraße* kommen. Ich habe Targur einen vermittelt, der auf diesem Weg Barren nach Canecoduno und

---

* Von Eichstätt über Deiningen

noch weiter nach Westen schafft – gegen eine ordentliche Sonderbe-
zahlung lässt er statt beim Fürsten beim Häuptling einen Teil seiner
Ware zurück. Ich denke, die beiden kamen gut ins Geschäft."

„Und Salmo wusste davon?"

„Auf jeden Fall. Denn der Händler bringt auf dem Rückweg
manchmal Zinn mit, das Salmo sonst nur beim Fürsten teuer eintauschen kann. Er hat den Mann öfter bei mir hier getroffen, um ein
bisschen günstiger an das Zinn zu kommen. Dabei haben sie natürlich auch übers Eisengeschäft geredet."

Also wusste der Bronzeschmied über alles Bescheid. Sehr gut.
Itam brauchte ihn demnach nur mit dem umfangreichen Eisenhandel
der letzten Jahre zu konfrontieren. Gab Salmo vor, von alledem keine
Ahnung zu haben, konnte Itam davon ausgehen, dass er etwas zu
verbergen hatte. Er würde dann schon die Stelle finden, an der er
nachbohren musste.

Maban hatte keine Wahl – er musste sich für das kleinere Übel entscheiden und Itam verraten. Sollte er stattdessen vielleicht seinen
Häuptling hintergehen?

Targur hatte seinen Hauptmann zu sich gerufen und es ihm auf
den Kopf zu gesagt: „Du bekommst ja wohl mit, wie sich die Sache
zwischen Taparu und diesem Köhlerjungen entwickelt – das weitet
sich offensichtlich zu einer handfesten Liebesgeschichte aus. Sie hat
ihn öfter getroffen als je einen Verehrer zuvor. Sie trägt Frauenkleider
seinetwegen, das habe ich noch nie erlebt. Er ist ganz offenbar mehr
als nur ‚Fleisch für die Wölfin', wie meine Krieger sonst zu sagen
pflegen, oder?"

„Es sieht ganz so aus", stimmte der dicke Maban zu.

„Du weißt, dass ich Taparu und Bamar zusammenbringen muss,
ja? Ich brauche den Hofherrn von der Wegesiedlung in meiner Sippe,
koste es, was es wolle!"

„Nun ja, Häuptling, dessen Sohn stellt sich schon reichlich dumm
an", zeigte Maban die Offenheit, die Targur meistens an ihm schätzte,
in diesem Moment aber nicht. „Auf dem letzten Beltene-Fest hat er
Taparu in der Dunkelheit erst gefunden, als schon ein anderer Kerl
auf ihr … äh, an ihr dran war. Und auf der Reise zum Molpir, wo sie

ihm nicht auskommen konnte, hatte er die ganze Zeit die Scheißerei. Angeblich von den fremden Gewürzen, aber wenn du mich fragst, war es eher die Aufregung …"

„Ja, ja, schon gut", schnitt ihm Targur das Wort ab. „Du hast ja recht, er wird meine kleine wilde Taparu wohl nicht aus eigener Kraft zähmen. Deshalb müssen wir nachhelfen. Das heißt, wir müssen zuerst einmal meine Tochter und den Köhlerjungen auseinanderbringen, bevor sie zu fest zusammenhängen. Verstehst du?"

„Nein. Das heißt, ich verstehe schon, was du willst, aber nicht, was das ,wir' bedeutet. Was soll ich denn dabei tun?"

„Dieser Köhlerjunge arbeitet doch für dich. Du musst etwas über ihn herausfinden, was wir bei Taparu gegen ihn vorbringen können – was sie von ihm abbringt."

Hauptmann Maban hatte das ja bereits herausgefunden. Er sah ein, dass er es dem Häuptling nicht länger vorenthalten durfte.

Wenig später war Taparu bei ihnen. Sie erkannte sofort, dass etwas Schlimmes auf sie zukommen würde.

„Sag es ihr", wies ihr Vater seinen Hauptmann an, der von einem Fuß auf den anderen trat.

„Itam spioniert für den Fürsten", erklärte Maban betreten.

„Du lügst!", schrie Taparu und stampfte mit dem Fuß auf. „Wie kommst du darauf?"

„Er war mit den Männern des Fürsten in Pyrene, als der Kunstschmied dort ermordet wurde."

„Ja, und? Er war eben als Gehilfe dabei."

„Hat er dir von dieser Reise erzählt?", fragte Taparus Vater.

„Nein", gab sie kleinlaut zu.

„Hast du ihm von deiner Reise zum Molpir erzählt?"

„Nicht direkt."

„Ja oder nein?", wollte Targur wissen.

„Ja. Aber den Namen Molpir habe ich nicht genannt", antwortete Taparu trotzig.

„Hast du von dir aus erzählt oder hat er gefragt?"

„Er hat gefragt."

„Wonach hat er noch gefragt?"

„Nach nichts. Nichts, was wichtig ist."

„Nach den Schwertern?"

„Bei den Göttern, nein! Weiß er denn davon?" Taparu schaute ihren Vater erschrocken an.

„Ja. Worüber hat er dich ausgefragt? Wollte er wissen, wohin die Reise ging?"

„Nein. Nun ja, eigentlich doch. Aber wie gesagt, vom Molpir habe ich nichts gesagt."

„Wollte er wissen, wie es dort aussieht?", bohrte Targur weiter.

„Ja, ich habe es ihm ein bisschen beschrieben."

„Das genügt, um darauf zu kommen, dass es der Molpir ist. Was wollte er noch wissen? Hat er dich über meine Leute ausgefragt?"

„Nein." Jetzt besann sich Taparu einen Augenblick. „Doch, für Namant, den Händler, hat er sich interessiert. Ein bisschen."

„Namant?", fuhr ihr Vater auf. „Du weißt, wie wichtig Namant für uns ist."

„Jeder kann sehen, dass Namant ein wichtiger Mann ist. Das interessiert die Leute eben."

Häuptling Targur und Hauptmann Maban sahen sich kurz an. Dann erzählte Targur etwas über Namant, was nicht jeder wusste.

Taparu erbleichte.

Nach dem Besuch bei den Erzgruben machte sich Itam am nächsten Morgen auf den Weg zu Salmos Bronzeschmiede. Er hatte die Nacht auf dem Hof seines Vaters verbracht, damit nicht auffiel, dass er schon wieder bei der Arbeit fehlte, wie bereits am Tag zuvor. Am kürzesten wäre es gewesen, den Opios östlich zu passieren und durch das anschließende Hügelland zu fahren. Aber dann wäre er nahe an Targurs Hof vorbeigekommen und hätte womöglich erklären müssen, warum er nicht beim Bau der Grabkammer mithalf. So passierte er lieber die Westseite des mächtigen Berges oberhalb der Sechta-Au.

Bei dieser Fahrt durchmaß er die heimatliche Landschaft in all ihrer Schönheit. Von den Bohnerzgruben herab hatte er tags zuvor die fast gebirgig steile, dicht mit Bäumen bestandene Flanke der Alb genommen, die zum Tal der Agira hin auslief. Jetzt nutzte er nach dem Durchqueren des Flusses die Lücke zwischen den großen Erhebungen in dieser grünen Landschaft. Links lagen drei Berge der Alb, die wie Wogen aus Fels und Erde gegen das Sechta-Tal anbrandeten. Unmittelbar rechts erhob sich die Westseite des Opios-Massivs, das hier steil, wild und unbewohnt aufragte und sein Plateau wie einen Teller emporreckte, um die Fürstenburg in den Himmel zu heben. In dieser Landschaft offenbarten die Götter ihre Macht, indem sie dem Menschen ewige Hindernisse entgegenstellten, und seinen Weg über die Bergkämme der Alb oder durch Talsohlen grüner Auen leiteten. Verschenkten sie an einer Stelle im Überfluss üppiges Weideland und Äcker, mahnten sie wenig weiter durch Fels und karge Heide an, dass der Reichtum der Natur nicht selbstverständlich ist.

Ein Blick hinauf zur dramatischen Wolkenlandschaft bewies Itam, dass die himmlische Welt das Ebenbild der irdischen war – Launen und Gewalt der Götter zeichneten sich in den Wolken ebenso ab wie in den Bergen, Hügeln und Tälern auf dem Boden. Von Nordwesten her war ein gewaltiges Massiv aus grauen und weißen Wolken über den Himmel gekommen, das sich beim Erreichen der Alb unschlüssig zu werden schien, was es der Welt unten bescheiden sollte: Durch das Agira-Tal suchten sich dicke schwarze Wolken eilig den Weg in die große Ebene, über der sanften Landschaft wirbelten Wolken in allen Tönen von weiß bis grau umher, und auf dem Opios klarte es, abgesehen von einigen verirrten grauen Fetzen, auf. Die Launen der Himmelswesen waren nicht abzusehen, in Kürze konnte die ganze herrliche Landschaft von gleißendem Sonnenlicht oder aber von Schauern und Blitzen überzogen sein.

Itam trieb den Ochsen voran in die sanfte Hügellandschaft, zu der ihn der Durchgang zwischen Opios und Alb leitete. Die Erhebungen stellten keine großartigen Hindernisse für den Reisenden mehr dar, und trotzdem zwang die Natur dem Menschen auch hier ihre Wege auf: Dichtes Unterholz kleiner Wäldchen und endlos ausgedehnte wilde Hecken ließen Itam nur ganz bestimmte Lücken zum Befahren frei.

Der letzte grasbewachsene Hügel lag am Rande einer Landschaft, die einem Kelten vom Opios unbegreiflich erschien – eine große Ebene, nahezu völlig flach, so weit das Auge reichte. Hier zeigten die Götter keine wechselhaften Launen, die ganze Ebene war eine einzige Laune der Natur. Salmos Schmiedewerkstatt schmiegte sich an den östlichen Hang des letzten Hügels auf Itams Weg; von hier aus konnte man weit in die Ebene hineinschauen.

Vor dem Tor des befestigten Hofes fielen Itam drei Krieger auf, die neben ihren abgelegten Schilden, Schwertern und Speeren an die Palisade gelehnt hockten und ihn mit mäßigem Interesse musterten. An einer anderen Stelle waren zwei Arbeiter dabei, Erde auf einen Ochsenkarren zu schaufeln und den Graben um die Palisade zu erweitern. Auch drinnen herrschte ungewohntes Treiben: Arbeiter hatten die Wand einer Hütte entfernt und mauerten gerade eine große Esse zusammen.

„Bei den Göttern, Itam!", dröhnte es so dicht hinter ihm, dass der Köhlerjunge erschrak. „Hast du überhaupt Zeit, mich zu besuchen?", polterte Salmo weiter, wobei er Itam einen kräftigen Hieb auf die Schulter versetzte. Leiser fügte er hinzu: „Wo du doch vom Fürsten persönlich mit solch wichtigen Nachforschungen beauftragt bist."

Auf Itams fragenden Blick zu der neuen Esse erklärte er: „Na, das wird meine zweite Schmiede, die fürs Eisen. Größer als meine Bronzewerkstatt da drüben. Irgendjemand muss doch den Verlust ausgleichen, wenn von Gobat keine Eisenwaren mehr kommen können."

„Und die Soldaten da draußen?", fragte Itam.

„Na hör mal", sagte Salmo leutselig, „seit hier Schmiede umgebracht werden, muss ich mich doch vorsehen. Die Krieger passen so lange auf mich auf, bis wir diese Schwerträuber durch deine Hilfe endlich erwischen."

Früher hatte Salmo Itam nicht so vertraulich wie seinesgleichen behandelt, eher wie ein Herr seinen Schuldknecht. Was eine gemeinsame Besprechung beim Fürsten doch alles ausmachte.

„Was hat der Graben zu bedeuten?"

„Das Gleiche, ich will mich sicherer fühlen. Schließlich verarbeite ich bald Eisen. Aber jetzt komm ins Haus, da können wir bei einem Horn voll Bier weiterreden."

Drinnen schickte Salmo ein altes Weib hinaus, das am Webstuhl gearbeitet hatte. Er füllte zwei Hörner und bot Itam Platz auf einem Fell an. „Jetzt erzähl schon – was hast du herausbekommen auf

Targurs Hof? Weißt du, wo die Schwerter sind?" Er lachte schallend, leerte sein Horn und füllte es nach.

„Nein, das ist ja mit ein Grund, warum ich hier bin. Ich kann nichts herausbekommen und habe mir gedacht, vielleicht könnte man die Spur des Eisens, aus dem die Schwerter geschmiedet wurden, zurückverfolgen. Hast du eine Ahnung, wo es herkam?" Itam beobachtete Salmo ganz genau. Würde er lügen und behaupten, er wusste nichts? Sollte er nervös werden, verlegen, abweisend?

Itam war dabei, die Kunst des Lauerns zu erlernen, genauso wie die Kunst des Täuschens, Verbergens, Lügens, Spionierens, Verratens, Intrigierens.

„Natürlich hatte Targur über die Jahre hinweg Eisenvorräte angesammelt. Vieles hat er sich bei Vero beschafft", sagte der Bronzeschmied geradeheraus. „Einen Teil zumindest. Einen anderen brachte ihm ein Händler, den ihm Vero vermittelte. Ich kenne ihn sogar, tausche ab und zu Zinn von ihm – wenn ich mir Zinn und Kupfer extra beschaffe und zu Bronze mische, komme ich günstiger weg, weißt du."

Itam war verblüfft, fast ein wenig enttäuscht. Alles, was Salmo wissen konnte, hatte er gesagt. Er sprach die Wahrheit.

Salmos Gehilfe für die künstlerische Feinarbeit trat ein. Genau genommen war es gar nicht sein eigener Gehilfe, sondern ein Künstler in den Diensten Fürst Segomars. Der Fürst und sein Sohn Cintugen ließen sich von dem Etrusker, der einmal Goldschmied werden wollte, oft stundenlang Ideen vorstellen und dann in Salmos Werkstatt umsetzen. Der Fürst steuerte auch Preziosen bei wie blaue Glasperlen, Korallen oder Elfenbein für besonders wertvollen Schmuck oder prächtige Schwertscheiden. Die kleinen Schätze, die der Etrusker schuf, gehörten Segomar, er entlohnte den Künstler und gab Salmo Kupfer und Zinn als Gegenleistung für die Benutzung der Werkstatt. Salmo war zwar der Ansicht, der Fürst könnte etwas mehr dafür hinlegen, aber der enge Bezug zum Herrenhaus auf dem Opios war schließlich auch etwas wert.

Im Moment war der Etrusker aber nicht mit der Kreation wertvoller Schmuckstücke beschäftigt. Er hatte sich, wie jeder weit und breit, der Vorbereitung des Totenfestes zu widmen. Mit einer Zange hielt er ein schmales, in Zierformen auslaufendes Eisenblech, das einen Viertelkreis beschrieb. „Es ist jetzt halbwegs abgekühlt, ich habe es schon auf das Rad gehalten. Es passt genau."

Zu Itam gewandt erklärte Salmo: „Eisenbeschläge für den Totenwagen Gobats. Jeweils vier kommen auf einen Radkranz." Dann wandte er sich wieder dem Gehilfen zu: „Sehr gut, dann fangen wir gleich mit den anderen fünfzehn Blechen an. Sag deinem Helfer Bescheid, er soll das nötige Eisen in die Glut schieben und anheizen."

„Der mault doch bloß wieder herum. Maban hätte uns wirklich einen schicken können, der mehr Begeisterung für diese wichtige Arbeit zeigt."

„Ja, ja, schon gut, ich bringe ihn selbst auf Trab", lenkte Salmo ein. Er entschuldigte sich bei Itam, ging hinaus und kam erst nach einer ganzen Weile wieder.

Als Salmo zurück war, kam Itam auf den entscheidenden Punkt: „Bist du schon früher draufgekommen, dass Targur Eisen hortet?"

„Natürlich ist mir das aufgefallen. Aber ich konnte doch nicht ahnen, dass solch eine gigantische Sache dahintersteckt."

Hörte sich das wie eine Rechtfertigung an?

„Welchen Hintergrund hast du denn vermutet?"

„Na, normale Geschäfte mit den Bauern. Es werden immer mehr Höfe gegründet und Felder angelegt, und nur wenige haben eiserne Pflugscharen oder Feldwerkzeuge. Ich glaube, selbst wenn wir der Erde zehnmal so viel Eisen aus dem Bauch reißen, reicht es immer noch nicht."

Itam wusste nicht mehr, was er von Salmos freimütigen Auskünften halten sollte. Ging der Schmied vielleicht davon aus, dass ihm all die Informationen nichts nutzen würden, weil er ja doch nicht herausbekäme, wo die Schwerter waren? Itam kam nicht weiter, und so brachte er das Gespräch auf die Kuh, die er dem Schmied noch für Holzkohle schuldete.

„Ach, warten wir damit, bis die Totenfeier vorbei ist und die Schwerter gefunden sind", winkte Salmo großmütig ab. „Wer weiß, welche Belohnung du dir dann verdient hast. Dann lachst du nur noch über eine Kuh."

Im Augenblick war Itam gar nicht zum Lachen zumute. Er zweifelte, ob er je von einer Seite eine Belohnung erhalten würde.

Er verabschiedete sich und stieg wieder auf seinen Ochsenkarren. Am Tor sah er nur noch zwei der drei Krieger bei ihren Waffen dösen.

Der erste Teil des Rückweges führte an einer großen Schlehenhecke entlang, die sich auf der Südseite des Hügels ausbreitete. Itam war schon ein gutes Stück an dem Gestrüpp entlanggefahren, als der ansonsten eher träge und gleichmütige Ochse plötzlich erschrak, weil ein Mann unmittelbar vor ihm aus dem Gebüsch brach. Das Tier wollte zur Seite ausweichen und versetzte dem Karren dabei einen heftigen Ruck. Der wiederum brachte Itam aus dem Gleichgewicht. Er schwankte zur Seite – und damit glücklicherweise aus der Bahn des Speeres, der so nahe an ihm vorbeiflog, dass er ein Rauschen hörte. Itam ließ sich vom Wagen fallen und ging dahinter in Deckung.

Der Angreifer war schon um den Ochsen herumgerannt, seinen zweiten Speer zum Angriff erhoben. Das Tier warf schnaubend den Kopf hin und her. Mit einem wütenden, animalischen Schrei nahm der Krieger Anlauf – er wollte direkt mit dem Speer zustoßen. Panik schoss in Itam hoch und ließ nur noch Platz für einen Gedanken: Flucht. Er rannte zu der Dornenhecke und suchte Schutz in der Lücke, die der Angreifer zuvor als Versteck genutzt hatte. Hier war das Gestrüpp nicht so dicht, er kroch unter den Zweigen hindurch und schob lockeres Geäst weg, ohne wahrzunehmen, wie ihn die Dornen blutig kratzten.

Der Krieger zögerte vor der Hecke, bis er begriff, dass ihm die sperrige Waffe nichts mehr nützte und er sie wegwarf, bevor er ebenfalls durch die Lücke kroch. Doch der Verfolgte war kleiner und wendiger und kam schneller durch die Hecke. In dem dichten Gestrüpp verlor der Angreifer bald die Spur.

Itam stieß auf eine kleine Lichtung in dem Heckenwald, der etwa doppelt mannshoch war, dann auf einen Pfad, den sich wilde Tiere gebahnt hatten und der hinausführte. Er rannte den Berg hinunter und drehte sich erst auf freiem Feld wieder um.

Niemand war zu sehen. Itam rannte noch ein Stück, um aus der Reichweite etwaiger Pfeile zu gelangen. Ein gutes Stück entfernt sah er, wie sich der Ochse mit dem Karren selbst seinen Weg suchte. Itam beobachtete ihn, bis er sicher war, dass sich weder auf dem Karren noch dahinter jemand verbarg. Dann holte er sein Zugtier ein, stieg auf und ließ es traben.

Als er nahe genug am Opios war, fand der Ochse von selbst den Weg nach Hause. Itam musste ihn nicht mehr lenken und hatte genug Ruhe, um nachzudenken. Jetzt ist mir klar, warum Salmo so offen war, sagte er sich. Er dachte, ich würde nicht mehr lange genug leben, um es noch einer Menschenseele zu erzählen. Für Itam war es offensichtlich, dass der Bronzeschmied hinter dem Anschlag steckte: Es passierte nahe bei seinem Haus, einer der seltsamen Krieger vor dem Tor war verschwunden gewesen, und wer sonst hätte wissen können, dass Itam an der einsamen Hecke vorbeikäme? Aber wann sollte Salmo den Mordauftrag erteilt haben, wo er doch gar nicht mit Itam gerechnet hatte? Natürlich – als er draußen war, um angeblich den widerspenstigen Gehilfen anzutreiben, dachte Itam. Dafür hatte Salmo schließlich ziemlich lange gebraucht.

Doch warum sollte Salmo ihn töten lassen? Hatte der Fürst die Verschwörer angewiesen, jeden aus dem Weg zu räumen, der zu viel über die Eisenschwerter herausbekam? Oder steckte vielleicht der Priester dahinter? Dem war es von Anfang an nicht recht, dass ein einfacher Köhlerjunge so viel über diese Schwerter-Intrige mitbekam. War Itam jetzt als Mitwisser zu gefährlich geworden?

Er musste unwillkürlich zur Festung hinaufschauen. Plötzlich wurde ihm bang – viel mehr als bei dem Anschlag selbst. Die mächtigsten Männer des Landes trachteten ihm nach dem Leben. Überdies war er zwischen die Kampflinien Fürst Segomars und Häuptling Targurs geraten. Wie hatte er es nur geschehen lassen können, sich von beiden gleichzeitig als Spion missbrauchen zu lassen? Kampferprobte Krieger wollten ihn töten, und er konnte nicht einmal mit einem Dolch umgehen.

Doch dann dachte er an Taparu und sein Herz schlug noch schneller als beim Gedanken an den Meuchelmörder. War das, was ihm die Götter in diesen Tagen aufbürdeten, der Preis für die Liebe der wildesten und schönsten Frau, die ihm je begegnet war?

Zu Hause wurde er mit einem Entsetzensschrei seiner Schwester begrüßt, die ihre mühevoll herangeschleppten Wassereimer fallen ließ und die Hände vors Gesicht schlug.

Itam sah an sich herab und wusste, warum: Hemd und Hose waren zerfetzt und von Blutflecken übersät. „Der Ochse hat vor ein paar aufflatternden Vögeln gescheut und mich direkt in eine Dornenhecke katapultiert", log er.

Sein Vater empfing ihn mit ungewöhnlich finsterer Miene: „Ein Krieger des Fürsten war hier. Du sollst dich heute bei Sonnenuntergang auf dem Opios einfinden." Während er seinen Sohn und dessen erbärmlichen Zustand musterte, sagte er so leise, dass es Magula nicht hören konnte: „In was bist du da hineingeraten, Itam? Kann ich dir helfen?" Sein Vater sah sehr wohl, dass ein Sturz in eine Hecke ihn nicht so zugerichtet hätte.

Itam wollte den Vater nicht abwimmeln, ihn aber auch nicht mit der Wahrheit belasten. „Wir können nicht immer selbst entscheiden, ob wir uns aus allem heraushalten", sagte er nicht ohne Vorwurf für die ständige Verzagtheit Barchas. „Wenn dich die Götter in den Lauf großer Dinge hineinziehen, dann geschieht es eben."

Sein Vater nickte traurig. „Hineinziehen", murmelte er, als er sich wieder der zerbrochenen Harke widmete, die er zu reparieren versuchte. Jetzt hatte er also auch Itam verloren – an die Abenteurer und Geschäftemacher, an die Streber nach Ruhm und Gunst der Götter.

Während sich Itam im Trog das verkrustete Blut abwusch, flickte Magula seine Hose. Für das Hemd würde sie länger brauchen, deshalb suchte er sich aus dem Haufen, auf dem die Felle lagen, seine Winterweste heraus. Er konnte schließlich nicht mit nacktem Oberkörper vor dem Fürsten erscheinen.

Seiner Großmutter sah er an, dass auch sie die bedrohlichen Verstrickungen erahnte. Senoba kauerte vor dem Webstuhl und murmelte ständig vor sich hin, während sie die Schussfäden waagerecht durch die dichte Reihe der Kettfäden gleiten ließ: „Ihr Götter, die ihr unser Schicksal verwebt, lasst den Lebensfaden meines Enkels nicht reißen, lasst ihn nicht in Verwirrungen geraten, die alles verderben, lasst ihn unbeschadet und gerade seinen Weg finden."

Itam fragte sich, ob es gefährlich werden könnte, heute den Männern gegenüberzutreten, deren Verschwörung er gerade auf die Spur gekommen war. Doch er hatte keine Wahl.

Im letzten Licht des Tages trat er seinen Gang zur Burg hinauf an. Vor dem dritten Tor zur Wallanlage der Festung erwartete ihn eine böse Überraschung: Eine Gestalt, die das Gesicht unter einem Umhang verborgen hielt, trat aus dem Schatten der mächtigen Mauer auf ihn zu. Sie warf den Umhang zurück und in diesem Augenblick wäre ihm jeder Angreifer lieber gewesen als sie – Taparu. Ihr Gesicht war zu einer Maske ohne jegliche Regung erstarrt, doch dass Taparu dahinter wütendes Beben verbarg, war fast greifbar zu spüren. Ihre Augen funkelten derart, dass sie bereit schien, jeden bösen Zauber zu entfesseln, der nur möglich war. Die einstmals so sinnlichen Lippen waren zu einem schmalen Schlitz zusammengepresst. „Ich wollte es nicht glauben!", stieß sie hervor. „Lieber hätte ich mit meinem eigenen Vater gebrochen, als das hier sehen zu müssen."

„Taparu, was hast du denn?", versuchte Itam die Situation zu überspielen. „Ich, ich bin doch oft hier auf dem Opios …"

„Du bist nicht einfach ‚auf dem Opios‘", fauchte sie. „Du willst durch dieses Tor gehen, durch das normale Leute nicht gelassen werden. Du gehst durch, weil du Bericht erstatten wirst über Dinge, die du von mir ausgehorcht hast."

„Aber Taparu, woher willst du denn wissen, dass …"

Plötzlich war sie ganz nahe bei ihm und zischte leise, sodass es die neugierige Torwache nicht hören konnte: „Wir haben noch so einen miesen, kleinen Spion dort oben sitzen, wie du einer bist. Der hat meinem Vater selbst erzählt, dass heute ein Treffen stattfindet. Und dass du dabei sein wirst."

Nach dieser Anschuldigung verschwand sie. Itam war so starr vor Scham und Entsetzen, dass er sich erst viel zu spät wieder fing, um ihr nachzulaufen. Sie war bereits im Dunkeln verschwunden. Und oben wartete der Fürst auf ihn.

Als Itam die Halle des Herrenhauses betrat, war er nur noch ein Stück Elend. Er hatte keinen Drang mehr, die Intrige der Männer hier zu ergründen. Wäre einer von ihnen mit gezücktem Dolch auf ihn losgegangen, er hätte sich gar nicht wehren wollen.

Die üblichen Männer standen mit ihren Trinkhörnern an der Tafel und starrten ihn an. „Du hast uns etwas verschwiegen", sagte Hauptmann Garmo streng.

Itam schluckte schwer. War seine Doppelrolle auch hier schon aufgeflogen, kaum, dass Maban ihn als Spion umgedreht hatte? Hatte ihn Taparu in ihrer Wut an den Fürsten verraten?

Aber plötzlich erhoben die Männer ihre Hörner und brachen in lautes Gelächter aus. Es war ein derbes Lachen, mit dem sich Soldaten gegenseitig Anerkennung nach außergewöhnlichen Taten zollten. „Was ist an allen Feuern zu hören? Du hast es geschafft, die Tochter Häuptling Targurs aufs Lager zu werfen?", polterte der Hauptmann.

Fannac trat mit zwei Methörnern vor und reichte Itam eines davon – eine Ehre, die ihm hier noch nie zuteilgeworden war. Er stürzte den Met auf einen Zug hinunter, was sogleich noch mehr Begeisterung hervorrief.

„Aus ihm ist ein Mann geworden", rief Salmo und riss damit Itam aus seiner Lethargie.

Itam sah ihm ins Gesicht. Der Schmied lachte ihn lebensfroh mit aller Freundlichkeit an, die ein Mensch aufbringen konnte. Wie war es nur möglich, sich so zu verstellen? Einen Augenblick lang zweifelte Itam tatsächlich daran, den Mann vor sich zu haben, der am selben Tag einen Mörder auf ihn gehetzt hatte. Er blickte sich in der Runde um – sie wirkten alle ausgelassen und unbeschwert. Waren sie tatsächlich Verschwörer und überspielten das hervorragend? Und wer von ihnen mochte Targurs Spion sein? Allerdings war gar nicht gesagt, dass der aus dieser Runde kam. Auf der Burg gab es genügend Männer, die täglich eine Menge mitbekamen.

„Sie ist ein wildes Ding, nicht wahr?", meinte Fannac lachend. „Hat sie dir all diese Kratzer beigebracht?"

„Was gibt es Neues über die Schwerter?", beendete der Fürst abrupt die Ausgelassenheit. Die Frage war an Itam gerichtet.

Alle sahen ihn an.

Itam fühlte sich wie ein kleiner Bauer, der seine Schuld tilgen musste, ganz gleich, ob die Ernte etwas gebracht hatte oder nicht.

„Targur hat keine Ahnung, wo die Schwerter sind", sagte er. „Er geht davon aus, dass du sie geraubt hast, mein Fürst."

Segomar zeigte keinerlei Regung auf diesen schlimmen Vorwurf hin. „Natürlich geht er davon aus", stellte er vielmehr ganz nüchtern fest. „Aber ist das sein einziger Verdacht?"

Itam nickte.

„Wie kannst du so sicher sein, dass er nicht noch in anderen Richtungen nachforscht?"

„Nun ja, ich sehe doch in dieser Runde hier, was passiert, wenn man verschiedenen Spuren folgt – man beauftragt wichtige Leute mit Erkundungen, die dann plötzlich mehrere Tage verschwunden sind. Wie Hauptmann Garmo in Pyrene oder Namant bei der Suche nach dem Unterschlupf der Räuber."

Namants Miene verfinsterte sich, als sein Name fiel. Itam war schon vorher aufgefallen, dass er die ausgelassene Laune der anderen nicht teilte.

„Ah, ich verstehe", sagte der Fürst. „Und bei Targur ist das nicht so, er schickt niemanden zu Nachforschungen aus?"

„Nein. Hauptmann Maban, seine Unterführer, Targurs Sohn Luguwal, sein Verwalter, seine Hofherren – sie sind alle ständig da und nur mit den Vorbereitungen der Totenfeier beschäftigt. Keiner verfolgt irgendwelche Spuren."

„Wieder einmal ganz gut beobachtet, mein junger Freund", lobte Segomar. „Aber was gedenkt Targur zu tun? Er kann doch den Schwertraub nicht einfach ignorieren."

„Er hat noch keinen Plan", sagte Itam. „Er wartet ab. Er denkt, du willst die Schwerter eintauschen und hofft, dass er dich dabei erwischt. Ein solch großes Geschäft kann man schließlich nicht unbemerkt abwickeln."

Jetzt wurde der Fürst sehr nachdenklich. Er schien sich in sich selbst zurückzuziehen, nahm nichts und niemanden mehr wahr.

Nach und nach starrten ihn alle an. Es war so still, dass selbst das Knistern der Fackeln zu hören war. Der Priester fragte Segomar schließlich geradeheraus, was ihn denn so beschäftige.

„Ich überlege gerade, ob die Spur zu den Männern, die die Schwerter in Auftrag gaben, tatsächlich auch zu den Schwerträubern führt. Wenn nicht einmal Targur selbst dieser Gedanke gekommen ist, wird es kaum so sein. Dann nützt es uns auch nichts, wenn wir die Auftraggeber auf dem Totenfest ausfindig machen."

„Namant, hast du denn den Unterschlupf der Schwerträuber finden können?", sprach nun der Priester den Händler ganz unvermittelt auf die letzte Spur an, die sie noch hatten.

Alle Blicke hefteten sich auf Namant. Durch sein Kopfschütteln wurden die Männer jedoch bitter enttäuscht. Jetzt wusste Itam, warum der Händler die ganze Zeit so grimmig dreinsah.

„Ich fürchte, der Gedanke mit dem Unterschlupf war falsch", sagte Namant betrübt. „Ich war auf jedem Hof in der Gegend, habe mit jedem gesprochen, der gewöhnlich weiß, was vorgeht – nichts. Dort haben sich keine Krieger versteckt."

‚Die Spur führt ins Leere. Namant wird nichts herausfinden. Weil Fürst Segomar nicht will, dass irgendjemand irgendetwas herausfindet', hallten die Worte von Maban, dem dicken Hauptmann, in Itams Ohren wider.

Fürst Segomar dachte einen Augenblick nach, dann hatte er einen Entschluss gefasst: „Wir haben jetzt nur noch eine einzige, winzige Spur. Es ist dieser Bernsteinhändler in Alkimoennis, von dem Garmo in Pyrene gehört hat. Ich werde einige Männer hinschicken, die ihn fragen, was ihm der Kunstschmied über die Schwerter und mögliche Empfänger anvertraute. Nur, wenn sie mit einem Hinweis zurückkommen, können wir unter den Gästen auf der Totenfeier die Richtigen gezielt beobachten. Wenn nicht, sehe ich kaum eine Möglichkeit, den Schwertraub aufzuklären. Wie gesagt, es ist ohnehin fraglich, ob uns die Auftraggeber zu den Räubern führen. Aber ich bin mir sicher, der Bernsteinhändler hat darüber hinaus etwas erfahren, was im Nachhinein auf den Raub hindeutet – Namen von Mitwissern zum Beispiel."

„Ich werde den Trupp nach Alkimoennis führen", meldete sich der Hauptmann zu Wort.

„Garmo, das geht auf keinen Fall. Ich brauche dich auf der Totenfeier!", bestimmte Segomar. „Die Männer, die ich nach Alkimoennis schicke, können erst während der Feier zurück sein, am zweiten oder dritten Tag. Wie sieht das denn vor den ganzen Häuptlingen und anderen Edlen aus, wenn meine Leibwache nicht einmal vom Hauptmann angeführt wird? Ach, übrigens, sind die Paradespeere mit den gravierten Spitzen schon von Canecoduno angekommen?"

„Wir erwarten sie morgen", knurrte der Hauptmann.

„Und du weißt genau, was in der ersten Nacht wahrscheinlich passiert – der Streit um das Heldenstück", setzte der Fürst nach.

Damit war die saftige Keule des Bratens gemeint, die bei einem Festmahl gewöhnlich erst durch Prahlereien der Krieger errungen werden musste. Sollte am Tisch von Fürst und Häuptling jemand zu diesem Wettkampf der Worte aufrufen, hatte er nicht von Gastgeber und Ehrengast, sondern von deren hochgestellten Kriegern bestritten zu werden.

Der Fürst ermahnte alle Anwesenden noch, bis zum Fest Augen und Ohren offen zu halten und ihm laufend Bericht zu erstatten. Dann löste er die Versammlung auf.

Draußen warteten schon hohe Gäste, die tagsüber eingetroffen und zu einem nächtlichen Empfang geladen waren.

Vor der Versammlung war Itam noch durch seinen Liebeskummer wie gelähmt gewesen, doch nun war sein Jagdinstinkt wieder erwacht. Er beschloss, die Gelegenheit zu nutzen, Namant ein wenig zu beobachten. Mit welchen anderen Händlern würde er hier im Haus des Fürsten Kontakt aufnehmen oder sich vertraut zeigen? Das könnte ein Hinweis darauf sein, wer die Schwerter später übernehmen sollte, immer vorausgesetzt, Namant gehörte dem Komplott an.

Doch es sah ganz danach aus, als ob Itam wieder verkehrt lag, denn Namant grüßte die hereinkommenden Herren zwar ehrerbietig, machte aber keine Anstalten, mit einem von ihnen zu sprechen. Vielmehr verließ er die Halle.

Was jetzt? Itam wollte die Burg um keinen Preis verlassen. Wer könnte noch in die Abwicklung des Handels verstrickt sein?, überlegte er. Von den Kriegern niemand; Salmo, der Schmied, hatte mit Handelsgeschäften um die Schwerter wohl auch nichts zu tun. Und Madugen, der Verwalter? Der war gar nicht mehr in der Halle, wahrscheinlich kramte er schon wieder in einem Lagerhaus zwischen Säcken und Fässern herum.

Blieb im Augenblick nur der Fürst selbst, den er aus dem Schatten einer mächtigen, reich mit Schnitzereien verzierten Säule heraus beobachtete. Die Interessenten an den Schwertern würden sicher darauf brennen, diese Wunderwerke der Schmiedekunst in Augenschein zu nehmen. Mit wem würde der Fürst also in seinen Gemächern verschwinden, um ihm die Waffen zu zeigen? Niemand erhob sich und ging irgendwo hin, der Fürst am allerwenigsten. Er gab den Sklaven, die auftischten, Anweisungen und erhob das erste Horn voll Met auf seine Gäste – Met, kein Wein. Es waren also gar keine solch hochgestellten Männer.

„Ist noch etwas?" Eine der Wachen hatte Itam entdeckt. Ihm blieb nichts anderes übrig, als zu gehen.

Obwohl er vertrieben wurde, hatte er Glück: Er entdeckte Namant, mit den Armen auf die Wehrmauer nahe dem Herrenhaus gestützt und nachdenklich nach Osten in die Dunkelheit hinaus starrend.

Itam trat zu ihm: „Na, denkst du wieder einmal an deine Familie?"

Der Händler fuhr erschrocken herum, als ob er bei etwas Verbotenem ertappt worden wäre. „Ach, du bist es", sagte er. „Ich dachte schon, es wäre eine Wache. Die sind zurzeit besonders nervös und haben es hier oben gar nicht gerne, wenn man unnötig herumsteht. Ja, du hast recht, ich war in Gedanken gerade wieder einmal bei meiner Familie."

„Hast du denn eine große Familie?"

„Oh ja, wir sind einige Brüder und auch die Söhne und Neffen sind schon mit als Händler unterwegs. Alle sind über die Lande verstreut; ich glaube, ich treffe sie öfter in der Fremde als zu Hause in unseren Gehöften." Namant lachte.

Itam kam dieses Lachen vor, als sollte es von einem Schmerz ablenken. Überhaupt wich er schon wieder aus, erzählte von Brüdern und Neffen anstatt von Frau und Kindern, wie man es gemeinhin tut, sobald man nach seiner Familie gefragt wird. Aber Itam interessierte sich ohnehin mehr für etwaige Kontakte Namants, die auf die Schwerter-Intrige hinweisen konnten.

„Hast du wenigstens in der Zwischenzeit alte Bekannte aus Händlerkreisen getroffen?", fragte er.

„Ja, es treffen täglich mehr ein", beschied ihn Namant knapp.

„Wohin wirst du eigentlich ziehen, wenn die Totenfeier vorbei ist?" Itam hoffte auf einen kleinen Anhaltspunkt, wohin die Schwerter gebracht werden sollten, falls der Fürst Namant tatsächlich mit deren Verkauf beauftragt haben sollte.

„Das hängt davon ab, welche Waren ich während der Totenfeier günstig eintauschen kann", wich er erneut aus. „Komme ich an Bernstein, versuche ich ihn griechischen Händlern in Bragniac anzubieten. Tausche ich attische Keramik günstig ein, schaffe ich diese so weit wie möglich nach Osten."

Vielleicht Westen, vielleicht Osten – das war keine aufschlussreiche Antwort, fand Itam.

„Du musst mich jetzt leider entschuldigen, ich habe noch etwas zu erledigen."

Gerade noch hing er seinen Gedanken nach, jetzt hatte er es auf einmal eilig? Heute stimmte etwas nicht mit dem Händler. Er kam Itam so zerrissen vor – im einen Augenblick schwermütige Gedanken, im nächsten wieder Lachen und fröhliche Sprüche. Oft redete er von seiner Familie, beschrieb sie aber nie wirklich. Ob er das Umherziehen als Händler nun liebte oder hasste, ging aus seinen Erzählungen nicht hervor. Die Zerrissenheit war wohl ein Wesenszug von ihm, nicht nur eine augenblickliche Stimmung.

Da Itam das Gefühl hatte, zu stören – wieder solch ein krasser Gegensatz zu Namants freundschaftlicher Einladung beim letzten Zusammentreffen –, ließ er ihn gehen und lief ihm dann zwangsläufig hinterher durch die Gassen der Burg, zum Tor hinaus und durch die Hohlgasse des Zangentores. Einem Impuls folgend ging er ihm auch nach, als er den Weg zum Markt hin verließ. Vielleicht konnte Itam ja doch noch etwas Interessantes beobachten.

Namant verschwand in seiner Hütte. Nach einer Weile erschien sein mürrischer Gehilfe und eilte davon, den Opios hinunter. Welchen Botengang hatte er so spät wohl noch zu erledigen?

Itam folgte dem Gehilfen, verlor ihn jedoch in der Dunkelheit des Weges zum untersten Tor. Er rannte, doch da war niemand, den er einholen konnte. Fast schien es Itam, als wäre der Mann zu einem der

Gehöfte auf dem unteren Teil des Berges abgebogen. Vielleicht holte er von den Bauern dort nur frische Vorräte.

Itam ging zu seinem Ochsenkarren am Tor und fuhr hinaus in die Nacht. Da war er wieder – der Liebeskummer wegen Taparu, der ihm jede Lust zu leben nahm.

Drei Tage vor dem Totenfest riss der Strom der Händler nicht mehr ab. Die Wälle des Opios konnten sie ebenso wenig fassen wie die Palisaden um Targurs Hof. So entstanden vor den Mauern und Zäunen kleine Zeltsiedlungen. Hierher kamen wiederum die Bewohner von zahllosen Gehöften um den Opios und aus der großen Ebene, suchten nach festlichen Kleidern, Schmuck oder Opfergaben für die Götter, die beim großen Totenkult näher denn je sein würden. Wer andererseits Ware anzubieten hatte, würde in seinem Leben kaum mehr so viele Handelspartner antreffen wie jetzt. Viele Handwerker hatten in den letzten Tagen und Nächten ruhelos gearbeitet, um Tauschwaren zu fertigen. Die Webstühle in den Bauern- und Herrenhäusern hatten nicht mehr stillgestanden, die Frauen nähten besonders schöne Leinenkleider – keltische Kleider waren sogar bei den Etruskern und Hellenen in Massalia begehrt.

Die ersten Bierfässer wurden zum Kultplatz gekarrt, der sich zusehends mit Tischen, Bänken, Bratspießen, Feuerholz und einfachen kleinen Festhütten füllte.

Itam war in diesem ganzen Trubel ein Gedanke gekommen: Die Lage war nicht mehr zu überschauen – wäre das nicht die beste Gelegenheit für die Räuber der Schwerter, diese wegzuschaffen oder an die Empfänger zu übergeben? Die wiederum hätten unauffällig vor aller Augen heranschleppen können, was sie für die Schwerter eintauschen mussten.

Da Itam immer noch den Fürsten verdächtigte, im Besitz der Eisenwaffen zu sein, trieb er sich die ganzen Tage über auf dem Opios herum und behielt das Tor im Auge, das den Markt vom Zugang zur Burg trennte. Er hatte Zeit genug dazu, denn auf Häuptling Targurs Baustelle brauchte er sich nicht mehr blicken zu lassen, seit herausgekommen war, dass er zur Vertrautenrunde des Fürsten gehörte.

Immer wieder fuhren Karren hinein und hinaus, doch die Männer darauf waren einfache Bauern, die wohl kaum einen Schatz schmuggelten. Dann kam ein Wagen von der Burg herunter, der Itams Aufmerksamkeit erregte: Ein Krieger lenkte die beiden Pferde und zwei Berittene mit Schwert, Speer und Helm eskortierten die Fuhre – als ob sie etwas Wertvolles auf dem Wagen bewachten.

Itam eilte hinterher, in dem Getümmel auf dem Markt fiel das nicht weiter auf. Das Pferdefuhrwerk hatte schon einen beträchtlichen Vorsprung, als er den Ochsenkarren am Fuß des Opios erreichte, aufsprang und losfuhr. Es ging über die Ebene an Targurs Hof und dem nördlichen Rand des Waldes vorbei. Itam war das Ziel bald klar – der befestigte Hof, der dem Fürsten und seinem Gefolge als Wintersitz diente, wenn Schnee und Stürme das Leben auf dem Berg unerträglich machten. Im Sommer wurde der Hof auf verschiedene Weise genutzt: Von hier aus bewirtschafteten Knechte und Sklaven die Felder des Fürsten, ein großer Teil des Viehs wurde auf den Wiesen um den Hof gehalten. In Lagerhäusern verstaute man Handelswaren, die auf dem Opios keinen Platz mehr hatten, und man konnte hier, wie jetzt zum Totenfest, eine größere Anzahl von Gästen bequem einquartieren.

Von einem nahen Hügel aus beobachtete Itam den Wagen, nachdem dieser in den Hof eingefahren war. Er hielt direkt vor dem Haupthaus, die beiden Berittenen hatten ihre Waffen abgelegt und gingen dem Wagenlenker zur Hand, der die Fuhre ablud – Itam erkannte, wie sie ein Fellbündel nach dem anderen in die Hütte brachten. Keines schien groß genug, um ein Schwert zu verbergen – hier wurden einfach nur Lagerstätten für die Gäste des Fürsten bereitet. Itam fragte sich, warum die Bewaffneten mitgekommen waren. Da fiel ihm auf, dass sich bislang noch kein Krieger im Hof aufhielt. Die beiden waren offenbar schlichtweg die Wachmannschaft.

Itam ließ den Ochsen wieder zum Opios zurücktrotten. Dabei kam er unweigerlich an Häuptling Targurs Hof vorbei. Taparu ist vielleicht nur ein paar Schritte von hier entfernt, sagte er sich. Drei Tage war es nun schon her, dass sie ihn oben vor der Burg gestellt und als Spion entlarvt hatte.

Er hielt den Ochsen an.

Nach einigem Überlegen wagte er es und lenkte den Karren von der Straße weg hinter die Palisaden, wo ihn kein Beobachter von der Ebene aus sehen konnte. Er ging zum Tor und fragte nach Maban. Der dicke Hauptmann kam wutschnaubend angestapft: „So, du sprichst nur mit Hauptmann Garmo, was?" Er packte Itam am Hemd. „Du verlogener Wurm berichtest direkt am Tisch des Fürsten. Dass du dich noch hertraust!"

Das weiß er von dem Spion, von dem Taparu sprach, schoss es Itam durch den Kopf. Aber warum haben sie es erst jetzt erfahren? Wahrscheinlich ist der Spion noch nicht lange da.

Aus diesem Gedanken heraus flocht Itam die nächste Ausrede in sein Lügengespinst: „Ich werde doch erst seit kurzem zum Fürsten gerufen. Zuerst war ich wirklich immer nur bei Hauptmann Garmo." Er ging zum Gegenangriff über: „Und wer hat mich an Taparu verraten, hä? Das warst doch du, oder?"

Maban ließ ihn los. „Damit sind wir quitt", brummte er. „Was willst du?"

„Ich habe Neuigkeiten. Fürst Segomar lässt in Alkimoennis nach einem Bernsteinhändler forschen, der Schmucksteine für die Schwertgriffe geliefert hat."

Maban winkte ab. „Das wissen wir doch schon."

Natürlich, der zweite Spion hatte es gemeldet. Aber dann weiß der Spion ja Bescheid, was in der Vertrautenrunde des Fürsten gesprochen wird!, schoss es Itam durch den Kopf. Ist es jemand aus diesem Kreis? Das kann nicht sein, denn der Spion berichtet erst seit kurzem, dass ich dort verkehre. Vielleicht ein Krieger der Wache?

Als Maban sich zum Gehen wandte, rief Itam: „Bitte!"

„Was noch?"

„Na, was wohl. Hol sie her, ich bitte dich."

„Taparu? Vergiss es, da mische ich mich nicht ein." Maban war schon ein paar Schritte weit weg.

„Aber du hast dich schon eingemischt. Du hast mich verraten und unsere Liebe zerstört."

Maban hielt inne und drehte sich wieder herum. Er wollte Itam zurechtweisen, hatte den Zeigefinger schon erhoben, da überlegte er

es sich anders: „Na gut, wenn du dir das wirklich antun willst …
Komm mit."

Er führte Itam zu einem Kampfplatz, wo Taparu schreiend mit
dem Übungsschwert auf einen Krieger eindrosch, der mit einem de-
molierten Schild versuchte, sein Leben zu retten. „So geht das schon
seit drei Tagen – sie kämpft bis zur Erschöpfung, dann betrinkt sie
sich. Viel Vergnügen beim Gespräch." Damit ließ er Itam stehen.

Itam wartete eine Kampfpause ab, dann rief er ihren Namen. Sofort erkannte sie seine Stimme, wirbelte herum und rannte wie eine
Furie mit erhobenem Schwert auf ihn zu. Er lief davon und sie verfolgte ihn über den halben Hof. Einige Krieger, die das sahen, hielten
sich die Bäuche vor Lachen.

Hinter einem der Pfosten des Lagerhauses, wo sie sich immer geliebt hatten, ging Itam in Deckung. „Taparu, jetzt hör doch auf, mit
dem Schwert herumzufuchteln. Ich habe dir etwas zu sagen."

„Sprich, bevor ich dir die Zunge herausschneide, du Verräter!"

„Ich bin kein Verräter. Ich suche doch nur eure Schwerter."

„Du hast mich ausgehorcht, ausgenutzt, ausspioniert." Bei jedem
„aus" hieb sie mit dem Schwert gegen den Pfosten. Obwohl die
Übungswaffe stumpf war, splitterte eine Menge Holz ab.

„Taparu, als ich dir den Mistelzweig brachte, wusste ich doch gar
nicht, dass du mit Luguwal auf der Reise warst."

„Umso schlimmer! Erst hast du mit mir geschlafen, dann fiel dir
ein, dass du mich ja noch anderweitig benutzen kannst."

„Und was hast du getan? Du hast gewusst, dass dein Vater den
Frevel beging, heimlich zehn Eisenschwerter schmieden zu lassen.
Das ist Hochverrat!"

Taparu ließ das Schwert sinken. „Das kommt ganz darauf an, von
welcher Seite man es sieht", sagte sie, endlich in halbwegs ruhigem
Tonfall.

„Dann sieh es endlich von meiner Seite aus. Ich versuche auf Bie-
gen und Brechen etwas über die Schwerter herauszubekommen. Zurzeit forsche ich sogar den Fürsten aus. Ich muss jede Quelle nutzen."

„Warum hast du mich nicht eingeweiht, wenn du mich so liebst?"

„In was sollte ich dich denn einweihen? Ich weiß doch nichts. Taparu, überleg doch mal, meine Suche nach den Schwertern hat uns

doch überhaupt erst zusammengeführt. Wir hätten uns doch sonst nie kennengelernt."

„Am liebsten hätte ich dich auch nie kennengelernt!", schrie sie und erhob wieder ihr Schwert. „Auf einen, der sich nur an mich heranmacht, um mich auszuspionieren, kann ich verzichten. Ich hätte es sehen müssen – du hast ja schon betrogen, um als Erster mit der Mistel bei mir zu sein, und Bamar ausgetrickst. Er hätte mich in dieser Nacht gewinnen sollen. Wahrscheinlich wollten es die Götter auch so."

„Ach was, dein Vater wollte es so, sonst niemand."

„Dich will hier jedenfalls keiner mehr haben. Verschwinde!"

Es hatte keinen Sinn. Itam verließ den Hof.

Von seinem Kummer lenkte er sich mit Gedanken an den zweiten Spion ab: Als Maban Itam entlarvt und entdeckt hatte, dass er in Pyrene dabei gewesen war, konnte er nicht wissen, dass Itam zur Vertrautenrunde gehörte, sonst hätte er es ihm gesagt. Aber dass Itam auf dem letzten Vertrautentreffen war, wusste Maban. Der Spion musste also zwischen den letzten beiden Treffen gekommen sein.

Welche neuen Gesichter waren in dieser Zeit aufgetaucht? Die von etlichen Gästen, die zur Totenfeier kamen. Männer, mit denen der Fürst Geschäfte und andere Angelegenheiten zu besprechen hatte – die bekamen viel mit. Und immer wieder kamen neue Krieger, die als verstärkte Wache und Garde des Fürsten eingesetzt wurden. Soldaten wussten über alles Bescheid, das hatte Itam schon gemerkt. Hauptmann Garmo und Fannac gehörten zur Vertrautenrunde und Garmo hatte schon einige Male aufgrund von Beschlüssen aus der Runde Trupps zusammenstellen müssen, woraus die Soldaten leicht die richtigen Schlüsse ziehen konnten. Das machte schnell die Runde; man hatte sich beim langweiligen Wachdienst und an den geselligen Lagerfeuern viel zu erzählen.

Itam fuhr zurück auf den Opios und legte sich wieder auf die Lauer, obwohl seine Zuversicht, noch etwas herauszufinden, erschöpft war. Vor der Verfolgung des Pferdefuhrwerks hatte er Mabans Rat befolgt und versucht, einige der Krieger, die er auf der Reise nach Pyrene kennengelernt hatte, nach ungewöhnlichen Sicherheitsmaßnahmen auszufragen. Doch er hatte auf Granit gebissen. Die Krieger zeigten sich nach außen hin verschlossen, was Wach- oder sonstige Dienste anging. Und an die hochgestellten Männer in reich verzierten Kleidern und Waffen, die mit teils beträchtlichem Gefolge in die Burg ritten, kam er nicht heran.

7

DIE TOTENFEIER

Meris, den Bernsteinhändler, ereilten gleich drei Schrecken. Eben noch hatte seine ganze Sorge der Frage gegolten, ob er zu dem saftigen Rinderbraten, den ihm sein Weib auf einem von Fett getränkten Stück Brot serviert hatte, dunkles Weizenbier oder nur Wasser trinken sollte. Doch dann hatte sich plötzlich der Raum verdunkelt, weil eine Gestalt im Türrahmen stand, durch den eben noch das sommerliche Licht hereingeflutet war. Es war ein Krieger der Wache, der seine Augen blinzelnd an das Dunkel des Hauses gewöhnte. Meris bat ihn herein. Drei weitere Gestalten folgten ihm – ebenfalls Krieger, aber keine, die Meris kannte. Der Wachsoldat stellte ihm deren Anführer vor: „Das ist Lagan. Er und seine Männer sind Krieger Fürst Segomars vom Opios." Das war der erste Schreck.

Der zweite Schreck war noch größer. „Ich muss dir leider sagen, dass Guar, der Kunstschmied, tot ist", fuhr der Wachsoldat fort. „Er war ein sehr guter Freund von dir, nicht wahr?"

„Bei den Fürsten der Anderwelt, das war er!", erwiderte Meris entsetzt. „Was ist denn geschehen? Wie ist er umgekommen?"

„Er wurde ermordet. In Pyrene."

„Was? Wie ging das zu? Habt ihr den Täter?"

„Wir sind ihm auf der Spur", antwortete Lagan mit einer Stimme, aus der großes Unbehagen sprach. Er musste dem Bernsteinhändler jetzt nämlich noch etwas Schreckliches beibringen: „Deswegen sind wir hier. Wir glauben, dass der Mörder oder ein Komplize bald hier auftaucht."

Meris' Augen schienen auf diesen dritten Schreck hin regelrecht aus den Höhlen hervorzutreten. „Wie bald?"

„Vielleicht schon morgen oder übermorgen. Aber keine Angst, wir sind ja hergekommen, um dich zu beschützen."

Meris war nun nicht mehr in der Lage, auch nur einen Bissen von seinem Braten anzurühren. Stattdessen stürzte er einen halben Krug Bier hinunter. Sein Weib, nicht minder entsetzt als er selbst, konnte auch nichts mehr essen. Das kam den von der Reise hungrigen Soldaten zugute. Sie nahmen das Fleisch und das Bier, das beide übrig gelassen hatten, dankbar an.

Die Frau ging auf den Markt, um noch mehr für die Krieger zu besorgen. Der Wachsoldat verabschiedete sich, und Lagans Begleiter machten sich vor der Mahlzeit auf zu einem Rundgang durch Alkimoennis, der befestigten Siedlung auf der Anhöhe, wo die Danubia einen ihrer zahlreichen Zuflüsse* aufnimmt.

Lagan und Meris waren jetzt allein. „Das ganze Unglück hängt mit den Schwertgriffen und Scheiden zusammen, die dein Freund im Auftrag von Häuptling Targur anfertigen sollte", kam der Krieger vom Opios gleich auf den Punkt. „Weißt du etwas davon?"

„Aber natürlich. Von mir hat er doch den Bernstein, den er dafür brauchte. Einige der schönsten Stücke, mit denen ich jemals handelte. So klar wie das Sonnenlicht; in einem wohnte sogar ein kleiner Götterbote." In einem Stein war also ein Insekt eingeschlossen gewesen.

„Hast du einen Hinweis, für wen sie bestimmt waren?"

„Guar vermutete, sie sollten für Kriegerführer aus dem Osten sein. Das schloss er aus der Art der Verzierungen."

„Hast du genauere Hinweise? Irgendwelche Einzelheiten zu den Schwertgriffen?"

„Ja, ein Griff sollte etwas ganz Besonderes werden. Aus dem Stein, der den Götterboten einschloss, und aus einem weiteren Bernstein

---

* die Altmühl

wollte er einen aufrecht stehenden Löwen schneiden. Außerdem musste ich ihm unbedingt noch einen blauen Edelstein besorgen, einen Lapislazuli. Daraus sollte ein Fisch werden, den der Löwe zwischen den Zähnen hält."

„Was sollte das bedeuten?"

„Keine Ahnung, das wusste auch Guar nicht. Aber es hört sich nach einem Wahrzeichen für einen Stammesfürsten an. Für einen niedriger gestellten Mann würde solch ein Aufwand wohl kaum betrieben."

Lagan war zufrieden. Er hatte einen Hinweis für Fürst Segomar, wenn er auch selbst nichts damit anfangen konnte. Der erste Teil seines Auftrages war also erfüllt. Blieb noch der zweite, schwierigere und seltsamere Teil. Das Seltsamste daran war, dass sie den Angreifer, dem sie auflauerten, unbedingt wieder laufen lassen sollten, wenn sie ihn ergriffen hatten.

Häuptling Targur und sein Hauptmann Maban hatten das Totenfest gut organisiert: Im Tal unterhalb des Grabhügels war ein großer Platz mit Seilen abgesperrt, für Zweikämpfe, Reiter- und Wagenspiele. Auf dem daneben ansteigenden Hang hatten viele Zuschauer Platz, und einer konnte über den anderen hinweg auf die Arena sehen. Hinter den Zuschauerplätzen brieten an Spießen schon die ersten Ochsen und Schweine. Dort standen auch Bierfässer, aus denen jeder nach Belieben schöpfen konnte. Im oberen Bereich des Hügels, also unmittelbar hinter dem Festplatz, begann der Wald, der sich bis zu Targurs Hof hinzog. Mitten durch den Festplatz verlief ein Weg vom Turnierplatz den Hang hinauf, der von zwei langen Tafeln gesäumt wurde. Er führte geradewegs zur neuen Grabkammer inmitten uralter, grasbewachsener Grabhügel oben am Waldrand.

Drei Wände und die Decke der Kammer waren schon aus Eichenbalken fertig gezimmert und mit schweren Steinen und Erde bedeckt. Die Seite zum Publikum hin hatten die Arbeiter offen gelassen – durch diese Pforte sollte der Schmied Gobat mit seiner Familie vor aller Augen in die Anderwelt einziehen.

Auf dem Grabhügel loderte ein hohes Feuer, genährt aus den heiligen neun Hölzern von Eiche, Esche, Kiefer, Eberesche, Schlehe,

Haselnuss, Eibe, Weißdorn und Moormyrte. Die Flammen erweckten den Eindruck, als kämen sie geradewegs aus dem Inneren des Grabes von Gobat, dem Meister des Feuers und der Eisenglut, und würden hinaufstreben zu Taranis, dem Gott des Donners und des Blitzes. Targur wollte damit dem Volk vor Augen führen, dass Taranis nicht ein Strafgericht der Flammen auf seinen Hof herabgesandt hatte, sondern dass er im Gegenteil den Schmied durch die Flammen geradewegs zu sich beorderte, wo ihn ein ehrenvoller Platz erwartete. Taranis hatte Weib und Kinder des Verstorbenen sowie eine Eskorte aus Kriegern als Gefolge für die Anderwelt mit eingefordert, so wie in grauer Vorzeit hochgestellten Stammesführern eine Gefolgschaft mit ins Grab geschickt worden war – all das sollte die prachtvolle Inszenierung des Begräbnisses vermitteln. Sobald die Urnen und Beigaben in der Grabkammer bestattet waren, würden Zimmerleute die vierte Wand einsetzen und Arbeiter einen Mantel aus Steinen und Erde für die Ewigkeit darüberbreiten.

In einer eindrucksvollen Prozession hielten die wichtigsten Teilnehmer des Festes Einzug. Vorneweg schritt Ritomar, der Priester, dann folgten zu Pferd nebeneinander Häuptling Targur als Gastgeber und Fürst Segomar, Herrscher über den Boden, in dem die Grabkammer lag. Das Volk säumte den langen Zug. Kleider und Umhänge leuchteten noch farbiger als sonst, jeder hatte seine schönsten Gewänder angelegt. Die meiste Aufmerksamkeit gebührte natürlich den exotischen Gästen aus fernen Ländern: Männer aus dem Süden mit glatt rasierten Gesichtern und schwarzem, lockigen Haar folgten auf Krieger des Nordens und Ostens, die üppige Bärte, lange Haarmähnen und Zöpfe trugen; Herren in wallenden, farbenfrohen Tüchern wechselten sich ab mit Kriegern in Fellen und Prachtrüstungen, Salzherren aus den Alpen waren ebenso vertreten wie Abordnungen der Keltenfürsten aus Pyrene, Canecoduno und den Festungen an den großen Flüssen im Westen und Norden.

Auch die von der Vertrautenrunde des Fürsten gespannt erwarteten skythischen Ehrengäste waren dabei: mindestens zwanzig, erkennbar an hohen Mützen mit nach vorne abgebogenen Spitzen oder Prachthelmen mit armlang aufragenden Dornen, Tätowierungen am ganzen Körper und natürlich den rauschenden Vollbärten. Einige trugen prächtige Schuppenrüstungen, andere waren an ihren Eskorten von Bogenschützen als hochgestellte Männer erkennbar.

Für Fürst Segomar, seinen Hauptmann Garmo, Itam und andere Beobachter war es unmöglich, auf Anhieb Rückschlüsse zu ziehen, wer mit den Eisenschwertern zu tun haben könnte.

An der Festtafel saß man ab. Es gab einen großen Umtrieb, als Knechte die Pferde wegführten, Diener den Herren ihre Plätze anwiesen, alte Bekannte, die sich in den letzten Tagen noch nicht begegnet waren, einander begrüßten. Itam nutzte wie viele andere aus dem Volk die Gelegenheit, die Gäste aus der Nähe zu betrachten. Er ging unter den Skythen umher, deren gutturale Sprache er nicht verstand. Plötzlich hörte er jedoch ein Wort, das ihm sehr wohl etwas sagte: „Molpir" – der Berg der großen Hügelfestung im Osten, wohin Luguwal, Taparu und etliche Männer Häuptling Targurs gereist waren. Ein Skythe in Rüstung und Prunkhelm hatte es einem Gefolgsmann zugerufen und dabei auf eine Gruppe von Targurs Kriegern gedeutet. Offensichtlich erkannten die Skythen jemanden davon wieder, gingen hin und winkten laut rufend weitere Begleiter herbei.

Itam folgte ihnen und beobachtete eine stürmische Begrüßung mit Schulterklopfen und Worten, die wohl jeder in der Sprache des anderen gelernt hatte. Jemand hielt einen Trinkschlauch hoch, und man begab sich etwas abseits in den Wald hinein, um das Wiedersehen zu begießen. Auch hier drängten sich neugierige Beobachter dazu, und auf einmal löste sich einer aus der Menge, den Itam kannte: Namant, der Händler. Einen Skythen begrüßte er besonders herzlich. Der Mann trug einen bronzenen Brustpanzer, den ein vergoldeter Löwe mit einem Fisch im Maul zierte. Sie wechselten einige Worte und tranken einen Schluck, dann verschwand Namant zu seinem Platz an der Ehrentafel.

Fürst Segomar und Häuptling Targur saßen direkt bei der Grabkammer an den Stirnseiten der langen Tafeln. Natürlich hatten deren Familienmitglieder, Gefolgsleute und Ehrengäste ihre Plätze nahe bei ihnen, sodass ganz augenscheinlich zwei getrennte Lager entstanden. Es war Targurs volle Absicht, dem Volk vor Augen zu führen, dass er und der Fürst gleich starke Positionen einnahmen.

Neben Häuptling Targur und seiner Frau saßen deren Sohn Luguwal und seine Schwester Taparu. Es schmerzte Itam, ihre kriegerische Schönheit bewundern zu dürfen, sie aber nie wieder berühren, ja vielleicht nicht einmal mehr sprechen zu können. Sie trug einen ledernen Panzer mit Fellbesätzen an den Hals- und Armöffnungen, ihr Haar hing in einem langen Zopf herab, ihre Augen waren mit Holzkohle geschminkt. Da – hatte sie nicht eben zu ihm herübergesehen, nur für einen kurzen Augenblick?, fragte sich Itam aufgeregt. Nein, von der Ehrentafel aus konnte sie ihn kaum im Volk erkennen, entschied er dann aber mit Bedauern. Hinter ihr stand als Mitglied von Targurs Leibwache Bamar, Itams Rivale.

Einige Plätze neben Bamar, ebenfalls in der ersten Reihe hinter den Ehrengästen, entdeckte Itam den fremden Krieger, den Namant eben so herzlich begrüßt hatte. Er stand hinter einem Mann, der am ganzen Körper mit einem vergoldeten Schuppenpanzer bedeckt war. Sein Helm lief oben in einem armlangen Dorn zu, aus dem ein schwarzer Pferdeschweif ragte. Zu beiden Seiten neben ihm saßen weitere prachtvoll ausstaffierte Skythen. Itam wunderte sich, wie Anführer aus einem Volk, das erst vor fünf Jahren das Land heimgesucht hatte, an Targurs Ehrentafel Platz finden konnten.

Ein Krieger erklärte ihm, das Volk der Skythen sei riesig und die Anwesenden hätten wohl nichts mit den Angreifern von damals zu tun. Man sei ihnen eher durch Handel verbunden. Das wiederum erklärte die Begrüßungsszene zwischen Namant und dem Skythen mit dem Löwen auf der Rüstung.

Zwischen Fürst Segomar und Häuptling Targur saß an einem Quertisch genau vor der Grabkammer Ritomar, der Priester. Die beiden hohen Keltenherren und der Priester blickten über die Tafeln, den dazwischenliegenden Weg und den Turnierplatz hinweg direkt auf die Bodenerhebung, wo der heilige, mit Eisenbeschlägen reich versehene Wagen stand. Er sollte zum Abschluss der Feier die acht Urnen in die Grabkammer und damit geradewegs in die Anderwelt fahren. Mit ihnen wurden die Grabbeigaben auf einem Polster aus Blüten und Blättern ausgestellt: ein Kessel gefüllt mit Met, Schmiedewerkzeuge, Messer und Fleischgabeln, ein Bratspieß – alles Insignien

aus Eisen, die Gobat als Former des kostbaren Metalls seinen Ehrenplatz in der Anderwelt sicherten.

Das Totenfest sollte zwei Tage und Nächte dauern. Bis alle Ehren-
gäste eingezogen waren und auch jeder aus dem Volk einen Platz
gefunden hatte, zeigten Krieger auf dem Turnierplatz ihre Künste:
Reiter warfen aus vollem Galopp heraus Speere mit erstaunlicher
Treffsicherheit auf einen Pfahl, der bald aussah wie ein Stachel-
schwein. Zum Leidwesen der einheimischen Soldaten erfuhren die
Skythen mit ihren stämmigen, rassigen Steppenpferden und dem mit
Gold und Silber verzierten Zaumzeug die meiste Aufmerksamkeit.
Ein Skythe drehte gerade mit seinem zweispännigen und zweiräd-
rigen Kampfwagen so wild seine Runden, dass sich der Wagen mehr
in der Luft als auf dem Boden befand, und das Publikum bei jedem
Aufsetzen glaubte, er müsse auseinanderbrechen. Doch damit nicht
genug. Der Skythe stieg aus und balancierte bei voller Fahrt halsbre-
cherisch auf der Deichsel. Er schaffte es bis ganz nach vorne und
wieder zurück; in den Wendekurven holperte der Wagen auf einem
Rad über den Boden. Die Zuschauer klatschten und johlten vor Begeisterung, junge Frauen winkten dem Lenker begeistert hüpfend zu
und kreischten ungehemmt.

Dann wurde es wieder feierlich: Der Totenkult begann mit dem
Ritual der Trankspenderin. Dazu nahmen zwei blumengeschmückte
Jungfrauen in langen weißen Gewändern den Metkessel vom Totenwagen und trugen ihn an einer Eisenstange unter dem Henkel den
Weg zwischen den großen Tafeln der Ehrengäste hinauf. Eine dritte
Jungfrau, ebenfalls in weißem Gewand und mit einem Blumenkranz
auf dem Kopf, schöpfte als Trankspenderin mit einer Kelle den Honigwein heraus und schenkte jedem an der Tafel ein. Am Ende des
Festes sollte nach einem abschließenden Schluck der Kessel noch
halb voll sein. Er würde dann mit den Toten in die Grabkammer gestellt, auf dass sich dem Abschiedsfest in der Welt der Lebenden unmittelbar das Willkommensfest in der Anderwelt anschließen konnte.
Der Zug der Verstorbenen aus ihrer alten Welt ins Totenreich sollte
nahtlos weitergehen.

Nach dieser Zeremonie zu Ehren der Toten ließen es sich die Lebenden erst einmal gut gehen. Das Volk machte sich über die gebratenen Ochsen und Schweine und das Bier her, Musikanten spielten mit Flöten und Trommeln zum Tanz auf. Zwischen den beiden langen Tafeln kredenzten Knechte und Mägde Met und Bier. Dann trugen zwei Diener auf einem großen Brett ein gebratenes Schwein auf, das sie zwischen Fürst Segomar und Häuptling Targur abstellten.

Ein Krieger schnitt die saftige Hinterkeule heraus, legte sie auf eine Holzplatte, hob sie hoch und rief: „Wem gebührt hier das Heldenstück?"

Jetzt folgte der keltische Brauch, sich gegenseitig im Rühmen der eigenen Heldentaten zu übertreffen und als Ehrenpreis das beste Stück Fleisch zu erringen. An der Tafel der Hochgestellten war es an den Gefolgsleuten, sich für die Ehre ihrer Herren einzusetzen. Das konnte heikel werden, denn das Machtgerangel zwischen Fürst und Häuptling war eine ernste Angelegenheit und nicht nur ein reiner Wettbewerb im Prahlen.

Hauptmann Garmo, der hinter seinem Fürsten an der Spitze der Leibwache gestanden hatte, trat vor, sprang auf den Tisch und von dort in die Gasse zwischen den beiden Tafeln. Er hob beschwörend die Arme und rief dem Krieger zu, der die Schweinekeule immer noch hochhielt: „Wie kannst du fragen, wem das Heldenstück gebührt? Die größte Heldentat in unserer Zeit war die Skythenschlacht." Dabei warf er einen Seitenblick auf den Skythenhäuptling, der bei Targur saß. „Mir haben die Götter die Ehre zuteilwerden lassen, die Männer ins Feld zu führen, welche die Schlacht entschieden!" Garmos Männer zollten ihrem Anführer Beifall und schlugen mit den Schwertern auf ihre Schilde.

Der Krieger, den Namant so herzlich begrüßt hatte, beugte sich immer wieder zum Ohr des Skythenhäuptlings und erklärte ihm etwas. Schließlich begriff Itam, dass er ein Übersetzer sein musste und im Gegensatz zu dem Häuptling die keltische Sprache verstand. Die Miene des Skythenführers verdüsterte sich, als er erfuhr, worum es ging, und er verfolgte das weitere Schauspiel starr und reglos.

Garmo ließ die Erinnerung an den großen Skythenangriff wieder aufleben und berichtete ausführlich darüber: Nachdem seinerzeit die Wache auf dem Opios das ferne Signalfeuer auf dem Opferberg an der Warantia entdeckt hatte, war Alarm geschlagen worden. Die Krieger auf der Burg waren sofort zur Stelle, und der alte Hauptmann, der in dieser Nacht noch im Kampf fallen sollte, hatte die Lage schnell erfasst: Entweder wurden Herrenhof und Siedlung an der Warantia angegriffen oder Feinde hatten die Furt durchquert und waren im Anmarsch. In beiden Fällen war eines zu tun – Reiter mussten auf dem Ostweg der Gefahr entgegeneilen und sich ihr stellen. Die zwanzig Berittenen, die auf der Burg lebten, saßen mit Speer, Schwert, Pfeil und Bogen schon im Sattel, kaum dass der Hauptmann den Angriffsbefehl gebrüllt hatte. Es wäre um die Macht des Fürsten geschehen gewesen, hätte er sich nicht kampfbereit auf seinem Schlachtross an die Spitze der Reiter gesetzt. Der Hauptmann preschte unmittelbar hinter ihm den Opios hinunter.

Häuptling Targur hatte auf den Alarm vom Opios hin sofort die Reiter seines Hofes zusammenrufen lassen. Sie schwärmten aus zu den Herrenhöfen der Umgebung und mobilisierten jeden, der eine Waffe tragen und auf einem Pferd sitzen konnte. So sammelte sich bald ein beachtlicher Reiterhaufen vor Targurs Hof, der dann bald darauf den Ostweg entlanggaloppierte und sich den Reitern des Fürsten anschloss.

Den von allen Seiten des Landes zusammenströmenden Reitern folgten die Fußkrieger. Manche trugen nur eine einzelne Waffe, andere waren voll bewaffnet mit Schild, Speer und Schwert, wieder andere trugen Bögen. Oftmals waren deren Köcher aber nur spärlich mit Pfeilen gefüllt; man war nicht auf Krieg, sondern höchstens auf die Jagd vorbereitet. Unter dem Fußvolk hatte sich schon die Nachricht verbreitet, dass es zum Ostweg und dort in Richtung Schlangenfluss, also zur Warantia ging. Zunächst rannten die Krieger führerlos durch die Ebene. Für Kelten war das nicht unbedingt ein Problem; ihre Kampfweise bestand darin, in blinder Raserei auf den Gegner loszugehen und zuzuschlagen, wo man nur traf. Doch in dieser Nacht sollte es über Sieg oder Niederlage entscheiden, Reiterei und Fußtruppe zu vereinen.

Garmo war vom Fürsten in aller Eile auserkoren worden, die Fuß-soldaten vom Opios anzuführen. Er hatte sich drei Tage vorher bei Übungskämpfen hervorgetan, und das war der einzige Grund, wa-rum ihn Segomar erwählte. Also sammelte er alle, die herbeigerannt kamen, und führte sie über den Ostweg. Einem fiel auf, dass Garmo und seine Männer nicht bewaffnet waren. Er fragte ihn, ob er mit bloßen Fäusten gegen den Feind kämpfen wolle.

Garmo antwortete, das Schlachtfeld werde aussehen wie ein Ge-treidefeld mit Halmen aus Holz, so viele Speere würden auf den Feind niederregnen. Die Speere sowie Schwerter und Schilde wurden in Ochsenkarren gebracht, sodass jeder Krieger, befreit von den schweren Waffen, schnell laufen konnte. So könne jeder auch noch den Schädel mindestens eines Feindes abschneiden, versicherte Garmo. Schon rumpelten die ersten Wagen, mit jeweils zwei Ochsen bespannt, vorbei. Die Krieger zeigten sich begeistert von dieser Tak-tik, luden ihre Waffen auf und rannten neben den Wagen her der Schlacht entgegen.

Ritomar, der Priester, hatte damals vom Pferd herab seine Pflicht erfüllt, die Männer in ekstatische Kampfwut zu versetzen: Er stimmte im Einklang mit dem Laufrhythmus magische Sprechgesänge an, die von den Kriegern als Echo vertausendfacht wurden. So steigerten sie sich in den Furor, den wilden Kampfrausch mit aufgerissenen Augen und vor Erregung überhitzten Körpern. Viele Krieger rissen sich die Kleider vom Leib und stürzten sich bis auf die Schuhe nackt in die Schlacht.

Mitten in Garmos Erzählung hinein, ertönte plötzlich eine tiefe Stimme: „Halt!" Der dicke Maban war um das Ende der Totentafel herum in die Mitte getreten. „Euer tapferes, aber winziges Reiter-häuflein wäre hoffnungslos aufgerieben worden, hätten die mutigen Reiter Häuptling Targurs es nicht geschafft, euch beim Wettlauf über den Ostweg einzuholen und euch die alles entscheidende Verstär-kung zu bringen!"

Der Wettlauf war eine Legende, die Targurs Männer lebhaft pflegten, um den entscheidenden Anteil am Sieg für sich zu bean-spruchen. Dabei hatte der Fürst bei der Wegesiedlung extra Halt ma-chen lassen, um die Truppe zu sammeln und einem Erkundungskommando Zeit zu geben, sich einen Überblick über die Lage zu verschaffen. Wie auch immer, auf Hauptmann Mabans Forderung hin grölten seine Soldaten ihren Beifall wie zuvor die Krieger des Fürsten.

Nun erhob sich eine dritte Stimme, die das Heldenstück einforderte. Es war die Stimme einer Frau aus dem umstehenden Volk: „Unserer Fürstin gebührt das Heldenstück! Sie hat mit ihrer Weisheit und ihrem Mut den Kampf entschieden!"

Sofort brach Jubel aus, viel lauter als bei den Forderungen der beiden Hauptleute. Es war nämlich Fürstin Akiana gewesen, die auf den Gedanken gekommen war, die Waffen auf den Wagen zu transportieren. Den Plan hatte sie schon vor längerer Zeit für Überfälle an der Landesgrenze ersonnen. Fürst und Kriegerführer hatten zugestimmt, da im Notfall umso mehr Höfe und Siedlungen vor einem heranrückenden Feind geschützt werden konnten, je schneller man ihm entgegeneilte – und Krieger, die ihre schweren Waffen nicht selbst schleppen mussten, konnten in der gleichen Zeit entscheidend größere Strecken zurücklegen.

Da alle Unterführer in die Schlacht gezogen waren, führte die Fürstin selbst den Wagenzug an und ritt auf dem einzigen Pferd, das noch übrig war, mit dem Schwert in der Hand vorneweg. Damit hatte sie sich zur Volksheldin gemacht.

Als sich in den Bauernhütten wie ein Lauffeuer verbreitete, dass die Fürstin mit hoch erhobenem Schwert das Volk ins Feld führte, hatte es kein Halten mehr gegeben und jeder, wirklich jeder, der laufen und eine Sichel, Harke oder Hacke tragen konnte, war aus den schützenden Zäunen und Palisaden herausgestürmt. Auch die Frauen ließen sich nicht mehr halten, als sie hörten, dass ihre Fürstin alleine, ohne Eskorte, in den Kampf stürmte.

Erst dieser außergewöhnliche Einsatz hatte die Skythenschlacht zu etwas ganz Besonderem gemacht. Die Sänger und Barden priesen seitdem das Volk vom Opios als so tapfer, dass im Angesicht des Feindes selbst die Weiber nicht mehr zu halten waren und ihren Sippen im Kampf beistanden.

Eine Dienerin an der Totentafel, die aus einem Krug gerade Wein für Fürst Segomar einschenken sollte, kniete vor der Fürstin nieder, beugte das Haupt, rief laut vernehmlich: „Für Andarta!", und goss etwas von dem kostbaren Wein als eine Art Opfergabe vor ihrer Herrin aus. Andarta war eine Kriegsgöttin und wurde seit der Schlacht von vielen als Beiname der Fürstin genannt. In den vorderen Reihen wurde diese Geste sofort mit frenetischem Beifall gewürdigt, der sich durchs ganze Volk ausbreitete. Auf der Fürstenseite der Tafel strahlten alle Gesichter voller Stolz und auch in Häuptling Targurs Lager zeigte man sich zufrieden – fiel doch der Ruhm der Fürstin auf das ganze Volk zurück, es war also keine Seite benachteiligt.

„Der Fürstin gebührt das Heldenstück!", rief jemand aus den hinteren Reihen. Alle skandierten vergnügt diese Forderung.

Fürst Segomar und Häuptling Targur sahen sich kurz an, dann nickte Targur dem Krieger zu, der die Schweinekeule immer noch hochhielt. Daraufhin stellte er die Trophäe vor der huldvoll lächelnden Fürstin ab. Die Menschen waren nicht mehr zu halten, der Jubel ebbte nur langsam ab.

Itam tauchte zufällig im gleichen Moment wie ein alter Krieger, der einen mächtigen weißen Schnauzbart hatte, seinen Krug in ein Bierfass und fragte ihn: „Warst du bei der Skythenschlacht dabei?"

„Was glaubst du denn, du dreister Kerl?", entrüstete sich der Soldat. „Dass ich zu Hause auf meinem Stroh die Schlacht verschlafen habe? Ich erschlug an der Seite von Hauptmann Garmo drei Skythen, du junger Taugenichts!"

„Erzähle mir doch, wie die Schlacht ablief, ich kenne alles nur in groben Zügen", drängte Itam.

Der Soldat schien zu überlegen, ob Itam solch einer guten Geschichte würdig sei, doch schon ließen ihm weitere Umstehende keine Wahl: „Los, sprich, tapferer Krieger!"

Der Mann ließ sich mit seinem Bierkrug an einem Feuer nieder und war im Nu von zwanzig bis dreißig Zuhörern umringt.

„Ich habe ja zu Fuß gekämpft", setzte er an, „aber die Reiter erzählten mir genau, wie sie vorgegangen sind: Fürst Segomar hatte sie vor der Wegesiedlung gesammelt und Späher vorausgeschickt. Schon bevor diese zurückkamen, sahen alle, wo der Feind war, denn in der Ferne ging ein Hof nach dem anderen in Flammen auf. Und wir konnten sie hören – die Erde bebte unter den Hufen von mindestens zweihundert Pferden."

„Wie viele wart ihr denn?", fragte ein Junge.

„Reiter hatten wir höchstens halb so viele wie die anderen. Zu Fuß waren wir ein paar Hundert. Aber wenn die vor Waffen und Rüstungen starrenden Skythen erst die Reiter niedergemacht hätten, wären auch wir Fußkrieger leichte Beute gewesen. Das ganze Land wäre ihnen schutzlos ausgeliefert gewesen – nicht auszudenken. Nun ja, es sollte nicht so weit kommen, wie ihr alle wisst. Die Späher waren früher zurück, als wir gehofft hatten – ihnen waren schon die Krieger entgegengekommen, die den Wagenzug des ausgeplünderten Kaufmannes begleiten sollten. Diese Männer berichteten, dass sich die Skythen mit Plünderungen aufgehalten hatten, jetzt aber zum größten Teil den Ostweg heraufkamen. Fürst Segomar ließ sich den Feind genau beschreiben – damit wusste er auch, dass die schwerfälligen Panzerreiter durch einen schnellen Überraschungsangriff durchaus zu treffen waren. Und er wusste, was später, als wir Fußkrieger eingriffen, ganz entscheidend war: dass wir die gepanzerten Krieger nur durch Wurfspeere, nicht durch Pfeile erledigen konnten.

Der Fürst führte seine Reiter ein Stück vom Ostweg fort zu einem Gehöft mit einem Palisadenzaun, hinter dem sie sich aufstellten. Es dauerte auch nicht lange, und schon donnerte der Skythenhaufen in wildem Galopp heran. Die große Masse wollte vorbeireiten, einige Reiter scherten aus, um den Hof zu überfallen. Damit hatte unser Fürst gerechnet, stürmte an der Spitze seiner Leute hinter den Palisaden hervor und griff den einzelnen Reiterhaufen an. Segomar hatte die Überraschung auf seiner Seite, die Skythen hatten nie und nimmer damit gerechnet, dass jemand so schnell eine schlagkräftige Armee gegen sie aufstellen konnte. Den abgesonderten Räubertrupp machten unsere Männer auf der Stelle nieder, ein großer Teil unserer Berittenen fiel dem Haupthaufen in die Flanke, unsere Speerwerfer durchbohrten einige der überraschten Krieger, und so mancher Schwerthieb wurde mit solcher Wucht geführt, dass auch ein Panzer nichts mehr nützte.

Doch lange währte die Überraschung nicht. Viele der Feinde hatten zwei Köcher dabei – einen für Giftpfeile, den anderen für den berüchtigten kurzen Reiterbogen. Das sind Meisterwerke der Waffenkunst – die skythischen Bogner leimen Horn und Sehnen von Tieren auf eine ganz spezielle Weise zusammen. Ein Jahr soll es dauern, bis solch ein Bogen fertig ist. Die gegnerischen Reiter antworteten mit einem Pfeilhagel, der viele unserer tapferen Männer auf der Stelle in die Anderwelt fortriss. Mögen sie in ewiger Jugend und Weisheit von den Tafeln dort essen, die sich niemals leeren."

„Hatten unsere Reiter keine Pfeile?", warf ein Zuhörer ein.

„Doch, natürlich schossen unsere Krieger zurück. Aber an den Schuppenpanzern aus Bronze prallten die Pfeile einfach ab, und durch die dicken Lederpanzer drangen sie gar nicht durch. Unsere Bogenschützen zielten deshalb auf die Pferde. Stürzten die Reiter, machten sich unsere Krieger im vollen Galopp mit Schwertern über den Feind her. Das war immer noch hart, denn sie hatten Waffen, die wir gar nicht kannten – Streitäxte, Schlagkugeln an Ketten, neben den langen auch kurze Schwerter, die für den Reiternahkampf viel besser geeignet sind. Am schlimmsten aber waren ihre Nagaikas, sagen manche."

„Nagaikas? Was ist denn das?"

„Neunschwänzige Kampfpeitschen. Damit konnten sie unglaublich gut zielen, zum Beispiel auf die Augen. Es war furchtbar."

„Das hört sich an, als ob unsere Reiter unterlegen waren?", fragte ein einfacher Bauer, der zum ersten Mal hörte, dass die Schlacht nicht nur vom Heldenmut der eigenen Krieger und dem Blut der Feinde erfüllt war.

„Wir wären unterlegen gewesen, wenn es nur Reiter gegen Reiter gegangen wäre", stimmte der alte Krieger zu, der das immer zahlreicher werdende Publikum genoss. „Aber dann kamen wir", warf er sich in die Brust und klopfte mit der Faust auf sie. „In der Dunkelheit hatte uns der Gegner noch nicht bemerkt. Kurz vor dem Kampfgetümmel ließ Fürstin Akiana die Ochsenkarren langsamer fahren. Wir Fußkrieger schlossen auf. Wir hatten uns die Lungen aus dem Leib gerannt, das könnt ihr uns glauben – aber keiner wollte auch nur einen Augenblick verschnaufen. Ein Reiter des Fürsten, der uns schon entgegengekommen war, meldete ihm, dass wir kampfbereit waren. Sofort ließ der Fürst das Hornsignal zum Rückzug blasen, unsere

Reiter ritten hinter die Palisade oder geradewegs in das Gehöft hinein, wo sich Frauen und Kinder vor Angst die Seelen aus dem Leibe schrien. Einige Skythen setzten ihnen nach, weil sie meinten, unsere Krieger wären auf der Flucht. Aber sie kehrten schnell wieder um, als sie sahen, dass der Fürst die Truppe in Schlachtenreihe Aufstellung nehmen ließ. Die Skythen formierten sich ebenfalls neu."

„Warum ist denn der Fürst mit seinen Leuten davongeritten, wo doch Verstärkung da war?"

„Ich habe vorhin schon gesagt: Er hatte erkannt, dass gegen diesen Feind nur mit Speeren etwas auszurichten war. Dazu musst du wissen, dass auf der Fürstenburg stets eine riesige Menge davon bereitliegt. Sie sind die beste Waffe bei einer Belagerung; einem vom Burgwall herabgeschleuderten Wurfspeer kann kein Schild, kein Panzer, keine gezimmerte Belagerungsdeckung widerstehen. Wir standen also zwischen Wagenladungen voller Speere direkt vor dem Feind. Bei den Göttern, ich sage euch, wir haben sie herabregnen lassen. Immer drei Mann arbeiteten zusammen – zwei luden so viel Speere, wie sie tragen konnten, vom Wagen, einer schleuderte sie auf die Skythen. Hätte sich der Fürst nicht zurückgezogen, hätten wir unsere eigenen Leute durchbohrt."

„Und so habt ihr die Skythen durchbohrt?"

„Bei Andarta, das haben wir. Die Skythen bemerkten uns erst, als es in der Luft rauschte. Hunderte von Speeren kamen aus dem Nachthimmel. Unsere Werfer hatten meist den zweiten Speer schon geschleudert, als der erste noch durch die Luft flog."

Aus diesem Teil der Geschichte hatten eifrige Verbreiter von Gerüchten die Legende geformt, Ritomar, der Priester, habe durch einen Zauber Speere vom Himmel regnen lassen.

„Aber ihre Rüstungen? Die haben sie doch so gut geschützt, sagest du."

„Ja, viele wurden durch ihre Rüstungen gerettet – im ersten Augenblick. Aber ein Schuppenpanzer kann einen Speer nicht immer abhalten. Die Schuppen bestehen aus Bronzeplatten, die auf dünnem Leder aufgenäht und übereinandergeschoben sind. Eine Speerspitze, die auf eine Ritze zwischen zwei Schuppen trifft, hebt mit ihrer

Wucht die Schuppen einfach an und durchbohrt das Leder. Und dann die Pferde – wir haben sie ihnen unter den Hintern weggeschlachtet."

„Die armen Tiere!", klagte eine junge Frau.

Der Krieger sah sie an: „Ich liebe und verehre die Wesen von Epona* so wie du, glaube mir. Aber in der Schlacht ist das Pferd deines Feindes auch dein Gegner und wird genauso bekämpft. So ist der Krieg. Es bedeutete die Rettung so manchen Kämpfers aus unseren Reihen. Denn zu Fuß kannst du einen schwer gepanzerten Reiter nicht besiegen. Ist er aber plötzlich selbst zu Fuß, hast du einen schwerfälligen Mann vor dir. Ich zum Beispiel habe meinen Schild weggeworfen, als der erste Skythe vor mir stand, mein Schwert in beide Fäuste genommen und ihm aus vollem Lauf heraus einen Schlag quer über die Brust verpasst. Die Panzerung hat das ausgehalten, aber den Mann hat es umgeworfen. Seine Rüstung war wohl halb so schwer wie er selbst und drückte ihn zu Boden. Bevor er auch nur versuchte, aufzustehen, nagelte ich ihn mit dem Schwert im Boden fest." Der alte Krieger machte mit zwei ausgestreckten Fingern eine stoßartige Bewegung zu seiner Gurgel.

„Und so habt ihr sie besiegt?"

„Sie saßen unversehens in der Falle. Denn als wir nach unserem Speerhagel vorstürmten, donnerten auch schon wieder unsere Reiter den Hügel herunter. Wir hatten sie also von zwei Seiten in der Zange. Genau genommen sogar von drei, denn jetzt kamen auch die Berittenen von Häuptling Brogimar heran, die sich schrecklich für den heimtückischen Überfall an der Warantia rächten. Das war ein Schlachtenlärm, sage ich euch! Auf dem letzten Karren hatte die Fürstin unsere Carnyx** heranschaffen lassen. Als plötzlich unsere markerschütternden Fanfarenstöße übers Schlachtfeld dröhnten, gerieten viele Skythen in Panik. Es ist normalerweise ganz und gar nicht ihre Taktik, frontal mit dem Gegner zusammenzuprallen. Sie weichen lieber aus, lassen den Feind ins Leere stoßen und überfallen ihn dann

---

* Schutzgöttin der Pferde und Reiter
** große, im Krieg eingesetzte Bronzetrompeten

mit Pfeil und Bogen. Nun kämpften aber manche von ihnen auf aussichtslosem Posten bis zum Ende. Es dauerte nicht sehr lange."

„Und dann? Sind die Überlebenden geflüchtet?"

„Ein paar konnten zu Pferd in die Finsternis flüchten, ja. Aber das waren nur wenige. Viele wurden niedergemetzelt. Ihre Köpfe zieren unsere Häuser und das Zaumzeug der Kriegspferde. Andere dienten uns als Sklaven."

„Was war denn mit den Bauern und ihren Frauen, die so begeistert in den Kampf gezogen waren? Kamen die zu spät?"

„Oh nein, ganz und gar nicht. Der Kampf war zwar vorüber, als sie eintrafen, ja. Aber viele von unseren Verletzten fanden noch rechtzeitig gute Pflege, obwohl sie das Tor zur Anderwelt schon vor Augen hatten. Die Frauen waren geistesgegenwärtig genug, ihre Vorräte an Heilkräutern mitzubringen. Sie nahmen so mancher schweren Wunde ihren Schrecken. Und vor allem konnte vielen noch gegen das tückische Pfeilgift geholfen werden."

„Was ist denn aus den Sklaven geworden? Man sieht heute gar keine mehr."

„Die Sklaven?", überlegte der alte Krieger. „Am Anfang haben sie auf den Höfen und in den Erzgruben gearbeitet. Dann wurden sie nach und nach verkauft, ein kräftiger Skythe bringt eine Menge. Einer ist heute sogar zurückgekommen, im Gefolge eines dieser Skythenführer. Er dient ihm als Übersetzer. Kein Wunder, dass er unsere Sprache spricht, er war ziemlich lange auf Targurs Hof."

Itam horchte auf. „Der Krieger mit dem Brustpanzer, den ein Löwe mit einem Fisch im Maul ziert?", vergewisserte er sich.

Der Krieger nickte.

Das war also der Skythe, den Namant zu Beginn des Festes so herzlich begrüßt hatte. „Was weißt du über den?", hakte Itam nach.

„Eigentlich gar nichts", enttäuschte ihn der alte Mann. „Ich kenne ihn eben, weil er mit am längsten hier war. Ich glaube, er hat zuerst in den Eisengruben schuften müssen, bevor er dann Targurs Hausdiener wurde."

Itam verabschiedete sich anschließend von dem Krieger mit dem weißen Schnauzbart.

Der einstige Skythensklave, der offenbar in einer besonderen Beziehung zu Namant stand, hatte also in den Eisengruben gearbeitet. Darüber wusste bestimmt Vero Bescheid, der Aufseher, mit dem Itam so gut bekannt war. Itam füllte seinen Krug auf und machte sich auf die Suche nach ihm. Er fand ihn am Waldrand, selig mit einem Trinkhorn und einer Platte voller Fleisch und Früchten zwischen zwei hübschen jungen Frauen, mit denen er ausgelassen scherzte.

Es war schwierig, seine Aufmerksamkeit zu gewinnen und das Gespräch auf den Skythensklaven zu bringen.

Doch dann erinnerte Vero sich gut an den Mann: „Targur überließ ihn mir, wollte dafür zwei Eisenbarren im Jahr haben und dass ich ihn durchfütterte. Ein gutes Geschäft, denn ein kräftiger Mann schafft mir gut und gerne zehn Barren im Jahr aus der Grube. Aber ich merkte bald, dass der Skythe nicht lange als Minensklave für mich schuften würde."

„War er faul?", fragte Itam.

„Nein, ganz im Gegenteil, er war eher zu eifrig bei der Sache. Er wollte alles über das Schmelzen und Weiterverarbeiten von Eisen wissen. Wie viel Bohnerz man brauchte, um genügend Eisen für ein Schwert herauszubekommen, wie man es am stabilsten schmiedet und so weiter."

„Er hat sich für Eisenschwerter interessiert?"

„Auch für Schwerter, ja. Und es war irgendwie seltsam, wenn er sich in den Pausen mit mir unterhielt. Er war der Sklave und ich der Aufseher, aber im Gespräch mit ihm vergaß man das sehr schnell. Er hatte eine sehr bestimmende Art und man merkte, dass er sich für jemanden von besserem Stand hielt."

„War er das denn?"

„Ich glaube, er war irgendein Unterführer in der Schlacht. Genau hat er es nie gesagt. Jetzt, wo ich zurückdenke, fällt mir auf, dass er ziemlich viel aus mir herausgesaugt, aber nicht viel von sich preisgegeben hat."

„Ist dir aufgefallen, dass er mit Namant Kontakt hatte?"

„Mit dem Händler? Ja natürlich. Namant verkehrte schon seit Jahren bei den Erzgruben, er handelte auch mit Eisen. Er kam mit dem

Sklaven ins Gespräch und, ja, wenn ich mich recht erinnere, die Gespräche wurden immer länger. Und irgendwie – immer vertrauter."

„Weißt du denn, worüber sie gesprochen haben?"

„Es ist nicht meine Art zu lauschen."

Itam musste sich ein Lachen verkneifen.

„Aber wann immer ich etwas mitbekommen habe, ging es um Eisen. Doch wie gesagt, die Gespräche wurden vertrauter, und die beiden zogen sich von Mal zu Mal mehr zurück. Sie wollten nicht gestört werden."

„Das hört sich wahrlich nicht nach einem Sklaven an", bemerkte Itam und lachte.

„Er arbeitete gut und machte keinen Ärger, da gestand man ihm kleine Freiheiten wie die Treffen mit Namant schon zu. Sklave war er auch nicht mehr lange. Also, Grubensklave, meine ich. Er diente dann in Targurs Haus."

„Waren Namant und er dort auch so vertraut miteinander?"

„Das kann ich dir nicht sagen, ich komme kaum auf Targurs Hof. Aber da dürften sie sich eher noch öfter begegnet sein, denn Namant verkehrte auch damals viel bei Häuptling Targur und dem Fürsten."

„Was geschah dann mit dem Sklaven?"

Vero zuckte mit den Schultern. „Keine Ahnung. Irgendwann war er nicht mehr da. Ich denke, Targur hatte ihn verkauft. Es war sowieso einer der letzten Skythensklaven."

„Wie lange war er denn bei Targur?"

Vero überlegte. „Na, so bis vor zwei Jahren, denke ich."

Zwei Jahre. Itam schätzte, dass Targur genau so lange gebraucht hatte, um das Eisen für die Schwerter heimlich abzuzweigen. Damit hatte er also begonnen, nachdem der Sklave weg war.

Itam überließ Vero wieder seinem Glück mit den beiden Frauen.

Itam überlegte, was die Erkenntnisse bedeuteten, die er gerade gewonnen hatte. Namant und der Skythensklave hatten sich damals kennengelernt, vielleicht ein bisschen angefreundet und jetzt nach all den Jahren herzlich begrüßt. War das eine Spur? Vielleicht, vielleicht auch nicht. Auf jeden Fall waren schon wieder neue Fragen und mögliche Irrwege offen.

Im Grunde genommen bewegte sich Itam rückwärts – mit jeder neuen Erkenntnis, jedem Rückschluss und jedem Gedanken wurde die Situation nicht klarer, sondern unübersichtlicher.

In diesem Moment drangen helle, reine Klänge an sein Ohr, bei denen er etwas Entspannung von seinen Grübeleien empfand – Cobrun, der Barde, schlug seine Harfe an. Itam setzte sich zwischen die Zuhörer und lauschte.

Der Barde begann: „Ich singe euch nun die Geschichte des berühmten Feldzuges …"

„Nein, nicht schon wieder etwas mit Hunderten von abgeschlagenen Köpfen und Kriegern, die im Blut waten!", rief eine Frau dazwischen. „Hast du nicht etwas Schönes von Feen und Zauberern oder so?"

Der Barde blickte die Frau vorwurfsvoll an, als wolle er ergründen, ob sie das Recht habe, seinesgleichen zu unterbrechen. Da ertönte unmittelbar hinter Itam die Stimme eines jungen Mannes, dem dieses Recht auf jeden Fall zustand: „Singe doch die Geschichte von Aleba", schlug Cintugen, der Sohn des Fürsten, vor.

Sogleich zeigte sich der Barde geschmeichelt: „Ah, ein Kenner der Dichtkunst", rief er erfreut. „Nun, deinen Wunsch will ich dir wohl erfüllen."

Er schlug auf der Harfe eine weiche Melodie an, die in eine andere Welt zu führen schien, und gab seine Verse zum Besten:

Es war ein Fürst mit Namen Corival,
den Wagen lenkte er auf Land,
das einstmals er beherrschte.
Doch Ecimar hatte ihn darum betrogen,
und Corival suchte nach einem Weg der Rache.
Er fand nur friedliche Herden mit ihren Hirten
und verwandelte alsbald seine Gefährten in Wölfe.
„Heult auf um Mitternacht", wies er sie an,
„dann zieht euch zurück",
bevor er in Gestalt eines jungen Barden sie verließ.
So wurde unerkannt er von seinem Feind empfangen
und sah sogleich, wo der zu treffen war:

Sacruna, dem Weib des Ecimar,
gefielen Worte, Blick und Gestalt des Barden wohl.
Als denn um Mitternacht die Wölfe heulten
und Ecimar sie zu stellen in die Wälder eilte
schlich Corival zu dessen Weibes Lager,
wo die Hand sie ihm auf die Hüfte legte.

Es war Cobrun gelungen, Itam aus seinen festgefahrenen Gedanken zu reißen und in die Sagenwelt zu entführen. Gespannt verfolgte er mit, wie Sacruna, Ecimars Weib, von Fürst Corival erst einen Sohn namens Boval und später noch eine Tochter namens Aleba gebar. Es gelang Sacruna, die Schwangerschaften vor ihrem Mann geheim zu halten, und Fürst Corival gab die Kinder nacheinander bei Urag, seinem treuesten Gefolgsmann in Pflege.

Über Boval deutete der Barde einige Begebenheiten an, womit Itam aber nichts anzufangen wusste. Aleba jedenfalls wuchs zu dem schönsten Kind heran, das ihres Vaters Reich je gesehen hatte, und ihr Pflegevater Urag verliebte sich unsterblich in sie, als sie fünfzehn war. Das entging Betudaca, seiner Frau, wiederum nicht, und sie wurde krank und böse vor Eifersucht.

Sie ließ sich vom Priester einen Zaubertrank geben, den sie einnahm. In einem unbeobachteten Augenblick blies sie der Rivalin ihren verzauberten Atem zwischen die Schulterblätter. Auf der Stelle verwandelte sich Aleba in eine Biene und summte davon. Urag sah sie in seinem irdischen Leben nie mehr wieder.

Aleba flog als Biene eines Tages auf die Burg von Fürst Katual, wo gerade ein Fest gefeiert wurde. Der Met im Becher der Fürstin lockte die Biene an, sie fiel geradewegs hinein und die Fürstin verschluckte sie, ohne dass sie es merkte.

Im Bauch wuchs die Biene zu einem Kind heran und neun Monate später war Aleba wiedergeboren – abermals als unvergleichlich schönes Mädchen. Von ihrem früheren Leben ahnte sie nichts.

Als sie heranwuchs, kam auch dem Fürsten Albon zu Ohren, wie schön sie war. Als er sie sah, bat er sie auf der Stelle, seine Frau zu werden. Sie folgte ihm mit Freuden, wurde seine Fürstin und war beliebt beim ganzen Volk.

Eines Tages begab es sich, dass spät nachts ein Fremder auf der Burg Fürst Albons Einlass begehrte. Er bot dem Fürsten an, im Spiel die Hölzer zu werfen; der Sieger sollte sich seinen Preis erwählen. Das Spiel wurde immer länger und hitziger und zum Schluss unterlag der Fürst.

So kam der Barde denn zum Schluss dieser schaurig-schönen Geschichte von Aleba:

„Was begehrst du nun als Preis?",
erfragte Albon die Höhe seiner Schuld.
„Nichts Geringeres als dein Weib",
begehrte der finstere Fremde.
Fürst Albon zeigte sich erzürnt,
doch der Gast verstand, ihn sanft zu stimmen.
„Heut sollst du nicht unwillig werden gegen mich",
sprach er und kündigte auf Jahr und Tag
des Preises Einlösung an.
Bald war der fremde Mann vergessen,
doch kehrte er auf Samhain dann zurück.
Fürst Albon fühlte kaltes Grauen,
denn er nur und sein Weib Aleba
nahmen den Fremden unter all den Gästen wahr.
So gab der finstre Gast sich Aleba zu erkennen:
„Kein andrer bin ich als Urag,
der dich in einem frühern Leben unsterblich hat geliebt.
Der Anderwelt gehör ich an
und bin gekommen dich zu holen.
Lustwandle dort mit mir
in immerwährender Jugend
und speise an Tafeln, die niemals sich leeren
mit den Deinen aus dem Leben,
das einstmals man dir geraubt.
Versonnen lauschte Aleba dem verführerischen Wort
und sehnte sich nach Vater, Mutter
und den vergessenen Vertrauten.

Vor Grauen gelähmt war Albon nicht fähig,
Urag in den Arm zu fallen,
als Aleba er aus dem Saale trug.
Albon sah Aleba in diesem Leben niemals wieder.

Ein lang gezogenes Schwingen der Harfe beendete das Lied um Aleba, die Zuhörer zollten lange Beifall, und Cintugen, der die ganze Zeit hinter Itam gestanden hatte, zeigte sich entzückt über die herrliche Geschichte. Itam musste etwas das Gesicht verzogen haben, als er sich zu ihm umwandte, denn der Fürstensohn fragte ihn: „Hat es dir nicht gefallen?"

„Doch, doch", sagte Itam, aber das Bier, das er reichlich genossen hatte, bahnte der Wahrheit den Weg: „Es ist halt wie mit all diesen Bardengesängen – man versteht vieles nicht."

„Was hast du denn nicht verstanden?" Auch in Cintugen wirkte so mancher Trunk, der ihm das Gefühl gab, Itam den Zauber der Bardengesänge näherbringen zu müssen.

„Zum Beispiel die Stelle, wo der Barde sagt, dass Boval, der ältere Bruder Alebas, den Betrug Ecimars zunichtemacht", sagte Itam.

„Nun ja, das ist eine Geschichte für sich – du erinnerst dich doch, wie es am Anfang hieß, dass Ecimar Fürst Corival um ein Stück Land betrogen hatte. Boval hat das Land seines leiblichen Vaters zurückerobert, ganz einfach."

„Und da war diese Stelle mit ‚dem Speer des Sieges', der einst im größten Triumph den eisigen Nebeln des Feindes den Weg ins Land bereitete."

„Auch das ist wieder eine andere Geschichte", erklärte der gebildete Fürstensohn. „Den Speer des Sieges trug in grauer Vorzeit, als die Welt im Entstehen war, Taranis. Er schleuderte ihn ins Reich der finsteren Mächte, um diese endgültig zu schlagen. Dort ging der feurige Speer in einem schwarzen See nieder und es stiegen Dampfwolken zum Himmel empor, die böse Geister mit sich trugen. Oben kühlten sie zu eisigen Nebeln ab, die sich auf das Land des Lichts herabsenkten. Die Geister aus diesen Nebeln schlugen einen Pfad bis zur Finsternis und ermöglichten es den Unwesen dort, in unsere Welt vorzudringen. Diese Episode soll daran erinnern, dass es den vollkommenen Sieg nicht gibt; jeder Sieg bringt auch über den Sieger Unglück."

„Und was hat das jetzt wieder mit der Geschichte von der schönen Aleba zu tun?"

„Taranis reicht den Speer des Sieges unter den Herrschern und Helden weiter, seit die finsteren Mächte durch den unbedachten Speerwurf zu unserer Welt vordrangen. Ecimar war eben auch einmal im Besitz dieses Speers. Doch Boval überlistete ihn und griff ihn an, als er den Speer gerade nicht zur Hand hatte."

„Ja, woher soll ich das denn alles wissen? Muss man über die paar spärlichen Sätze, mit denen der Barde so etwas andeutet, nachgrübeln, bis man darauf kommt?"

„Nein, nachgrübeln nützt da nichts, das verwirrt dich nur und schafft neue Rätsel. Diese Sätze des Barden, die du nicht verstehst, sind Anknüpfungen zu einem ganzen Netz von Geschichten. Das ist das Geheimnis der Barden: Eine einzelne Geschichte gibt niemals die ganze Weisheit preis. Erst wenn man sich die Mühe macht, viele Lieder und Erzählungen in einen Zusammenhang zu bringen, erkennt man den Sinn, der sich dahinter verbirgt. Das ist nicht einfach, denn zunächst hörst du ja Geschichten ohne Zusammenhang – von diesem Barden eine, an jenem Fest zwei, an einem fernen Lagerfeuer wieder eine andere. In deinem Kopf häuft sich immer mehr an, von dem du glaubst, dass du immer weniger damit anfangen kannst. Jede neue Andeutung ist ein neues Geheimnis, und du scheinst dich von der Wahrheit zu entfernen, statt dich ihr anzunähern."

Itam fühlte sich wie von einem Pfeil getroffen – das war genau die Situation, in der er sich mit dem Geheimnis um die Eisenschwerter befand. „Aber wie kann ich den Berg von Rätseln in die große Erkenntnis umwandeln?"

„Nun, du hast es ja eben erfahren – was man im ersten Augenblick nicht begreift, sind die angedeuteten Verbindungen zu den anderen Teilen der Wahrheit. Du musst finden, was daran anschließt, sprich, neue Geschichten sammeln. Irgendwann hast du genug, dann musst du sie ordnen – welche Geschichten passen zu den Anknüpfungen, welche haben keine Bedeutung und können vergessen werden? Schließlich kannst du sie zu einem großen Bild zusammenfügen. Barden tun das mit Hunderten von Geschichten und brauchen zehn, zwanzig Jahre, um alles in Einklang zu bringen. Dann kennen sie aber auch das Geheimnis eines jeden Vogels, die Wirkkraft einer jeden Pflanze, einen Spruch für jeden Zauber und verfügen über genügend Wissen, um Priester zu werden."

Itam wollte kein Priester werden, er wollte nur das Rätsel um die Schwerter lösen. Aber er spürte, dass er genauso vorgehen musste wie ein Barde, er musste die Wahrheit Stück für Stück ergründen. Bisher hatte er geglaubt, sie liege irgendwo wie ein Schatz herum und er würde bei seiner Suche darauf stoßen. Wenn eine Spur nichts gebracht hatte, ließ er davon ab und begab sich eben auf eine andere. So konnte man die Geschichte, die sich in vielen einzelnen Begebenheiten um die Schwerter rankte, nicht erfassen.

Ihm kam in den Sinn, wie sich ihm die Skythenschlacht offenbart hatte: Jahrelang hatte er gleichsam nur Brocken davon aufgelesen – hier von dem Signalfeuer, da vom Wettlauf der Reiter, dort von Ritomars herbeigezaubertem Regen aus Speeren. Nun hatte er auf dem Ritt mit Lagan alles über das Pfeilgift der Skythen gehört, auf Häuptling Brogimars Burg vom Überfall der Skythen und dem unglücklichen Händler erfahren. Beim Streit um das Heldenstück erzählten die Krieger über das Ausrücken der Fürstenarmee und die von der Fürstin geführte Beförderung der Waffen. Der weißhaarige Krieger hatte ihm schließlich die Schlacht am Geisterhof genau geschildert.

Genau auf diese Weise musste Itam auch die Geschichte um die Eisenschwerter vollenden. Dabei galt es also, Lücken nicht einfach zu überbrücken, dass man darüber hinweg weiterhasten konnte, sondern durch sie hindurch tief in die Verzweigungen der Hintergründe vorzudringen. So hatte es bei Salmo, dem Bronzeschmied, nicht einfach gereicht, zu klären, ob er von dem umfangreichen Eisenhandel wusste oder nicht; das war viel zu ungenau, um seine Rolle zu beurteilen. Itam musste Genaueres herausfinden, zum Beispiel, was in Begegnungen zwischen Salmo und seinem Erzrivalen Gobat genau geschehen und gesagt worden war. Ähnliches galt für den Fürsten: Itam hatte keine Ahnung, wie oft Segomar den Eisenschmied in den letzten Jahren gesehen hatte, ob er ihn vielleicht einmal angeherrscht oder gar bedroht hatte, weil er zu viel Eisen für seinen Widersacher verarbeitete. Auch von Gesprächen Namants, Hauptmann Garmos oder seines Gegen-Hauptmanns Maban mit anderen, die ins Eisengeschäft verwickelt waren, wusste Itam kaum etwas. Was war mit Medugen, dem Verwalter? Itam hatte noch kein Wort mit ihm gewechselt, und Medugen wusste über alle Warenströme und die Menschen, die dahinterstanden, Bescheid. Insgesamt gesehen musste es Hunderte interessanter Begegnungen in den letzten zwei Jahren gegeben haben, und eine oder einige waren bestimmt entscheidend, um dahinterzukommen, ob es tatsächlich eine große Verschwörung auf dem Opios gab. Nicht zu vergessen Häuptling Targur – der verschwieg Itam bestimmt etwas Entscheidendes; auch, wenn Itam noch so sehr geneigt war, dessen Hauptmann Maban zu glauben.

Allein – es blieb keine Zeit mehr, all dem nachzuspüren. Itam sah nur eine Möglichkeit: Er musste jetzt Quellen anzapfen, aus denen jeweils viele Rinnsale gleichzeitig flossen.

An wen konnte er sich wenden, der den großen Überblick hatte? Den Fürst? Nein, der war ja selbst verdächtig. Itams Blick fiel auf das heilige Feuer, das über dem Grabhügel loderte. Ritomar, der Priester, hielt sich immer in dessen Nähe auf. Er hatte überall Einblick, mehr als jeder normal Sterbliche. Itam hatte immer ein unheimliches Gefühl bei Begegnungen mit dem Priester, aber das musste er jetzt einfach überwinden.

Als er aufstand, um hinüber zur Ehrentafel zu gehen, hörte er noch, wie ein Krieger mahnte: „Cintugen, komm, es ist gleich so weit". Gemeinsam mit einem Kameraden geleitete der Krieger den Fürstensohn fast schon feierlich zum Lager des Fürsten.

Cintugen war angesichts der Krieger sehr ernst geworden und ging in ihrer Mitte offenbar einer schweren Aufgabe entgegen.

Itams Sorge, Ritomar wäre mit dem Totenkult zu sehr beschäftigt, als dass er sich um ihn kümmern konnte, war unbegründet. Im Gegenteil, es kam ihm vor, als ob er ihm sehnlichst willkommen war.

„Du hast den Punkt erreicht, wo die verschiedenen Schicksalsfäden der Geschichte in einen Knoten münden, nicht wahr?", fragte Ritomar auf Itams schüchterne Frage, ob er etwas Zeit für ihn hätte.

„Du hast es erkannt – ich fürchte, den Faden zu verlieren."

„Ich kann dir helfen: Folge dem Mann, der beide verbindet, Fürst Segomar und Häuptling Targur. Der ungehindert vom Tisch des einen zum Tisch des anderen gelangt." Der Priester benutzte Itams eigene Worte, die er ihm im magischen Schlaf abgerungen hatte. Er hatte sie ihm gestohlen. Itam selbst betrachtete sie nun als Ritomars Worte. Damit hatte der Priester sein Ziel erreicht und stand selbst als Träger der Wahrheit da, sollte Itam auf die richtige Spur kommen.

‚Der ungehindert vom Tisch des einen zum Tisch des anderen gelangt.' Dabei kam Itam sofort wieder Namant in den Sinn – Namant, der reiche Kaufmann, auf dessen Geschäfte keiner verzichten konnte. Namant, der Wanderer zwischen den Welten. Namant, der enge Vertraute des Fürsten. Namant, der ständige Gast Häuptling Targurs. Namant, der alte Freund des Skythensklaven, der sich so sehr für Eisen und Eisenschwerter interessierte und jetzt in prachtvollem Gewand an der Seite eines Skythenhäuptlings zurückgekehrt war. Namant, der genau wie der Bronzeschmied Salmo auf den Bohnerzfeldern verkehrte und dort seine Geschäfte machte.

Itam war verblüfft – der Priester hatte es geschafft, in einem Satz auf eine einzige Verknüpfung zu allen rätselhaften Ansatzpunkten zu verweisen. Ja, bei Namant liefen die Fäden zusammen, die alles verbanden. Der Priester hatte den entscheidenden Anstoß in die richtige Richtung gegeben.

Zumindest glaubte Itam das.

8

EIN EISENHARTER KAMPF

Am dritten Tag war es so weit – der Meuchelmörder war in Alkimoennis eingetroffen. Den Torwachen war sein schweißnasses, zu Tode erschöpftes Pferd aufgefallen, und einer hatte ihn unbemerkt bis zu der Herberge verfolgt, in der er sich einmietete. Lagan und seine Männer, die den Bernsteinhändler nicht aus den Augen ließen, wurden sofort informiert. Es gelang dem Anführer der Krieger vom Opios, den Betreiber der Herberge in einem unbeobachteten Augenblick zu sprechen. Und tatsächlich – der Gast hatte gefragt, wo der Bernsteinhändler wohnte. Es gab keinen Zweifel mehr. Er trug sogar wie der Mörder in Pyrene einen breiten Kampfgürtel. Und er hatte einen schwarzen Vollbart.

Er kam zu der Zeit des Tages, zu der an seiner Stelle auch Lagan gekommen wäre – kurz, bevor das Tor geschlossen wurde, möglichst spät, damit die Nacht bald seine Flucht verdunkelte. Genau wie damals in Pyrene.

Meris, der Bernsteinhändler, saß mit seinem Weib in der Schlafkammer; beide zitterten am ganzen Leib. In der Tür stand einer der Krieger, einen Pfeil schussbereit auf der Bogensehne, das Schwert neben sich im Boden stecken, den Dolch im Gürtel. Der zweite Krieger lauerte am Eingang des Hauses. Er hielt eine Eisenkeule bereit. Lagan, der Anführer, stand gegenüber vom Haus des Bernsteinhändlers zwischen einem Lehmhaus und einem Holzstall. Auch er hielt einen Bogen schussbereit; sein Pferd stand gesattelt in dem Stall. Einige Häuser weiter waren zur Sicherheit Wachen des Herrn von Alkimoennis postiert. Der Fürst war in das Vorhaben der Krieger vom Opios eingeweiht. Er hatte sich zunächst gesträubt, innerhalb seines Schutzwalles eine Intrige auf Leben und Tod zuzulassen. Doch ein reich verzierter Bronzekrug mit Auflagen aus purem Gold, den Lagan als Geschenk von Fürst Segomar überbrachte, hatte ihn umgestimmt.

So lief der Angreifer nun in die Falle. Er kam zu Fuß, führte sein Pferd hinter sich her und band es an einem der Pfähle fest, auf denen die Vorratshütte des Bernsteinhändlers stand. Lagan erschrak, als er sah, wie der Mann direkt auf sein Versteck zukam. Schnell verbarg er sich hinter dem Stall. Der Auftragsmörder nahm, ohne es zu wissen, Lagans Platz zwischen Lehmhaus und Stall ein und spähte zum Haus von Meris.

Jeder wartete. Der Angreifer musste erst sehen, wer im Haus war. Die Krieger warteten ab, was er tun würde. Meris und seine Frau warteten, ob sie vor Angst sterben würden. Nichts geschah. Schließlich wurde dem Krieger in der Schlafkammer klar, dass jetzt etwas geschehen musste, sollte der Angreifer nicht misstrauisch werden. Deshalb bedeutete er der Frau des Händlers, mit einem Krug hinauszugehen. So wäre die gleiche Situation geschaffen wie in Pyrene – dort schlug der Mann erst zu, als er sicher war, das Opfer allein im Haus anzutreffen. Meris' Weib weigerte sich unter heftigem Kopfschütteln und mit entsetzt aufgerissenen Augen, hinauszugehen. Der Krieger, der sie beschützen sollte, packte sie am Arm, zischte ihr zu, dass sie besser bewacht sei, als es der Herr der Siedlung jemals war, und dass es der Mörder auf keinen Fall auf sie abgesehen hätte. Bebend vor Angst nahm sie daraufhin einen Krug und lief hinaus.

Der Plan ging auf. Der Angreifer kam aus seinem Versteck, trat ins Haus und versuchte im Flackern des absichtlich klein gehaltenen Feuers etwas zu erkennen, den Dolch bereits gezückt. Da schlug der Krieger am Hauseingang zu und traf den Unterarm mit der Eisenkeule. Der Dolch fiel dem Mörder aus der Hand; doch er verteidigte sich mit bloßen Händen, wollte dem unerwarteten Gegner einen

Faustschlag ins Gesicht verpassen. Daraufhin traf noch einmal die Eisenkeule die Schulter.

Er flüchtete hinaus, schwang sich auf sein Pferd und ritt davon. Mittlerweile hatte Laban seinen Posten zwischen den Gebäuden wieder bezogen. Er spannte den Bogen und schoss dem Pferd in die Flanke. Das Tier wieherte schrill vor Schmerz, doch der Flüchtende trieb es unbarmherzig an und rettete sich noch mit Mühe und Not zum Tor hinaus.

Laban ging kurz zum Bernsteinhändler hinein, um sich zu überzeugen, dass alles in Ordnung war. Dann holte er sein Reittier sowie ein zweites Pferd zum Wechseln und verließ die Siedlung. Er verfolgte den Angreifer jedoch nicht, sondern machte sich gemäß seinem Befehl schnellstens auf den Weg zum Opios.

Der Pfeilschuss in die Flanke des Pferdes sollte sicherstellen, dass der Mörder nicht schneller dort sein konnte als er. Seine Begleiter blieben zurück, um den Bernsteinhändler weiter zu beschützen, falls der Angreifer doch noch zurückkäme. Aber das war unwahrscheinlich, denn er wusste jetzt, dass man ihn in Alkimoennis kannte.

Itam überlegte, wie er weiterverfahren sollte nach dem Hinweis des Priesters, der seine Aufmerksamkeit erneut auf Namant lenkte. Namant und der Skythensklave hatten damals in Targurs Hof gemeinsam eine Rolle gespielt bei der Entstehung des Planes, die Eisenschwerter zu schmieden – dessen war sich Itam nun sicher. Wer aus Targurs unmittelbarer Umgebung konnte ihm wohl genauer sagen, was damals vor sich gegangen war?

Taparu.

Nein, das wäre gegen jede Vernunft. Sie würde nie wieder ein Wort mit ihm sprechen, über die Schwerter schon gar nicht.

Taparu.

Itam schüttelte den Kopf – nein, unmöglich. Sie hatte sich doch von ihm abgewandt, weil er, der Spion des Fürsten, ihre Liebe ausgenutzt und sie ausgehorcht hatte.

Taparu.

Sie gehörte zum schwer bewachten Lager des Häuptlings. Nie war es schwieriger gewesen, an sie heranzukommen als jetzt. Es wäre eine der dümmsten Ideen, es zu versuchen, befand Itam.

Doch dann versuchte er genau das. Bamar, sein Widersacher, versperrte ihm breitbeinig den Weg, in beiden Fäusten seinen Speer. Ist das ein Zufall oder Wille der Götter?, fragte sich Itam.

Es war keins von beidem. Bamar hatte ihn schon von weitem kommen sehen und sich ihm absichtlich entgegengestellt.

„Was willst du von Häuptling Targur?", bellte er abweisend.

„Ich will zu Taparu. Es ist wichtig."

Bamar hielt den Speer als Schranke zwischen sich und Itam. Zwischen Taparu und Itam. Gebieterisch schüttelte er den Kopf.

„Du hast nicht zu bestimmen, wen ein Mitglied der Häuptlingsfamilie vorlässt oder nicht", trat Itam jetzt die Flucht nach vorne an. Er sprach laut, um vielleicht einen anderen Wächter auf sich aufmerksam zu machen, bei dem er mehr Glück hatte.

Stattdessen erhielt er einen so heftigen Hieb gegen die Stirn, dass er umfiel. Bamar hatte mit der Speerstange zugeschlagen. Itam fühlte, wie heißes Blut über sein Gesicht lief.

Er gab dem Gefühl der Benommenheit nach und blieb mit geschlossenen Augen liegen, nahm aber das Stimmengewirr wahr, das der Vorfall ausgelöst hatte. Eine Stimme war dabei, die er unter Tausenden herausgehört hätte. Taparu.

Sie kam näher. Sie rief seinen Namen. Sie klang besorgt. Und sie fuhr Bamar vorwurfsvoll an: „Was hast du getan? Was wollte er?"

Bamar sagte nichts darauf, doch Itam musste trotz des pochenden Schmerzes in seiner Stirn lächeln – er war ihr also doch nicht egal. Er öffnete vorsichtig ein Auge. Zu früh – er sah Taparu ganz nahe vor sich, sie streckte gerade eine Hand aus, um sein Gesicht zu berühren.

Nun zog sie die Hand hastig wieder zurück. „Was willst du denn noch hier?", versuchte sie kühl zu wirken, konnte ihn damit aber nicht täuschen.

Itam richtete sich halb auf. „Taparu, ich muss dich etwas sehr Wichtiges fragen", sagte er, während er sich das Blut abwischte, das ihm aus der Platzwunde in die Augen lief.

„Bring etwas zum Verbinden", befahl die Häuptlingstochter einem Leibwächter.

Dann half sie Itam auf, führte ihn zum Rand des Lagers und bettete ihn auf das Moos zwischen den Wurzeln eines Baumes. Der Soldat brachte einen Stoffstreifen, und sie verband die Wunde.

„Taparu, du kannst mithelfen, die vermissten Schwerter wieder zu finden."

Augenblicklich hörte sie mit dem Verbinden auf und stieß Itam auf das Lager zurück. „Ja, das weiß ich mittlerweile, dass es dir nur darum geht!", keifte sie. „Wie kannst du so unverschämt sein, mich noch einmal deswegen aushorchen zu wollen?"

„Willst du denn nicht, dass die Schwerter gefunden werden?"

„Dazu brauchen wir keinen miesen, hinterhältigen, verkommenen Spion des Fürsten."

„Ach ja? Was habt ihr denn selbst schon herausgefunden?"

„Dass der Fürst die Schwerter hat."

„Eine großartige Erkenntnis. Die ist euch sicher schon im ersten Augenblick gekommen. Und was habt ihr seitdem Genaueres in Erfahrung gebracht?"

Ein missgelauntes Grunzen kam als Antwort.

„Aha, nichts", setzte ihr Itam weiter zu. „Aber ich bin auf einer heißen Spur. Ich weiß, dass Namant im Mittelpunkt der Intrige steckt."

Völlig unerwartet lachte Taparu. Abfällig, verächtlich. „Namant, der Händler! Bist du auch schon draufgekommen. Und du tust so gescheit!" Wieder lachte sie.

„Worauf denn gekommen? Taparu, was weißt du denn über diesen Händler Namant? Was hatte er damals mit dem Skythensklaven zu schaffen?"

Taparu wandte den Kopf und Itam folgte unwillkürlich ihrem Blick. Maban, der dicke Hauptmann, kam eiligen Schrittes heran. Er winkte Taparu zu sich und ließ sich erzählen, was vorgefallen war.

Itam war bitter enttäuscht, als sie wegging. Stattdessen kam Maban zu ihm und setzte sich neben ihm auf eine Baumwurzel. Itam starrte Taparu nach und was er sich so sehnlich wünschte, geschah.

Sie warf einen Blick über die Schulter zurück. Als sie sah, dass er es bemerkt hatte, wandte sie den Blick schnell wieder ab.

„Nun, mein Freund, was treibt dich in unser Lager?", begann Maban in seiner jovialen Art. „Hast du etwas Neues über die Schwerter in Erfahrung gebracht? Das hoffe ich sehr, denn uns bleibt nur noch eine Nacht."

Auch Itam hatte begriffen, dass es nach dem Fest keine Chance mehr gab, noch irgendetwas herauszubekommen. Denn dann würden sich die Leute, die in das Geheimnis verstrickt waren, in alle Winde zerstreuen.

„Ja, ich habe etwas herausgefunden", trumpfte er deshalb erfreut auf. „Namant steckt im Mittelpunkt der ganzen Geschichte." Er erzählte Maban alles, was er über den Händler wusste und fragte, ob er ihm sagen könne, was Namant und den Skythensklaven verband.

Maban stierte eine Weile nachdenklich vor sich hin, dann erwiderte er: „Also gut, mein kleiner Itam, du bist kein schlechter Spürfuchs. Aber leider bist du auf der falschen Fährte. Wenn du von Namant nicht ablässt, wirst du umherirren, bis es zu spät ist. Und damit du von ihm ablässt und vielleicht doch noch die richtige Spur findest, erzähle ich dir jetzt alles über ihn: Er hatte sich damals tatsächlich mit dem Skythensklaven zusammengetan. In ihren Köpfen entstand die Idee, den Häuptling zu bewegen, Eisenschwerter herstellen zu lassen, die man den Skythen anbieten konnte. Der Sklave erklärte, die Skythen würden im Tausch gegen einige dieser Schwerter etwas geben, was kein Schatz der Welt aufwiegen könne."

„Was sollte das sein?", fragte Itam gespannt.

„Das wirst du später erfahren", erklärte Maban und enttäuschte Itam damit. „Sozusagen als Belohnung, wenn du uns zu den Schwertern geführt hast. Aber ansonsten will ich dir alles sagen. Du hast ja auch schon herausbekommen, dass dieser Skythensklave eine besondere Persönlichkeit war. Er gehörte zu den Anführern des Haufens, dessen Raubzug damals unter unseren Speeren endete. In seiner Heimat sind er und seine Familie hoch angesehen. Er machte sich Gedanken, wie er sich aus seinem Sklavendasein wieder befreien konnte. Die Idee kam ihm, als er in den Eisengruben sah, welche Schätze unsere Böden bergen. Er und Namant schmiedeten die Idee mit den Schwertern, von der sie schließlich auch Targur überzeugten. Beide zusammen wollten sie die große Verbindung herstellen. Der Sklave sollte seinen mächtigen Skythenhäuptling überzeugen, dass diese Schwerter eine große Gegenleistung wert seien. Namant wollte dafür einstehen, dass die Waffen sicher den weiten Weg bis zu dem Handelsplatz finden, wo unsere Leute die Skythen immer treffen ..."

„Der Molpir", unterbrach Itam.

„Ja, ja, das hast du auch herausbekommen, schon gut. Also – um sie dorthin zu bringen, hätte es nicht gereicht, einfach eine Eskorte unserer Krieger mitzuschicken. Namant konnte eine Kette mit sicheren Reiseetappen aufbauen, er kennt zuverlässige Leute, die die Sprachen in den fremden Ländern beherrschen, Späher, die vor Gefahren entlang der Handelsroute warnen. Vor allem auf dem Skythengebiet muss jeder Schritt gut abgesichert sein, will man solch einen Schatz durchbringen."

„Aber Namant ist doch nicht zufällig nach der Brandnacht auf dem Opios gewesen, um in den vertrauten Kreis des Fürsten aufgenommen zu werden", äußerte Itam weitere Zweifel.

„Auch das hast du richtig herausgefunden, mein Freund", bestätigte Maban mit einem Lächeln. „Er gelangte nicht zufällig dorthin. Er ist unser Spion."

„Was?" Itam gingen die Augen über.

„Jetzt denke doch einmal nach: Die Schwerter standen kurz vor der Fertigstellung, nur zwei Griffe waren noch nicht verziert. Namant war bei uns, um den Abtransport vorzubereiten, während die Scheiden angefertigt werden sollten. Als die Schwerter geraubt wurden und wir natürlich sofort erkannten, dass es nur der Fürst gewesen sein konnte, schickten wir Namant auf den Opios. Eigentlich sollte er auskundschaften, welche großen Händler dort waren, denen der Fürst die Schwerter vielleicht anvertrauen könnte. Aber es lief noch viel besser als erwartet. Der Fürst ließ ihn zu sich rufen, wie du ja weißt."

„Aber warum sollte Fürst Segomar das denn tun, wenn er selbst die Schwerter hat?"

„Nun, da kommt Ritomar, euer Priester, ins Spiel. Wir glauben, er fällt dem Fürsten in den Arm, weil er selbst ihn stürzen will. Ritomar gefällt es nämlich gar nicht, dass Segomar hellenischen Vasen und anderen eitlen Kunstwerken mehr huldigt als unseren Göttern."

Itam erinnerte sich, wie alles für ihn begonnen hatte: Ritomar hatte vor ihm gestanden, als er den Brandschutt weggebracht hatte. Mit auffallendem Eifer hatte der Priester die Erforschung des Geheimnisses vorangetrieben. Er hatte Fürst Segomar veranlasst, die Vertrautenrunde einzuberufen. Und gerade eben hatte er Itams Aufmerksamkeit durch seinen geheimnisvollen Hinweis auf Namant gelenkt. Im Nachhinein erschien es Itam jetzt sonnenklar: Der Priester wusste von vornherein, dass der Fürst selbst hinter dem Schwertraub steckte.

„Aber der Priester hat mit all seinen magischen Fähigkeiten die Schwerter nicht aufspüren können", zweifelte Itam. „Und sie müssten doch ganz in seiner Nähe sein, wenn der Fürst sie hätte."

„Ritomar ist ein Priester und kein Gott", entgegnete Maban. „Du darfst nicht glauben, dass er etwa allmächtig ist. Gegen jede Magie kann man sich schützen, und ein Fürst kann es bestimmt noch besser als andere."

Da konnte Maban wieder einmal recht haben. Ritomar hatte Itam auf Namants Spur gelenkt, und es sah jetzt so aus, als ob es nicht die richtige Fährte war. Also konnte sich auch ein heiliger Mann irren. Augenblick, dachte Itam, der Priester hatte den Namen Namant gar nicht erwähnt. ‚Der ungehindert vom Tisch des einen zum Tisch des anderen gehen kann' hatte er gesagt. Vielleicht hatte Itam es nur falsch interpretiert, weil seine Gedanken ohnehin um Namant kreisten.

„Warum hast du mich eigentlich gezwungen, dein Spion zu werden, wo ihr doch schon Namant hattet?", wollte er jetzt wissen.

„Namant hatte bis dahin nichts herausgefunden", erklärte der dicke Hauptmann. „Was sollte ich da schon tun? Da habe ich dich eben auch noch eingesetzt. Du hast zwar auch nichts herausgefunden, aber bewiesen, dass du gut sein kannst. Nun sei es auch wirklich und folge endlich der richtigen Fährte."

„Und wo soll ich die suchen?"

„Na, an ihrem Ursprung, beim Fürsten; wie oft soll ich dir das noch sagen?" Nach diesem leichten Tadel erkundigte er sich: „Geht es wieder mit deinem Kopf?"

Es ging wieder einigermaßen. Maban ließ Itam auf seinem Lager zurück, damit er sich noch etwas erholen konnte.

Der Priester stand vor dem Wagen mit den Urnen direkt am Rande der Arena und kündigte den großen Schwertkampf an. Das Volk drängte sich und reckte gespannt die Hälse, denn es gab ein großes Rätsel. Den Kampf sollten jeweils der beste Mann von Fürst Segomar und Häuptling Targur miteinander ausfechten. Wer Targurs Krieger war, hatte sich bereits herumgesprochen – Braco, ein Hüne, der noch keinen einzigen Turnier- oder Übungskampf in seinem Leben verloren hatte, geschweige denn ein Gefecht in der Schlacht. Man erzählte sich, die Balken seines Hauses reichten nicht mehr aus, um die Schädel seiner erschlagenen Feinde daran aufzuhängen.

Braco hatte sich schon auf den Turnierplatz begeben, doch niemand sah den Kämpfer des Fürsten. Man blickte verwundert zu den Ehrenplätzen hinüber, wo Segomar und Targur mit ihren Familien saßen. Kein Krieger schien sich zum Kampf bereit zu machen.

Doch dann geschah eine Sensation: Cintugen, Fürst Segomars Sohn, trat vor. Cintugen, der vom ganzen Volk als verweichlicht verlacht wurde, dessen Schwert stumpf war vor lauter Reiben in der Scheide, dessen Pfeil nicht einmal einen Berg traf, vor dessen Speer man sicher war, wenn man dort stand, wohin er zielte. Cintugen, der sich statt bei Kriegern lieber bei Töpfern und Bronzekünstlern aufhielt, der statt neuer Kampftaktiken lieber neue Muster und Motive für Vasen und Krüge ersann, der sich statt Kriegsgeschichten weißhaariger Kämpfer lieber die unverständlichen Gesänge hochgebildeter Barden anhörte. Cintugen, bei dem man sich fragte, wie sein Vater es rechtfertigen wollte, ihn einmal als Fürsten einzusetzen.

Ein Raunen ging durch das Volk, als der blutjunge Mann mit dem wallenden blonden Haar und den feinen Gesichtszügen vor den derben Kämpfer trat. Manche schlugen entsetzt die Hände vors Gesicht, andere prusteten unvermittelt heraus und drehten sich weg, um nicht von jemandem aus der Fürstensippe gesehen zu werden. Ein weiteres Raunen ging durch die Menge, als Cintugen sein Schwert zog: „Er hat ein Eisenschwert!" Kaum jemand wusste die Wirkung solch einer Waffe einzuschätzen.

Sofort entbrannten heftige Streitgespräche, ob das Eisenschwert Cintugens dem Bronzeschwert Bracos so weit überlegen war, dass es die hoffnungslose Unerfahrenheit des jungen Prinzen und die übermenschliche Kraft Bracos wettmachen würde.

Braco sparte sich die sonst zum Auftakt üblichen Finten und kunstvoll vorgeführten Schwünge mit der Waffe. Offenbar sah er es als Beleidigung an, solch einen armseligen Jungen als Gegner zu bekommen und wollte ihn schnellstens niederstrecken. Er hob einfach das Schwert und rannte mit einem schrecklichen Schrei auf ihn los. Die Schwerter waren stumpf und ohne Spitzen, doch ein kräftiger Hieb Bracos zerschmetterte gewöhnlich jeden Knochen, den er traf. Der Hüne ließ das Schwert mit voller Wucht niedersausen, aber der Schlag war allzu vorhersehbar gewesen, sodass Cintugen ihn parierte. Der zweite Schlag kam noch wütender, und diesmal wehrte ihn der Fürstensohn nicht einfach passiv ab, sondern hieb mit voller Wucht dagegen. Braco drosch mit jedem Schlag aggressiver auf den Gegner ein. Seine Kraft war sein größter Vorteil; dagegenhalten zu müssen, ermüdete seine Gegner normalerweise in kürzester Zeit und sie konnten nicht mehr gut reagieren. Dann fand er schnell die Lücke in der Abwehr des erschöpften Kontrahenten, durch die der vernichtende Stoß traf.

Aber diesmal schien etwas nicht zu stimmen. Braco wich zurück und sah sein Schwert an. Seine Kraft hatte sich gegen ihn gewandt, das Bronzeschwert verbog sich an der unnachgiebigen Eisenwaffe des Prinzen – nicht so sehr, dass jemand aus dem Publikum es sehen konnte, aber doch stark genug, dass es nicht mehr präzise gehorchte.

Braco verlegte sich vom kraftvollen Zermürben des Gegners auf eine Finte – er schlug von oben gerade herab, was Cintugen durch Querstellen der Klinge abzufangen versuchte. Doch mitten im Schlag führte der um zwei Köpfe größere Schwertkämpfer einen Bogen aus und ließ die Klinge plötzlich von der Seite kommen. Cintugen reagierte so gut, wie es ihm die besten Krieger des Fürsten noch in aller Eile vor diesem Kampf hatten beibringen können – er ließ sich zur Seite fallen, stellte damit sein Schwert senkrecht in den waagerechten

Schlag und warf dazu noch sein ganzes Körpergewicht in die Abwehrparade. So konnte er das gegnerische Schwert zwar blockieren, geriet aber aus dem Gleichgewicht und kippte nach hinten um.

Er rettete sich, indem er sich mehrmals zur Seite wälzte und dabei die Waffe immer über den Kopf hielt. Braco hatte aus dem Schwung des Seitwärtsschlages heraus das Schwert nach oben gerissen und machte einen Sprung auf den sich am Boden windenden Gegner zu. Cintugen musste mit so etwas gerechnet haben, denn er drehte seinen Körper plötzlich in die andere Richtung, rollte also in die Beine seines Gegners hinein. Der behielt zwar das Gleichgewicht, aber jetzt war die Distanz für einen Schlag zu kurz. So rammte er das Schwert mit beiden Fäusten wie einen großen Dolch nach unten. Der jüngere und flinkere Cintugen drehte sich erneut weg und sprang auf, während der Stoß in den Boden fuhr.

Für einen Augenblick schaffte es Cintugen sogar, aus der Defensive in die Angriffsposition zu gelangen – er schlug von oben her zu, was Braco zwang, zur Seite auszuweichen, wobei er das Schwert wieder aus dem Boden zog. Das Publikum jubelte über diese unerwartete Wende.

Jetzt reichte es Braco. Er legte all seine Kampfkunst in eine Finte, der kaum auszuweichen war: Er stach zu, was der Gegner beantwortete, indem er sein Schwert zur Seite schlug.

Die Finte bestand darin, die Bewegung des weggeschlagenen Schwertes nicht abzufangen, sondern sie zu verstärken und das Schwert im Seitwärtsbogen durch die Luft gleiten zu lassen, während die Klinge des Gegners immer noch dem Abwehrschlag folgte. Durch den Bogen kam Bracos Schwert jetzt aber genau von der anderen Seite und traf mit voller Wucht.

Zum Glück trug Cintugen einen leichten Panzer aus geflochtenen Lederstreifen, der den Schlag milderte, wenngleich ein kräftiger Bluterguss unvermeidlich war. Jetzt war es an ihm, den Schwung der letzten Bewegung zu verstärken, und dafür wirbelte er herum. Braco parierte den Schlag, in dem das ganze Körpergewicht des Gegners lag, und vergaß dabei, dass es ein Fehler war, sein Schwert weiterhin starken Schlägen auszusetzen. Cintugen schlug erneut zu, und bevor Braco sich wieder auf Finten verlegen konnte, war es zu spät: Sein

Schwert war sichtbar verbogen, er traf nicht mehr richtig und vollführte die Paraden in zunehmend wackeligen Bewegungen.

Cintugen hatte genau auf diese Situation hingearbeitet und jetzt war es an ihm, kraftvoll zuzuschlagen. Immer noch wehrte ihn sein Gegner ohne Schwierigkeiten ab. Doch der Gegner war ja gar nicht das Ziel – es galt, dessen Waffe zu zerstören. Dabei war es egal, ob Cintugen angriff oder parierte, jeder Schlag deformierte Bracos Bronzeschwert mehr. Schließlich war es krumm gehauen und nicht mehr zu gebrauchen.

Braco versuchte noch, sich ein Stück zurückzuziehen und das Schwert mit einem Tritt geradezubiegen, doch das schaffte er nicht. Cintugen setzte ihm nach und schlug noch einmal auf die Bronzeklinge ein, sodass sie endgültig nicht mehr zu gebrauchen war.

Braco musste aufgeben, und das Publikum tobte angesichts dieser unglaublichen Überraschung. Cintugen reckte triumphierend das Schwert in die Höhe. Das Schwert ist der Sieger, nicht ich!, schien diese Geste zu sagen.

Dann trat Ritomar, der Priester, wieder auf den Kampfplatz. Er hielt in beiden Händen die Trophäe, einen bronzenen Brustpanzer. Cintugen nahm ihn entgegen.

Sein Vater schritt auf ihn zu und legte ihm mit stolzgeschwellter Brust unter dem Jubel des Volkes die Hände auf die Schultern – fast wirkte die feierliche Geste, als ob er Cintugen damit zum neuen Fürsten bestimmte. Der Kampf war der Beweis, den Segomar schuldig war, um seinen Sohn als würdigen Nachfolger zu präsentieren. Doch im Augenblick ging es ihm um etwas anderes – um das eiserne Schwert. Er nahm es und reckte es, Häuptling Targur zugewandt, in die Luft: „Mein Sohn hat bewiesen, dass solch einem Schwert kein anderes ebenbürtig ist. Wer diese Waffen heimlich in großer Anzahl fertigt, macht sich des Verrats schuldig!"

Targur hielt diesem Angriff stand, ohne mit der Wimper zu zucken. „Und wer Frauen und Kinder ermordet, um sich solcher Waffen zu bemächtigen, ist es nicht wert, jemals eine von ihnen zu tragen", entgegnete er.

Niemand schien zu begreifen, was mit diesen Worten gemeint war. Doch die Drohgebärden gingen ohnehin unter in den lebhaften Gesprächen, in denen der große Kampf rekapituliert wurde.

Die Begeisterung über den sagenhaften Schwertkampf wollte nicht abebben, nur Itam schien dazu verdammt, sich wieder in seine Grübeleien zu verstricken. Er musste von Namant, der falschen Spur, ablassen; doch was sollte er stattdessen tun? Es galt, wieder einen Schritt zurückzugehen und sich neue Informationen zu beschaffen. Aber von wem?

Vom Lager Brogimars, dem Schwiegervater des Fürsten, drang lauter Jubel herüber. Sie feierten Cintugens Sieg. Cintugen – natürlich, dachte Itam. Der Fürstensohn hatte ja selbst schon mit einem Trupp der Fährte der Schwerträuber nachgespürt und hatte im Zuge dieser Aufgabe bestimmt vieles in Erfahrung gebracht. Und er hatte sich unmittelbar vor dem großen Kampf fast mit Itam angefreundet, sich jedenfalls gut mit ihm unterhalten. Vielleicht kam Itam trotz des ganzen Trubels an ihn heran.

Er ging hinüber. Der weißbärtige Häuptling Brogimar umarmte seinen Enkel Cintugen gerade so heftig, dass ihn seine Leibwächter lachend ermahnten, er solle den künftigen Herrscher über den Opios nicht erdrücken. Diener brachten Weinamphoren herbei, einer stellte das Heldenstück, eine saftige Schweinekeule, vor dem Fürstensohn nieder. Fürstin Akiana weinte vor Stolz. Einige bildschöne Mädchen versuchten, sich gegenseitig vom Platz unmittelbar hinter dem Fürstensohn wegzudrängen. Segomar ließ den Barden rufen und trug ihm auf, ein Lied auf den Heldenkampf zu dichten; der schwerste goldene Armreif des Fürsten sollte sein Lohn sein.

Itam sah ein, dass es im Moment unmöglich war, mit Cintugen zu sprechen. Er schaute sich nach einem Platz um, von wo aus er ihn im Blick hatte und einen ruhigeren Moment abpassen konnte. Er entdeckte einige Krieger Brogimars, die er auf dem Berg am Schlangenfluss bei seiner großen Reise kennengelernt hatte. Wie jeder auf dem Fest sprachen auch sie über den Schwertkampf.

„Ich sage euch eines, Cintugen ist nicht über Nacht zum Helden geworden", winkte einer der Männer gerade ab. „Den Sieg hat das

Eisenschwert errungen, und das hätte es in jeder Hand getan. Es war ein ungleicher Kampf – der Gegner konnte machen, was er wollte, mit seinem Bronzeschwert kam er dagegen einfach nicht an."

„Was für eine Waffe!", stimmte ein anderer begeistert zu. „Hätten wir damals beim Skythenüberfall solche Eisenschwerter gehabt, wir hätten die ganze Übermacht alleine niedergemacht, ohne jegliche Hilfe des Fürsten."

„Ja, und wir hätten die Beute der Skythen zurückholen können und sie nicht den Leuten von Segomar überlassen müssen!"

„Was redest du von Beute", wies ihn ein anderer zurecht. „So viele Männer sind gefallen, und du trauerst ein paar Schinken und Werkzeugen nach, die sie uns gestohlen haben!"

„Nun ja, die Schiffsladung des Händlers war nicht gerade armselig", verbesserte ihn der Erste. „Berge von Fellen seltener Tiere, Bernstein, Gold und Silber!"

„Sagte ich eigentlich schon, dass ich diesen Händler gesehen habe, hier auf dem Fest?", fiel einer der älteren Krieger ein. „Ich schaute mir beim großen Einzug diesen wilden Skythenhaufen an. Wollte doch mal sehen, ob ich vielleicht noch ein paar der Räuber von damals wiedererkenne."

„Und, hast du welche gesehen? Die erledigen wir gleich!"

„Einen der Anführer habe ich tatsächlich erkannt. Aber was noch viel erstaunlicher ist – plötzlich sehe ich diesen Kaufmann wieder, der durch den Überfall wahnsinnig geworden war und der verschwand, nachdem er seinen erschlagenen Sohn im Wald begraben hatte. Ihr werdet es nicht glauben, er hat diesen Skythenanführer so herzlich begrüßt, als ob es ein guter Freund von ihm wäre."

Itam wurde hellhörig. Hatte der Mann Namant, den Händler, beobachtet, wie er den ehemaligen Skythensklaven begrüßte? „Kannst du den Händler oder den Skythen beschreiben?", fragte er den alten Kämpfer. „Trug der Skythe nicht einen auffälligen Panzer?"

„Ja, jetzt, wo du es sagst – ich meine, es war ein Bronzepanzer mit einer Figur drauf."

„Was für eine Figur?" Itam wollte dem Mann die Worte nicht in den Mund legen und damit vielleicht zu einer falschen Aussage verleiten. Wenn er jetzt sagte, dass die Figur auf dem Panzer ein Löwe mit einem Fisch im Maul war, hatte er zweifellos die Begrüßung zwischen Namant und dem ehemaligen Sklaven beobachtet.

„Es war ein Löwe", erinnerte sich der Krieger nach einigem Überlegen.

„War noch etwas Besonderes an dem Löwen?", hakte Itam aufgeregt nach.

„Ach ja – er hatte einen Fisch im Maul."

Itam war wie vom Donner gerührt.

Namant war der Händler, der durch die Skythen damals seinen Sohn, sein Vermögen und seinen Verstand verloren hatte.

Er musste sich setzen und einen tiefen Schluck Bier nehmen. Bei den Göttern, wie hatte Namant seine innere Raserei nur vor aller Augen verbergen können? Dabei war Itam ja schon aufgefallen, wie angespannt er ständig war und wie er sein Innerstes immer abkapselte. Aber derartige Ausmaße hätte er niemals vermutet.

Er versuchte, sich in den wahnsinnigen Namant hineinzuversetzen. Schwer war es nicht: Er konnte nur an Rache denken. Rache für den erschlagenen Sohn, Rache für das zerstörte eigene Leben. Rache an den Skythen. Vielleicht, nein, mit Sicherheit auch Rache an den Kriegern des Fürsten, die zu seinem Schutz entsandt gewesen waren und ihn im Stich gelassen hatten.

Skythen und Soldaten des Fürsten waren hier versammelt. Aber was hatte Namant vor? Warum verband ihn eine so tiefe, lange Freundschaft mit dem Skythensklaven, wo er ihn doch so hassen musste? Wahrscheinlich war es gar keine Freundschaft. Sicher benutzte er ihn nur, um Kontakt zu dessen Volk zu halten. Aber wie war es mit den Eisenschwertern zugegangen? Namant hatte damals die Anregung dafür gegeben, sie schmieden zu lassen. Hatte er sie geraubt? Unmöglich, Namant war doch nur ein Händler, überlegte Itam. Gut, vielleicht hatte er ja ein paar Männer gedungen. Aber so viele Männer, dass er die hier versammelten Krieger niedermachen konnte, um sich an ihnen zu rächen, hatte er nie und nimmer. Wenn er den Skythen etwas antun wollte, musste er es jetzt tun, denn in wenigen Tagen wären sie wieder weg.

Itam beschloss, Namant ab sofort nicht mehr aus den Augen zu lassen. Doch das war bereits geschehen: Vergeblich suchte er ihn auf dem gesamten Festplatz. Niemand an der Tafel wusste, wo er abge-blieben war. Bereitete er schon etwas vor?

Was auch immer er geplant hatte, er musste dazu in Kontakt mit den Skythen treten. Also beschloss Itam, die Skythen zu beobachten; in deren Nähe würde Namant schon wieder auftauchen.

9
DIE LAGE SPITZT SICH ZU

Der Meuchelmörder verharrte eine Weile im Schilf. Dann war er sicher, dass ihm niemand folgte. Das wunderte ihn, denn die Krieger, die ihm aufgelauert hatten, wussten doch, dass sein Pferd verwundet war. Bevor er weiter nachdachte, kümmerte er sich um das Tier. Als er den Pfeil aus dessen Flanke zog, stieß es einen noch schlimmeren Schrei aus als beim Eindringen des Geschosses. Es warf sich, gehalten durch Fußfesseln, hin und her und riss seinen Peiniger dabei fast um.

Die Metallspitze war schnell heraus, das Tier beruhigte sich, humpelte nach dem Lösen der Fesseln zum Wasser und trank. Der Mann untersuchte den Pfeilschaft. Er war mit Adlerfedern versehen. Der Fürst vom Opios verehrte die Adler, weil sie in der Höhe nahe seiner Burg herrschten. Er wünschte, dass die Pfeile seiner Krieger durch ihre Federn gelenkt wurden. Auch Machart und Befestigungsweise der Pfeilspitzen mit Rosshaar und Pech kannte er von Fürst Segomars Kriegern. Den Pfeil hatte offensichtlich jemand abgeschossen, der vom Opios kam.

Was hatte das zu bedeuten? Sein Auftraggeber hatte ihn eiligst losgeschickt und ihm versichert, der Fürst habe erst unmittelbar zuvor beschlossen, den Bernsteinhändler aushorchen zu lassen. Er selbst war in einem mörderischen Tempo nach Alkimoennis geritten, niemand hätte ihn überholen können. Aber die Krieger des Fürsten waren schon da.

Sie hatten ihm eine Falle gestellt.

Warum haben sie mich nicht erledigt?, überlegte der Angreifer weiter. Waren es zu wenige? Nicht bei einem so wohldurchdachten Hinterhalt. Dann hätten sie einen am Tor abgestellt, der ihm den Weg abschnitt. Sie hatten ihn absichtlich entkommen lassen. Das konnte nur einen Grund haben: Sie hofften, dass er sie zu seinem Auftraggeber führen würde. Aber warum verfolgten sie ihn dann nicht?

Was sollte er jetzt tun? Einen zweiten Versuch wagen, den Bernsteinhändler umzubringen? Wenn der Mann tatsächlich etwas wusste, hatte er es den Kriegern bereits gesagt. Es wäre also sinnlos, ihn jetzt noch zum Schweigen bringen zu wollen. Musste er also nicht seinen Auftraggeber warnen, dass der Mordversuch gescheitert war? Nein, das würde dieser ohnehin erfahren. Denn er saß dort, wo man alles erfuhr, auf dem Opios.

Der Angreifer konnte sich keinen Reim auf die ganze Geschichte hier in Alkimoennis machen. Er ahnte jedoch, dass er nicht mehr zurück zu dem Mann konnte, der ihn hergeschickt hatte.

Damit hatte er die Pläne des Fürsten gründlich durchkreuzt.

Die Nacht war ihrem Ende schon nahe, da brachen die Skythen vom Fest zu ihrem Schlaflager auf. Sie schliefen als Ehrengäste in Targurs Halle und mussten dazu den Wald zwischen Festplatz und Herrenhof durchqueren. Itam folgte ihnen. Es geschah nichts Besonderes. Auch während der ganzen Nacht hatte Itam nichts herausfinden können. Einer der fremden Krieger war so betrunken, dass er im Sattel eingeschlafen war, sein vornüber gekippter Oberkörper wankte bedenklich hin und her. Itam griff sein Pferd am Zügel und tat, als müsse er es führen. Niemand beachtete ihn, und so gelangte er unerkannt in Targurs Hof.

Die hochgestellten Skythen verschwanden zu einem letzten Schluck im Herrenhaus, die einfachen Krieger hatten sich in der lauen Sommernacht zwischen den Gebäuden zum Schlafen niedergelegt. Itam bezog sein Lager wehmütigen Herzens zwischen den Pfosten der Vorratshütte, in der er die Nächte mit Taparu verbracht hatte.

Am nächsten Morgen entdeckte er endlich Namant zwischen den Skythen. Itam verbarg sich hinter einem der Pfosten. Von dort konnte er ihn gut beobachten. Der Händler redete mit dem einstigen Skythensklaven, der vergnügt auflachte, den umstehenden Kriegern etwas zurief und auf ein Fass deutete, das auf dem Platz stand. Sofort machten sich einige Männer mit Bechern und Hörnern darüber her, schöpften eine weiße Flüssigkeit heraus und tranken sie so gierig, dass sie die Bärte hinabrann. Wie Itam später erfuhr, war es Kumys, jenes berauschende Getränk aus gegorener Stutenmilch, das die Skythen so liebten. Einige der Krieger machten anerkennende Mienen und schlugen Namant auf die Schulter. Offenbar hatte er diesen exotischen Trunk besorgt.

Gehörte das zu Namants Plan? Wollte er die Skythen vielleicht vergiften? Unwahrscheinlich, denn nur ein Teil der Männer trank aus dem Fass, die meisten wurden in den Häusern bewirtet. Irgendetwas musste der Händler aushecken. Es war der letzte Tag der Totenfeier. In der darauffolgenden Nacht sollten die Urnen feierlich in die Grabkammer überführt werden. Itam machte sich an den Übersetzer, den einstigen Skythensklaven, heran und fragte ihn, was die Skythen vorhätten, ob sie gleich zum Totenfest aufbrechen wollten. Doch er stieß auf Misstrauen; der Mann beschied ihm nur knapp, dass man einen Ausritt machen werde, bevor man sich wieder dem Fest zuwende.

Itam war sicher, dass dieser Ausritt in einem Hinterhalt oder einer anderen Katastrophe enden würde. Er musste mehr darüber erfahren. Doch wen konnte er fragen? Da sah er sie – Taparu. Sie wollte zwei riesige Schinken ins Herrenhaus hineintragen. Er stellte sich ihr einfach in den Weg.

Er glaubte zu sehen, wie sie die Augenbrauen für einen winzigen Moment erfreut hob, doch sofort beherrschte wieder die mürrische Stirnfalte den Gesichtsausdruck.

„Was willst du!", herrschte sie ihn an.

„Taparu, du musst mir sagen, was die Skythen jetzt vorhaben."

„Ich muss gar nichts."

„Taparu, weißt du alles über den Skythenüberfall damals?"

„Mehr als du, denke ich. Ich bin zufällig die Tochter des Häuptlings, der damals …"

„Weißt du auch von dem Händler, dessen Sohn in seinem Boot auf der Warantia erschlagen wurde, dessen Fracht sie raubten und der darüber wahnsinnig wurde?"

„Natürlich. Jeder weiß von ihm."

„Dieser Händler ist Namant."

Taparu ließ die Schinken fallen. „Du spinnst!"

„Ich weiß es sicher. Häuptling Brogimars Männer haben ihn gestern erkannt. Taparu, er ist von Sinnen und will sich an den Skythen rächen. Bitte, sage mir, was sie heute vorhaben! Du kannst vielleicht eine Katastrophe verhindern." Die letzten Worte sprach er Taparu direkt ins Ohr, als er ihr half, die Schinken aufzuheben. Er hätte Lust gehabt, in das Ohrläppchen zu beißen und glaubte beinahe, dass sie darauf wartete.

Dabei sah er nicht, wie Namant zu ihnen herüberblickte.

„Sie wollen zum Geisterhof hinüberreiten und ihre Toten ehren", erklärte Taparu. „Ein Schamane, den sie dabei haben, soll den beerdigten Kriegern sicher den Weg in die Anderwelt bereiten, falls sie ihn noch nicht beschritten haben."

Das reichte Itam. Er küsste Taparu auf die Wange, ließ sie stehen und rannte zum Tor hinaus geradewegs auf den Opios zu. Was für einen Plan Namant auch immer hatte, der Fürst würde ihn noch durchkreuzen, wenn er jetzt davon erfuhr.

Itam rannte und rannte. Er bemerkte gar nicht, wie ihn ein Wagen auf dem Weg zwischen zwei Feldern mit hohem Getreide überholte und vor ihm hielt. Der Wagenlenker, ein grobschlächtig wirkender Mann mit einem verfilzten Vollbart, sprang ab. Itam dachte, er halte zufällig hier.

An diesen Gedanken erinnerte er sich nicht mehr, als er wieder erwachte. Sein Hinterkopf schmerzte, er war an Händen und Füßen gefesselt und ein grauenhaft schmeckender, schmutziger Fetzen Stoff spannte sich als Knebel durch seinen Mund. Unweigerlich warf Itam seinen Körper hin und her in dem Versuch, sich zu befreien. Das verursachte aber so großen Lärm, dass sehr bald die Tür zu dem Raum aufging, in dem er lag. Der Wagenlenker erschien, hielt ihm einen

Dolch an die Gurgel und knurrte in einem fremdartigen Dialekt: „Keinen Mucks mehr, sonst wirst du für immer still bleiben!"

Der Mann verschwand wieder, doch im Licht, das durch die Tür fiel, erkannte Itam, wo er war: genau in ‚seiner' Vorratskammer, in der er immer mit Taparu gelegen hatte. Auch der vertraute Geruch von Getreidesäcken und Pökelfleisch ließ keinen Zweifel daran. Was hatte das zu bedeuten, wer hatte ihn hier festgesetzt?

Dann begann alles zu dröhnen – Reiter galoppierten zu beiden Seiten der Vorratshütte vorbei. Es mussten die Skythen sein, die zur Totenehrung im Geisterhof aufbrachen. Itam wurde ganz flau im Magen. Er wusste, dort würde etwas Schlimmes passieren. War das vielleicht der Grund, warum er hier lag? War Namant dahintergekommen, dass Itam seine Pläne im letzten Augenblick störte? Müßige Fragen – er lag hilflos hier und würde erst hinterher erfahren, welche Katastrophe ihren Lauf genommen hatte.

Falls er dann noch lebte.

Vom Gedanken an den Tod lenkte er sich ab, indem er seine bisherigen Erkenntnisse rekapitulierte. Da fiel ihm siedend heiß eine Unstimmigkeit auf: Namant war der Spion Häuptling Targurs, er wusste also von Anfang an über Itam Bescheid. Aber er hatte ihn erst vor dem letzten Treffen der Vertrautenrunde an Targur verraten. Warum nicht vorher? Und warum genau an diesem Treffen? War er Namant gefährlich geworden? Versuchte der Händler, ihn auszuschalten, indem er ihn an Targur verriet, in der Hoffnung, der würde ihn erledigen? Apropos erledigen: Kurz vor dem Treffen hatte der Mordanschlag auf Itam stattgefunden, den er immer noch dem Bronzeschmied zuschrieb. Hatte Salmo den Mörder in Namants Auftrag auf Itam gehetzt?

Im letzten Moment riss Namant das Pferd aus dem wilden Galopp herum. Es drehte sich einmal wild wiehernd im Kreis, bevor es zum Stehen kam.

„Ich muss zum Fürsten, es geht um Leben und Tod", schrie er den Wachen am unteren Tor des Opios zu. Die Krieger machten Platz, sie wussten, dass er der Vertrautenrunde angehörte. „Ruft Berittene aus den Höfen zusammen, der Fürst wird das sowieso befehlen, sobald er mich empfangen hat!" Und schon stob Namant den Weg an der Palisade entlang zum Tor der Burg hinauf.

„Ich weiß, wo die Eisenschwerter sind", rief er durch die Halle des Herrenhauses, noch bevor er beim Fürsten angelangt war. Die Halle war voller Gäste und Krieger, die gerade mit dem Fürsten erneut zur Totenfeier aufbrechen wollten. „Ich belauschte heute Morgen die Skythen – sie haben die Schwerter geraubt! Jetzt sollen die Räuber ihre Beute an die Hauptleute ihrer Sippe übergeben." Er löste ein lautes Stimmengewirr aus, denn niemand der zahlreichen Gäste wusste, worum es ging. Jeder sah aber, dass der Fürst in helle Aufregung versetzt war.

„Garmo!", rief Segomar und gab seinem Hauptmann einen kurzen Wink. Der rannte hinaus und wusste auch ohne große Worte, dass er alle verfügbaren Reiter zu alarmieren hatte. Er stieg auf den Wehrgang, rief von dort den Männern seine Befehle zu und wunderte sich, dass am Fuße des Opios schon Meldereiter in alle Richtungen davonstoben. Die Torwachen hatten Namants Anweisung befolgt.

„Endlich, es ist wieder genau wie vor der letzten Skythenschlacht", freute sich ein alter Kämpfer, als er sein Pferd sattelte.

Während draußen alles mit der nüchternen Geschäftigkeit kampferprobter Krieger vor sich ging, herrschte in der Halle wilder Tumult. „Wann soll die Übergabe vor sich gehen?", rief der Fürst inmitten des lauten Stimmengewirrs Namant zu. Ein Diener legte ihm gerade einen Brustpanzer an, die Fürstin brachte Helm, Schwert und Gurt. Ihr Sohn Cintugen lief hinter ihr, den Helm schon auf dem Kopf und einen Brustpanzer in den Armen.

„Jetzt, die Skythen sind soeben aufgebrochen."

„Und wohin?"

„Zum Geisterhof am Ostweg", antwortete Namant. „Wenn ihr die Skythen nicht einholt, habt ihr zehn Eisenschwerter gegen euch. Das gibt eine Katastrophe!"

Während der Fürst hinausstürmte, rief er: „Garmo reitet mit mir, Lagan hat das Kommando auf der Burg. Lagan, du rufst die Männer der Vertrautenrunde zusammen, ich will sie sofort nach dem Kampf sprechen. Namant, du bleibst gleich hier." Damit schwang er sich aufs Pferd und galoppierte zum Tor hinaus. Sein Sohn ritt hinter ihm, dann folgten Garmo und noch einige andere Reiter. Beim unteren Tor stießen dann schon die ersten berittenen Krieger aus den Herrenhöfen zu ihnen.

Itam war verzweifelt über seine Machtlosigkeit. Und doch wagte er es nicht, sich zu rühren; der Dolch des finsteren Bewachers hatte ihn überzeugt, still zu sein. Das Einzige, was er tun konnte, war über Namant nachzudenken. Es gab keinen Zweifel, der Intrigant hatte jetzt die Zügel in der Hand und war auch für seine Entführung verantwortlich. Er hatte von Anfang an alles unter Kontrolle, dachte Itam. Er schmiedete den ganzen Plan. Er war der Vertraute Häuptling Targurs, und nachdem er die Schwerter selbst geraubt hatte, ließ er sich von Targur als Spion auf den Opios schicken. So wusste er genau, was beide Seiten taten und wie nah sie ihm bei ihren Nachforschungen kamen. Genial. Wie kann sich ein Wahnsinniger nur solch einen guten Plan ausdenken?

Er wusste immer über alles Bescheid, auch darüber, dass der Kunstschmied eine Gefahr darstellte. Guar hatte mit Sicherheit mitbekommen, welch wichtige Rolle Namant beim Handel mit den Schwertern spielen sollte, und er hätte es Hauptmann Garmo gesagt. Deshalb ließ Namant ihn in Pyrene ermorden. Und als ich anfing, bei Taparu Erkundigungen über ihn einzuziehen, erfuhr er es und verriet mich an Targur. Und dann, der Gipfel der Durchtriebenheit, brachte er auch noch Fürst Segomar dazu, ihn selbst auf das Versteck der Schwerträuber anzusetzen, das sie fast schon gefunden hatten. Er hatte im letzten Augenblick die sichere Entdeckung vereitelt! Was immer sich jetzt auch tut, es läuft genau so, wie er es wollte. Sein Plan geht auf. Auch, dass die hochrangigen Skythen hier sind, hat er erreicht – er wusste, dass sie zum Totenfest des Schmiedes kommen würden, dessen Ermordung für ihn bereits vor dem Überfall feststand. Aber was hat er mit den Skythen vor? Ich werde es nie …

Plötzlich wurden draußen Stimmen laut. Sehr laut. Ein dumpfer Schlag, und die ganze Hütte zitterte. Dann war es kurz still. Itam hörte jemanden hastig die grob behauene Balkenleiter hochkommen und die Tür öffnen. Er dankte den Göttern – ein Krieger des Fürsten stand vor ihm.

„Alles in Ordnung!", rief der Mann nach draußen, schnitt Itams Fesseln durch und befreite ihn von dem widerlichen Knebel.

„Ich habe dich auf Befehl von Fürst Segomar beobachtet, schon seit Tagen", antwortete der Krieger auf Itams fragenden Blick. „Sei froh, sonst hätte kein Mensch gesehen, wie dich der Kerl da draußen niedergeknüppelt, eingesackt und hergebracht hat."

„Was, Fürst Segomar lässt mich bespitzeln?", fragte Itam entsetzt. „Warum denn?"

„Das musst du schon den Fürsten selbst fragen." Sie gingen nach draußen, wo Itams Bewacher nun seinerseits an ein Reitpferd gefesselt stand.

„Oh ja, ich muss Fürst Segomar ohnehin dringend sprechen. Bringt mich schnell zum Opios", bat Itam.

„Wir bringen dich zum Opios, es ist sogar der Befehl des Fürsten. Er will alle Mitglieder seiner Vertrautenrunde auf der Burg haben. Allerdings wirst du ihn da nicht treffen, er ist schon in die Schlacht gezogen."

„Was denn für eine Schlacht?", rief Itam aufgeregt.

Der Krieger erzählte ihm, warum der Fürst die Skythen am Geisterhof angreifen wollte.

Jetzt ging ihm ein Licht auf, und Namants Plan offenbarte sich ihm in seiner ganzen wahnsinnigen Größe. Itam hatte sich die ganze Zeit gefragt, wie Namant die Skythen und die Krieger des Fürsten gleichzeitig vernichten wollte. Er hatte es so eingerichtet, dass sie sich gegenseitig niedermetzeln würden!

Itam war sicher, dass Fürst Segomar am Geisterhof sogar den Beweis für die angebliche Untat der Skythen finden würde – Namant hatte die Schwerter bestimmt dort versteckt. Natürlich, der Geisterhof lag ja in jenem Bereich, in dem sich die Spur der Schwerträuber in Nichts aufgelöst hatte. Wieder ein genialer Teil des Planes: In der unheimlichen Hofruine mit dem Skythengrab und den Geistern vermutete man ein Räuberversteck zuletzt.

Und jetzt sollte die Geschichte dort ihr Ende finden. Von der Übermacht des Fürsten angegriffen, würde den Skythen nichts anderes übrig bleiben, als sich mit den Eisenschwertern zu verteidigen. Segomar würde siegen, aber später würden viel mehr Skythen kommen, um ihre Stammesgenossen zu rächen und alle Siedlungen und Höfe auf und um den Opios dem Erdboden gleichzumachen.

Der Plan schien aufzugehen.

Nur Itam konnte die Katastrophe verhindern – wenn er den Fürsten noch einholte. „Schnell, wir müssen ihnen nach!", forderte er den Krieger auf, der ihn befreit hatte. „Sie reiten in eine Falle!"

„Was redest du da?"

„Es ist zu schwer, die ganze Geschichte zu erklären, aber ich muss Fürst Segomar etwas Wichtiges sagen. Dann lässt sich das Gemetzel verhindern!"

„Warum sollte es nicht zur Schlacht kommen? Unsere Männer werden wieder siegen; viel leichter als damals."

„Aber die Skythen haben die Schwerter gar nicht geraubt!"

„Das werden sie dem Fürsten schon erklären, falls es so ist."

„Er wird die Schwerter trotzdem bei ihnen finden!"

„Wenn sie die Schwerter nicht haben, wie kann er sie dann bei ihnen finden?"

„Für Erklärungen ist jetzt keine Zeit. Schnell, ihnen nach!"

„Tut der Schlag auf deinen Kopf eigentlich noch sehr weh?"

„Wie? Du glaubst doch nicht, dass ich wirres Zeug rede?"

Der Krieger sah Itam fast mitleidig an.

„Du kannst es jetzt nicht verstehen", drang Itam mit flehentlich gefalteten Händen weiter auf den Krieger ein. „Aber stell dir vor, ich habe recht, und der Fürst richtet ohne Grund ein Massaker unter den Skythen an, weil du nicht auf mich gehört hast!"

„Ich glaube nicht, dass ein Köhlerjunge zu entscheiden hat, ob eine Schlacht stattfindet oder nicht. Ich werde jetzt einfach meinen Befehl ausführen und dich auf den Opios bringen. Los, komm!"

10

DIE SCHLACHT

Der Bogenschütze war ein harter Kämpfer, aber jetzt schlug ihm das Herz bis zum Hals. Nicht aus Furcht vor dem Feind oder aus Angst, danebenzuschießen – vielmehr, weil auf ihm noch nie solch eine Verantwortung gelastet hatte. Er musste genau den richtigen Augenblick erwischen, damit der Plan aufging.

Die Reiter des Fürsten donnerten heran. Wie erwartet, kamen einige Skythen aus dem Geisterhof heraus, um zu sehen, was da vor sich ging. Der Bogenschütze legte an. Aber die Reiter waren noch nicht annähernd auf Schussweite heran. Die tödlichen Pfeile mussten ihnen zugeschrieben werden, sonst sprang der Funke nicht über, der die Schlacht entbrennen lassen sollte.

Er hatte Glück. Die Skythen zogen sich nicht zurück, sondern warteten gelassen auf die heranpreschenden Krieger des Fürsten und die Erklärung ihres Anführers für das seltsame Gebaren.

Die Berittenen kamen in Schussweite. Der Schütze in seinem Hinterhalt, einem dichten Gebüsch, spannte den Bogen. Jetzt war er wieder ruhig, die Welt bestand für ihn nur aus dem Pfeil und dem Kopf, den er darüber hinweg anvisierte. Er hielt kurz die Luft an wie schon tausend Male zuvor und ließ den Pfeil von der Sehne schnellen.

Er traf den Skythen mitten ins Gesicht.

Der Krieger neben dem Getöteten, der ohne einen Schrei in den Staub gefallen war, überwand seinen Schrecken sofort. Als kampferprobter Soldat sah er direkt vom Pfeil im Kopf seines Kameraden zum Hinterhalt des Schützen hinüber. Der Winkel des Pfeiles verriet die Richtung, aus der er gekommen war. Doch es nützte ihm nichts mehr. Als er den Kopf drehte, schwirrte bereits der zweite Pfeil von der Sehne. Der Schütze hatte ihn mit geübten Fingern schon aufgelegt, während der erste Pfeil noch flog. Der Mann riss seinen kleinen runden Schild zum Schutz hoch, stieß damit aber nur noch gegen den Pfeil, der in seiner Brust steckte. Anders als der erste Krieger trug er keinen Panzer. Was er in den letzten Augenblicken seines Lebens erkannt hatte, blieb den Skythen, die sich im Inneren der Hofruine befanden, verborgen – nämlich, woher der Schuss kam. Beide Krieger lagen am Boden, die Federn der Pfeile zeigten nicht mehr auf ihren Schützen. Die Skythen sahen nur die näher kommenden Reiter des Fürsten. Für sie gab es keinen Zweifel, dass diese es waren, die die beiden Krieger ohne Warnung getötet hatten. Demnach stand für sie fest, dass die Reiter vorhatten, auch alle anderen umzubringen.

„Also doch!", rief einer der skythischen Hauptleute. „Sie wollen Rache nehmen für damals!"

Seine Männer rannten an ihm vorbei nach vorne, knieten in einer Reihe hinter der Lücke in den Palisaden, wo einmal das Tor gewesen war, brachten die Bögen in Anschlag und schossen ihre Pfeile in einer Geschwindigkeit ab, um die man sie in aller Herren Länder beneidete. Vier, fünf Pfeile konnte ein Steppenkrieger abschießen, bevor der erste seinen Flug beendete. Sogar, wenn sie fluchtartig davonritten, konnten sie dem nacheilenden Gegner von den Pferden aus einen Pfeilhagel schicken.

Fürst Segomar war aus leidvoller Erfahrung aus der ersten Skythenschlacht auf das Pfeil-Inferno vorbereitet. Seine vorderste Schlachtenreihe bestand deshalb aus Reitern mit großen Schilden, die im Sattel normalerweise nichts nützten. Die Reiter aber waren abgesessen und hatten sich zu einem Schildwall formiert, der in allen Farben prangte und mit unzähligen Tierfiguren, Symbolen und Ornamenten verziert war. Hunderte von Pfeilen drangen unter kurzen, dumpfen Geräuschen in die Schilde ein. Einige Krieger wurden am

Arm verletzt, als die dreiflügeligen Spitzen das dicke Holz glatt durchschlugen; zum Glück schienen sie diesmal nicht vergiftet zu sein, denn kein Mann sank tödlich getroffen nieder.

Die Skythen zielten nun nach schräg oben, um den Pfeilhagel in hohem Bogen über den Schildwall zu lenken.

Abermals richteten die Pfeile keinen Schaden an. Denn was die Skythen im aufgewirbelten Staub nicht gesehen hatten: Die Reiter hatten sich außer Schussweite zurückgezogen, die Pfeile bohrten sich nur in den Boden.

Stehen geblieben waren lediglich Schildträger und Bogenschützen, die die Skythen mit ihren eigenen Waffen bekämpften, sollten sie einen Ausfall wagen – mit den berüchtigten Reiterbögen, die in der ersten Skythenschlacht erbeutet worden waren.

Nun trat ein Moment der Ruhe ein. Die Skythen sparten ihre Pfeile, die Schildträger blieben stehen wie eine Wand. Hinter ihnen lauerten die Bogenschützen, ob jemand angriff, und die Reiter hatten sich in sicherer Entfernung neu aufgestellt. Nur in der Ferne war das Donnern von Hufen zu vernehmen – Verstärkung, die aus abgelegenen Höfen nachfolgte.

Der Fürst und sein Hauptmann Garmo hielten auf den Pferden Kriegsrat, Segomars Sohn Cintugen war neben ihnen.

„Dreißig Pfeile fasst ein Köcher", kalkulierte Garmo kühl. „Die Hälfte haben sie schon verschossen."

„Sollen wir ihnen die andere Hälfte auch noch herauslocken?", überlegte der Fürst.

Garmo schüttelte den Kopf. „Jetzt verschwenden sie ihre Pfeile nicht mehr. Ich schlage vor, wir reiten zum Schildwall, sitzen ab und stürmen im Schutz der Schildträger vor. Die Hälfte der Reiter bleibt zurück und greift ein, falls der Gegner aufsitzt. Die Schildträger prallen mit der vordersten Reihe des Feindes zusammen, mit Bogenschützen und Speeren stoßen wir nach. Dann besteht die Aussicht, dass die Eisenschwerter gar nicht erst zum Einsatz kommen."

„Guter Plan. Also los!"

Itam verzweifelte – ausgerechnet ein starrköpfiger Krieger des Fürsten fiel ihm jetzt im letzten Augenblick in den Arm. Das durfte einfach nicht sein.

Da besann er sich, wo sie eigentlich waren – mitten auf Targurs Hof. Die beiden Krieger waren nur an den Wachen vorbeigekommen, weil während der Totenfeier eine allgemeine Atmosphäre der Offenheit herrschte.

Doch das konnte Itam schnell ändern. Er schrie aus Leibeskräften: „Hilfe! Überfall! Wachen! Sie entweihen das Totenfest!"

Sowohl die Männer des Fürsten als auch Itams Entführer sahen ihn überrascht an. „Ich glaube, der Schlag auf seinen Kopf war wirklich zu fest", sagte einer der beiden Krieger. Und zu dem Entführer gewandt: „Hast du wirklich so kräftig zugehauen?"

Der Bärtige zuckte mit den Schultern: „Nicht fester als sonst. Bisher hat sich noch keiner beschwert."

Zwei Wachen kamen angerannt – mit gesenkten Speeren. Sie fragten nicht lange nach, sondern trieben alle zum Haus von Hauptmann Maban.

Der debattierte gerade aufgeregt mit einigen Unterführern. Sie überlegten, was es zu bedeuten hatte, dass ein Meldereiter des Fürsten auf den Hof gestürmt war, und die Reiter des Häuptlings auf den Ostweg befohlen hatte. Einige Krieger saßen schon im Sattel, warteten aber noch auf Mabans Befehle.

Als Itam den Hauptmann sah, sprudelte er sofort heraus: „Maban, es ist doch Namant, der hinter dem Ganzen steckt!" Der dicke Hauptmann wollte ihn zurechtweisen, doch Itam schrie: „Namant war der Händler, den die Skythen damals am Schlangenfluss ausgeraubt haben. Der Wahnsinnige."

Warum hatte Taparu es Maban eigentlich noch nicht gesagt? Erst später erfuhr Itam, dass sie es zu diesem Zeitpunkt gerade ihrem Vater erzählte.

Maban riss die Augen auf vor Verwunderung. Bevor er zeitraubende Fragen stellen konnte, fuhr Itam fort: „Er will sich an Skythen und Fürst gleichzeitig rächen. Die Totenehrung im Geisterhof ist eine Falle. Dort sind die geraubten Eisenschwerter. Er hat dem Fürsten erzählt, die Skythen holen die Beute dort ab, und Segomar greift jetzt an. Weißt du, was das bedeutet?"

Maban wusste es und schrie seinen bereitstehenden Reitern zu: „Mir nach!"

Schnell ließ er ein Pferd für Itam bringen und galoppierte mit ihm zusammen zum Tor hinaus. Seine Krieger folgten ihnen.

Zum Glück war Itam mittlerweile sattelfest genug, um einen Galopp zu überstehen.

Die Staubwolke über dem Geisterhof ließ Schlimmes ahnen. Sie hielten genau auf die Schlacht zu, die bereits entbrannt war. Maban ritt am angreifenden Reiterhaufen des Fürsten vorbei. Sie erreichten die Schildträger gerade in dem Augenblick, als diese losstürmten. Maban lenkte sein Pferd vor den Schildwall.

Dann stürzte er. Ein Pfeil der Skythen hatte das Pferd getroffen. Die anderen Reiter zügelten ihre Tiere, drei oder vier fielen schreiend im Hagel der skythischen Pfeile nieder.

„Haltet die Schildträger auf!", keuchte Maban am Boden liegend. „Reitet zwischen den Kampflinien durch, gebt Zeichen, den Beschuss einzustellen! Itam, zum Fürsten!"

Es war Wahnsinn, doch es musste sein. Mabans Reiter stoben quer zur Stoßrichtung von Segomars Heer direkt vor den Schilden entlang. Einige rissen deren Träger nieder, die geradewegs in die Beine der Pferde rannten. Andere stürzten mitsamt den Reittieren in die Schilde, getroffen von Pfeilen. Die Reiter hoben den Skythen beide Handflächen entgegen, um ihnen Einhalt zu gebieten. Einige fanden dabei den Tod.

Zwar gelang es, den Ansturm abzubremsen, aber Mabans Reiter konnten den Kampf nicht mehr aufhalten. Der Schildwall war zwar zerrissen und die ersten skythischen Bogenschützen standen auf und reckten verwundert die Hälse. Doch immer noch schwirrten viel zu viele Pfeile umher. Die Schwertkämpfer des Fürsten brüllten wütend, man solle sie durchlassen, um die Reiter Mabans niederzumachen, da sie deren Eingriff für eine feindliche Attacke hielten.

Itam war mit seinem Pferd wie die anderen blindlings mitten in die Schlacht galoppiert. Mit den Beinen klammerte er sich fest, lag bäuchlings auf Krumme und Hals, krallte sich in die Mähne. So schaffte er es im Schutz eines von Mabans Reitern, der ihn gegen die Pfeile abschirmte, bis zur Mitte der Schildwand.

Doch Pferd und Reiter neben ihm fielen, und wenige Schritte danach stürzte auch Itams Pferd. Er krachte in zwei Schilde und riss die Krieger dahinter um; das bremste seinen Sturz etwas ab. In einem Gewirr von fallenden, fluchenden, sich gegenseitig wegdrängenden Kämpfern kam er wieder hoch.

„Wo ist der Fürst?", schrie er. Ein Krieger deutete mit dem Schwert auf eine Stelle in der Mitte der vordersten Reihe. Da sah er Segomar auch schon: Er war abgesessen und spähte zusammen mit seinem Hauptmann durch eine Lücke nach vorne. Itam arbeitete sich zu ihm durch, bekam kurz vor dem Fürsten bedrohlich fest das Schwert eines Leibwächters zwischen zwei Rippen gepresst. „Fürst, es ist eine Falle!", schrie er aus Leibeskräften und schaffte es, damit die Aufmerksamkeit Segomars zu erringen. Auf dessen fragenden Blick erklärte er so kurz wie möglich Namants wahnwitzigen Plan.

Der Fürst begriff und gab einem Krieger neben sich einen Befehl. Der hob ein großes Horn an und blies zum Rückzug. Fürst und Hauptmann deuteten zur Bekräftigung des Kommandos mit ihren Schwertern nach hinten. Es dauerte etwas, bis sich der Rückzugsbefehl verbreitete, doch dann spürte Itam den unaufhaltsamen Sog der nach hinten drängenden Kämpfer.

„Holt die Reiter da vorne hinter die Schilde!", befahl der Fürst.

Die überlebenden Reiter wurden geborgen, die Schildträger formierten sich neu zu einer schützenden Wand und marschierten wohlgeordnet zurück.

Die Lage war gerettet. Itam hatte im allerletzten Moment verhindert, dass die Schlacht zu einem Gemetzel ausartete.

Die Skythen knieten immer noch in einer Reihe im Geisterhof, doch sie hielten Pfeile und Bögen gesenkt und starrten erwartungsvoll auf den Gegner.

Itam überkam eine Sorge: Was war mit Maban, dem dicken Hauptmann? Er eilte über tote und verwundete Krieger und Pferde hinweg zu der Stelle, wo er gestürzt war. Da sah er, wie bereits zwei Gestalten bei ihm knieten. Häuptling Targur und – Taparu.

Beide erhoben sich, als sie ihn sahen. „Maban hat mir alles erzählt", sagte der Häuptling mit dem grauen Haar und den eisgrauen Augen in unerwartet würdevollem Ton. „Du hast viele Leben gerettet. Mehr, als du denkst."

Itam vergewisserte sich, dass es dem dicken Hauptmann einigermaßen gut ging. Er war wohl am Bein verletzt, sodass er nicht aufstehen konnte, aber er hatte hinter seinem toten Pferd Deckung vor den Pfeilen gefunden.

Nun hatte Itam nur noch Augen für Taparu, die sich ihm zuwandte. „Du hast dich mitten in die Schlacht gestürzt", sagte sie. „Um dich herum konnten sich die Tapfersten nicht mehr halten, aber du bist weitergeritten." Sie umarmte ihn. „So etwas Verwegenes habe ich noch nie gesehen."

Itam spürte in diesem Augenblick, was Siegen bedeutet: Alles Übel, das dem Sieg vorausgegangen war, war mit einem Mal völlig belanglos. Das gegenseitige Ausspionieren, das Misstrauen, die Kränkungen, die Einflüsterungen von außen, alles war mit einem Schlag getilgt.

Doch schon gewann die Gefahr wieder die Oberhand: Taparu löste sich von Itam, als sie sah, wie ihr Vater mit erhobenen Armen auf die Skythen zulief. Er rief immer wieder einige Worte, die er in ihrer Sprache kannte.

Schließlich kam ein Mann über das Schlachtfeld auf ihn zu. Auch aus der Reihe der Schildträger trat ein Mann hervor und ging zu ihnen. Es war kein geringerer als Fürst Segomar – ohne jede Waffe.

Das überzeugte die Skythen endgültig davon, dass keine Gefahr mehr bestand. Sie erhoben sich und beobachteten wie alle anderen die drei Männer mitten auf dem Schlachtfeld. Krieger aus dem Schildwall versorgten die Verwundeten und bargen die Toten.

Währenddessen führten Fürst Segomar, Häuptling Targur und der Anführer der Skythen, neben dem nun der ehemalige Sklave als Übersetzer stand, ein lebhaftes Gespräch. Itam und Taparu konnten nichts hören, aber viel aus den Gesten verstehen: Der Skythe redete aggressiv und vorwurfsvoll auf den Fürsten ein, der immer wieder beteuernd die Hände hob. Häuptling Targur wollte den Skythen offenbar beschwichtigen und mahnte ihn zur Ruhe. Jetzt deutete der

Skythe auf die beiden Toten, die als Erste durch Pfeile niedergestreckt worden waren, und ließ offensichtlich neue Vorwürfe auf Segomar herabprasseln. Der schüttelte heftig den Kopf, wandte sich um und rief Garmo etwas zu.

Der Hauptmann kam mit seinem Spurenleser. Fannac untersuchte die beiden Skythen, die an den Resten des Palisadenzauns lagen. Er beugte sich über den Pfeil, der schräg zur Seite aus dem Gesicht des einen ragte. Dann erhob er sich und imitierte offenbar den Mann, wie er in den letzten Augenblicken seines Lebens dagestanden hatte – aufrecht und das Gesicht dem herannahenden Reiterhaufen des Fürsten zugewandt. Fannac fuhr mit dem Zeigefinger von seinem Gesicht weg immer wieder entlang einer unsichtbaren Linie, die dem Schaft des Pfeiles entsprach. Sein Finger deutete beim Nachfahren der Pfeilrichtung auf ein Gebüsch am Rand des Schlachtfeldes. Er ging hinüber. Plötzlich warf er sich zur Seite und fiel mit einem Aufschrei zu Boden. In seiner Schulter steckte ein Pfeil.

Der Skythenführer reagierte blitzschnell und rief seinen Männern einen Befehl zu. Im Nu rissen zwanzig Bogenschützen ihre Waffen hoch und schossen in Richtung Gebüsch. Fannac presste sein Gesicht in den Staub, als die Pfeile über ihn hinwegrauschten. Ein lang gezogener Schrei aus dem Gebüsch beendete den Beschuss. Zwei Krieger des Fürsten eilten hin und zerrten einen Mann hervor, der je einen Pfeil in einem Bein, einem Arm und in der Schulter stecken hatte. Sie brachten ihn zu den drei Kriegerführern.

Segomar ließ sich einen Dolch geben und setzte ihn an die Kehle des Mannes – ohne Mitleid für dessen Schmerzensschreie. Schließlich schien er etwas zu gestehen.

Der Fürst wandte sich um und winkte Itam her. Taparu folgte ihm.

„Du hattest recht, Köhlerjunge", sagte der Fürst. „Der Mann hier handelte im Auftrag Namants. Er hat die beiden Skythen getötet – damit es so aussah, als wären es meine Männer gewesen. Er sollte damit ein Gemetzel auslösen, dem sicherlich ein Krieg mit den Skythen gefolgt wäre."

Segomar schilderte nun den Verrat Namants, von dem er erst mitten in der Schlacht erfahren hatte. Die Mienen der Skythen wurden sehr nachdenklich, als der Fürst ihnen sagte, dass Namant ein alter Bekannter ihrer Landsleute war.

Der Übersetzer stieß einen heftigen Fluch aus, denn er hatte begriffen, dass er seit fünf Jahren ein Teil von Namants perfidem Plan war. Ganz außer sich ging er den Fürsten an: „Du musst ihn mir überlassen, heute noch!"

„Er wird in deiner Gegenwart hingerichtet, noch bevor ihr abreist", beruhigte ihn der Fürst.

Jetzt gingen die drei Anführer in den Geisterhof, vorbei am Grabhügel der Gefallenen aus der ersten Skythenschlacht, hinein in die Ruine des einstigen Wohnhauses. Im hinteren Teil, wo eine verkohlte Wand noch nicht eingefallen war, standen zehn Krieger. Jeder hielt ein eisernes Schwert in der Faust. Der Anführer gab einen Befehl und die Skythen zeigten die Griffe der Schwerter. Es glänzte und glitzerte vor Gold und Silber, Bernstein und Korallen, Türkis und Lapislazuli. Schon allein von den Griffen war jeder ein Vermögen wert; bis auf zwei, deren eiserner Griffkern noch nicht mit Steinen verziert war. Der Fürst ging die Reihe ab, sah sich die Schwerter genau an und ließ sich dann ein bestimmtes reichen. Dessen Griff bestand aus einem Bernstein-Löwen mit einem Lapislazuli-Fisch im Maul.

„Von diesem Schwert wurde mir schon berichtet", sagte Segomar. Der Bernsteinhändler aus Alkimoennis hatte Segomars Kriegern davon erzählt; das war ein endgültiger Beweis für Itams Behauptungen. Der Fürst hielt den Schwertgriff neben den Panzer des Übersetzers, des ehemaligen Sklaven. Den Panzer zierte das gleiche Symbol. „Das Wahrzeichen deines Häuptlings, nicht wahr?"

Der Angesprochene nickte.

Jetzt wandte sich Fürst Segomar Häuptling Targur zu: „Waren alle Schwerter für diesen fremden Herrscher bestimmt?"

Auch Targur nickte nur stumm. Itam beobachtete ihn genau. Seine Haltung war stolz und aufrecht, sein Blick streng und fest wie immer – und doch wirkte er wie jemand, der sich vor Gericht zu verantworten hatte.

„Du musst einen unglaublichen Schatz für diese vollkommenen Schwerter ausgehandelt haben", sagte der Fürst.

„Keine Brosche, kein Klümpchen Gold und kein Korn Getreide sollte ich dafür bekommen", war Targurs überraschende Antwort.

„Nichts? Gar nichts?" Der Fürst war erstaunt.

„Nichts habe ich nicht gesagt", antwortete der Häuptling. „Ich habe etwas bekommen, was wertvoller ist als jeder Schatz dieser Welt. Aber um es dir begreiflich zu machen, muss ich etwas ausholen." Targur blickte sich um. Mittlerweile war die Ruine voller Zuhörer, Seite an Seite lauschten ihm die Männer, die sich gerade bis aufs Blut bekämpft hatten.

„Unser Volk sieht nicht mehr, welch große Dinge in unserem eigenem Land und in der Welt vor sich gehen", setzte Targur an. „Wir sind drei-, viermal so viele Menschen wie zur Zeit unserer Großväter, unsere Viehherden, Felder, Höfe sind noch stärker gewachsen, die Schätze, die durch unser Land geschleppt werden und sich auf Herrenhöfen und der Burg anhäufen, ebenfalls. Wir sind zu einer fetten Beute geworden. Jeder Kriegszug gegen uns verspricht überaus reichen Lohn."

Zwei der Skythenführer blickten sich vielsagend an.

„Die Zahl unserer Krieger ist im gleichen Maße gewachsen, und ihre Tapferkeit hat seit den Zeiten unserer Großväter nicht abgenommen, wie wir heute wieder bewiesen haben", fiel ihm der Fürst harsch ins Wort.

„Die Zahl", griff Targur das Wort auf, das für ihn entscheidend war. Er blickte den Fürsten an, doch es wirkte eher, als ob er durch ihn hindurchsehe. „Du kennst die Zahl unserer Krieger. Aber kennst du denn auch die Zahl der anderen?" Er wandte sich dem Übersetzer mit dem prachtvollen Brustpanzer zu. „Torgitau, sag es ihm, wie viele ihr seid."

„Keiner weiß mehr, wie viel Schwerter unser Stamm zählt", begann der Skythe. „Vielleicht zehntausend, vielleicht auch viel mehr. Wir sind immer noch Nomaden, auch wenn wir Städte und Festungen errichtet haben. Unsere Sippen ziehen durch Steppen, von deren Größe ihr euch keine Vorstellungen machen könnt." Torgitau machte eine Pause, deutete auf den Griff des Schwertes, das Fürst Segomar immer noch in Händen hielt. „Der Steppenlöwe hier steht für Ischpakai, unseren Häuptling. Der Fisch in seinem Maul stellt das große Gebiet am Schwarzen Meer dar, das sich Ischpakai einverleibt hat. Er ist mächtig, doch er hat schon längst erkannt, was auch euer Häuptling Targur erkannt hat: Alleine kann man nicht bestehen. Ischpakai schloss sich mit seinen Stämmen dem König Idanthyrsa an, der seinerseits nur einer von mehreren Skythenkönigen ist. Der Machtbereich eines jeden von ihnen stößt an das Gebiet eines anderen Herrschers, sie verbünden oder bekriegen sich, je nachdem. Auf jeden Fall ziehen sie immer weiter, nehmen immer mehr Land in Beschlag. Es geht nach Westen und nach Süden. Die Männer, die vor fünf Jahren bei euch eingefallen sind, waren nur ein kleiner Trupp, der den Legenden von großen, schlecht geschützten Schätzen nach Westen gefolgt ist. Viel größere Horden zogen erst nach Westen, dann wendeten sie sich zu eurem Glück nach Süden*. Doch damit ist die Gefahr für euch nicht vorbei. Jederzeit können ganze Stämme wieder in eure Richtung vorstoßen. Das Schicksal des Räuberhaufens vor fünf Jahren ist so manchem Feldherren bekannt, und er würde deshalb nicht weniger als tausend Panzerreiter losschicken, sollte er auf eure Schätze aus sein. Aber so weit muss es ja gar nicht erst kommen – euer eigenes Volk kann euch bedrohen, Stämme, die durch die großen Bewegungen verdrängt werden und aus Not in euer Land einfallen."

Jetzt ergriff Häuptling Targur wieder das Wort: „Doch für unser Volk ist diese Gefahr gemildert. Wir sind bald mit Häuptling Ischpakai verbündet."

Der Fürst erstarrte. „Die Schwerter sind der Preis für ein Bündnis mit den Skythen?"

„Einen Preis bezahlt man für einen Sack Getreide, Fürst. Einen Skythenführer aber kann man nicht kaufen. Die Schwerter sind ein Geschenk, um den Bund mit Häuptling Ischpakai zu besiegeln. Er wird uns niemals angreifen. Wenn er von anderen Herrschern erfährt, dass sie Krieger in unsere Gegend schicken wollen, werden uns seine Boten rechtzeitig warnen. Und wenn jemand einen großen Einfall in unser Gebiet plant, wird uns Ischpakai mit Tausenden von Kriegern beistehen."

---

* zum Balkan

„Wie kommst du dazu, solch ein bedeutendes Bündnis auf eigene Faust einzugehen?", wies der Fürst den untergebenen Häuptling empört zurecht.

„Mir haben die Götter diese Aufgabe zugedacht, sonst hätten sie Torgitau damals zu dir als Sklaven geschickt", erwiderte Targur. „Die Götter haben wohl gesehen, dass dir Wachstum und Gedeih des Landes am Herzen liegen, und ich mich eher um Schutz vor den dunklen Wolken am Horizont sorge."

Der Fürst konnte dies nicht von der Hand weisen; tatsächlich schenkte er dem Erblühen des Handels und des Wohlergehens der Menschen mehr Aufmerksamkeit als unbestimmten Bedrohungen.

Trotzdem durfte ihm ein Untergebener bei Angelegenheiten solchen Ausmaßes nicht das Heft aus der Hand nehmen. „Wer ist denn nun der oberste Vertreter des Skythenhäuptlings?", wollte er wissen.

Targur deutete auf den Mann, der bereits auf dem Schlachtfeld zu ihnen gekommen war: „Thoas führt die gesamte Delegation an."

Fürst Segomar wandte sich souverän dem Skythenanführer und dem Übersetzer zu: „Was mein Gefolgsmann Targur begonnen hat, werde ich jetzt zu Ende führen", erklärte er und Torgitau übersetzte es. „Ich und all meine Gefolgsleute werden wie vereinbart das Bündnis mit deinem Häuptling Ischpakai eingehen. Wie versprochen, werden ihm die Schwerter als Geschenk überreicht. Ich persönlich werde das tun. Ich komme nach dem Totenfest mit euch, um das Bündnis zu besiegeln." Ein Raunen ging durch die Reihen beider Lager. Krieger des Fürsten eilten nach draußen, um allen zu berichten, was sie gesehen und gehört hatten.

Der Anführer der Skythen behielt die Verwunderung darüber, dass nun plötzlich der Fürst auf den Plan trat, für sich. Er verbeugte sich und erklärte, dass es ihm eine Ehre wäre, mit Fürst Segomar als Bündnispartner zurückzukehren.

Jetzt trat ein Skythe vor und sprach mit seinem Anführer. Es war der Schamane, und er wollte wissen, was mit den beiden Kriegern geschehen sollte, die aus dem Hinterhalt getötet wurden. Man einigte sich darauf, dass man sie mit einer Totenwache aufbahren und tags darauf mit allen Riten, die tapferen Kriegern zustanden, im Hügel auf dem Hof beisetzen würde. Der Fürst versicherte, dass ihr Mörder vor den Augen ihrer Kameraden zusammen mit Namant hingerichtet werden sollte.

Hauptmann Garmo trat an den Fürsten heran und raunte ihm ins Ohr: „Die Urteile muss doch der Priester fällen, mein Fürst. Hast du ihm da nicht ein wenig vorgegriffen?"

Segomar sah seinen Hauptmann kritisch an: „Glaubst du, Ritomar wird ihn und die Schwerträuber nicht zum Tode verurteilen?"

„Nun ja, du weißt ja, zunächst beträgt die Sühne für jemanden, der einen freien Mann getötet hat, die Bezahlung von sieben Sklavinnen oder einundzwanzig Rindern oder fünfunddreißig Schafen."

„Einen freien Mann getötet? Garmo, hast du ansatzweise begriffen, was dieser Namant angerichtet hat? Er löste fast einen Krieg aus, der uns mit Sicherheit vernichtet hätte!"

Garmo hob abwehrend beide Hände und erklärte damit die Angelegenheit für erledigt.

Vier von Targurs Kriegern waren durch Skythenpfeile tödlich verwundet worden. Ihre Kameraden waren, immer noch vom Kampf erregt, aufgebracht, und nicht wenige hoben unverhohlen die Faust gegen die Skythen. Doch als Häuptling Targur vor sie trat und ihnen alles erzählte, von den Eisenschwertern bis zu Namants tückischem Plan, den sie durch ihren Einsatz vereitelt hatten, kühlten ihre Gemüter ab. Zu Versöhnungsszenen kam es zwar nicht, aber dafür war ja auf der Totenfeier noch Zeit.

11

DER BRANDSTIFTER IST ENTKOMMEN

Schließlich kamen Wagen für die gefallenen Kämpfer, und ein langer Zug setzte sich in Bewegung, der zurück zum Totenfest fuhr. Vorneweg ritten Fürst Segomar und Häuptling Targur.

„Du hast das Bündnis mit den Skythen an dich gerissen", sagte Targur.

„Hattest du vor, mich irgendwann einzuweihen?", gab der Fürst zynisch zurück.

Targur schwieg.

„Du wolltest den Skythen gegenüber als der wahre Herr dieses Landes auftreten", fuhr der Fürst fort. „Du hattest gehofft, die Skythen greifen uns irgendwann einmal an und du könntest mit deinem Bündnis als Retter auftreten. Dann wärst du Fürst geworden – oder dein Sohn, je nachdem, wann es geschehen wäre."

„Vielleicht, vielleicht auch nicht", entgegnete Targur. „Jetzt hast du ja wieder alles in der Hand."

„Ja, und du wirst unter dem Volk wie Gift streuen, dass das Bündnis nur dir zu verdanken ist."

„So ist es doch auch. Wirst du eigentlich deinen Anteil an den Eisenschwertern übernehmen, die du jetzt so großzügig Häuptling Ischpakai schenkst?"

„Mein Anteil wird sein, dass ich deine Anmaßung vergesse. Und dass ich nicht weiter darüber nachdenke, ob man die Anmaßung auch Verrat nennen könnte."

Itam ritt an Taparus Seite hinter Segomars und Targurs Leibwachen. Sie blickten hinüber zum westlichen Rand der großen Ebene, von dem sich der Opios wie immer majestätisch abzeichnete. Über dem Hügelzug, der das flache Land begrenzte, baute sich wieder einmal eine breite Front bauchiger schwarzgrauer Wolken auf.

„Der Fürst hält die Wolken auf", sagte Itam. Auf Taparus fragenden Blick erklärte er: „Das sagen oft die Leute in der Ebene. Von hier aus scheint es, als ob es sich erst auf dem Opios entscheide, ob die Regenwolken in die Ebene hineinquellen und Taranis mit Blitz und Donner über das Land zieht oder ob sie sich auflösen und versprengen wie ein geschlagenes Heer."

„Auch dann herrscht Taranis über das Land, er lässt statt des Blitzes eben die Sonne leuchten", entgegnete Taparu. „Man sollte es nicht immer so hinstellen, als ob dem Fürst sogar die Macht über den Himmel obliegt." Jetzt schlug wieder voll die Kriegerin durch, die dem Lager von Fürst Segomars Widersacher angehörte.

„Wirst du das auch sagen, wenn dein Vater oder dein Bruder einmal Fürst sein sollte?", neckte Itam sie.

Bamar, Itams Rivale, ertrug es kaum, dass sich die beiden so angeregt miteinander unterhielten. Er drehte sich immer wieder um und warf ihnen finstere Blicke zu.

Nach einer Weile ritt Taparu ungerührt an ihm vorbei nach vorne, um sich mit ihrem Vater zu unterhalten. Itam nutzte die Gelegenheit, kam mit ihr und stellte dem Fürsten eine Frage, die ihm keine Ruhe ließ: „Der Krieger, der mich heute nach meiner Entführung befreite, sagte, du hättest mich beobachten lassen. Stimmt das?"

Der Fürst nickte. „Sei froh, sonst wäre Namants Plan aufgegangen. Er hätte dich nach der Schlacht mit Sicherheit umgebracht." Der Fürst ahmte mit dem Daumen eine Schnittbewegung durch die Kehle nach.

„Aber du brauchst nicht beleidigt zu sein. Du bist nicht der Einzige, den ich beobachten ließ."

„Wen denn noch?"

„Die gesamte Vertrautenrunde." Bei diesen Worten senkte der Fürst seine Stimme. „Alle – Salmo, den Schmied, Medugen, meinen Verwalter, Ritomar, den Priester, sogar ihn dort." Bei den letzten Worten deutete er mit dem Kopf zu Hauptmann Garmo, der unmittelbar hinter ihnen ritt. „Und natürlich Namant. Auf diese umfassende Überwachung hast du mich übrigens gebracht."

„Ich?" Itam war völlig erstaunt.

„Ja, bei einem der Treffen überzeugtest du mich davon, dass Häuptling Targur wirklich nicht wusste, wo die Schwerter sein könnten, außer bei mir natürlich."

„Ja, ich erinnere mich; du wurdest daraufhin sehr nachdenklich und keiner wusste mehr, was er sagen sollte."

„Diese Nachdenklichkeit hatte seinen Grund. Ich fragte mich, wem daran gelegen sein konnte, den Kunstschmied in Pyrene schnell zu beseitigen, bevor mein Hauptmann ihn befragte. Targur nicht, denn er tappte selbst im Dunkeln und suchte händeringend nach Erkenntnissen. Aber wer sonst wusste überhaupt, dass der Kunstschmied in Pyrene war? Nur jemand aus der Vertrautenrunde, der es bei unseren Besprechungen erfahren hatte. Also stellte ich demjenigen eine Falle: Ich eröffnete der Runde, dass ich jetzt den Bernsteinhändler in Alkimoennis befragen lassen würde. Ich war mir sicher, der Verräter wollte auch ihn zum Schweigen bringen, so wie den Kunstschmied. Aber zu diesem Zeitpunkt hatte ich schon ein paar Krieger nach Alkimoennis geschickt, die auf den Bernsteinhändler aufpassten. Sie sollten den Mordanschlag vereiteln, und ich war mir sicher, dass der Täter dann zurück zu seinem Auftraggeber eilen würde, um ihm Meldung zu erstatten."

„Ah, ich verstehe", sagte Itam. „Es wäre unmöglich gewesen, ihn über den ganzen langen Rückweg von Alkimoennis zu beschatten. Deshalb ließest du alle aus der Vertrautenrunde beobachten. Zu wem er auch gekommen wäre, du hättest es erfahren."

„Richtig. Ich wusste, wie er aussah, denn Lagan war nach dem Anschlag schnellstens zu mir gekommen und beschrieb ihn mir und den Leuten, die euch beobachteten. Aber es nützte ja alles nichts, der Meuchelmörder hatte wohl Verdacht geschöpft und blieb verschwunden."

„Mich hat die Überwachung immerhin gerettet. Glaubtest du denn wirklich, ich könnte einen gedungenen Mörder irgendwohin schicken?"

„Du hättest ja im Auftrag von jemand anderem handeln können."

„Hat Lagan nun eigentlich etwas über die Schwerter herausfinden können?"

„Oh ja, etwas sehr Wichtiges. Er erzählte mir von dem Schwertgriff in Form eines Löwen mit einem Fisch im Maul. Ich habe mir deshalb natürlich die skythischen Gäste genau angesehen und erkannte das Symbol auf der Rüstung des Übersetzers wieder. Da wusste ich, dass zwischen Eisenschwertern und Skythen tatsächlich ein Zusammenhang besteht. Und ich wusste, für welchen Häuptling sie bestimmt waren."

„Aber Namant kam dir nicht in Verdacht. Wie konnte er denn nur verheimlichen, dass er der Händler war, der bei dem Skythenüberfall damals so gelitten hat?"

„Das fragte ich vorhin schon meinen Hauptmann. Er erklärte mir, Namant hatte wohl nach dem Unglück seinen Namen gewechselt. Ein Mann, der zum Begleitschutz des Händlers gehörte, schwört Stein und Bein, dass er damals anders hieß. Der Krieger selbst hatte ihn aber niemals zu Gesicht bekommen. Von meinen Männern kannten ihn damals nur zwei persönlich; sie besprachen am Abend vor dem Überfall mit ihm, wie das Umladen vor sich gehen sollte. Sie stammten von Herrenhöfen meiner Gefolgsleute. Es war also einfach für Namant, sie zu meiden, als er sich bei Targur und mir einschlich."

„Und was ist denn mit den Schwerträubern?", wollte Itam gern noch wissen.

„Ich denke, zwei davon haben wir schon – den Mann, der dich entführte, und den Bogenschützen, der die beiden Skythen tötete. Sie sind Namants Männer, begingen also wohl auch den Schwertraub in seinem Auftrag. Sie werden uns zu den anderen führen."

„Wie willst du denn das anstellen?"

„Ich lasse sie nahe beim Festplatz an einen Baum fesseln und das Volk soll sie ansehen. Jemand wird sie wiedererkennen, vielleicht ein Herbergswirt."

„Und der hat auch die anderen gesehen. Aber die werden doch fliehen?"

„Dann müssen sie eine Furt der Warantia, einen Weg oder einen Pfad benutzen", erklärte der Fürst lächelnd.

„Sind die denn alle bewacht?"

„Meine Krieger sind schon unterwegs."

„Und dieser Angreifer in Alkimoennis, der nach dem Anschlag auf den Bernsteinhändler entkommen ist? Gehört der auch zu den Schwerträubern?"

„Da bin ich mir sicher. Jedenfalls kommt er nicht weit. Die Krieger von Alkimoennis kennen ihn ja und überwachen jeden Weg und Steg im weiten Umfeld. Wo immer er sein verletztes Pferd wechseln will, sie warten schon. Ich denke, in ein paar Tagen bringen sie ihn gefesselt auf den Opios."

Eine Weile ritten sie alle schweigend nebeneinander her. Dann fasste Itam den Mut, Häuptling Targur auf seinen Lohn anzusprechen: „Ich weiß nicht, ob Maban es dir gesagt hat, aber ich habe vor dem Schwertraub ziemlich viel Holzkohle …"

Targur blickte Itam an und schnitt ihm das Wort ab: „Ich weiß von deinen Geschäften. Glaube mir, um deine Bezahlung brauchst du dich wirklich nicht zu sorgen. Du hast meine Männer in die Schlacht geführt, damit sie ein Gemetzel unter den Skythen und einen darauffolgenden Krieg verhindern konnten. Dafür wirst du in der Anderwelt einen Ehrenplatz erhalten. Aber ich werde dir schon in dieser Welt genug Gold und Rinder geben, damit du so schnell keine Kohle mehr brennen musst."

„Itam gehört zu meinen Leuten", sagte nun der Fürst. „Er wird den größten Lohn von mir empfangen. Was immer du ihm gibst, dein Barde wird singen müssen, dass von mir das Doppelte kam."

Als sie wieder bei der Totenfeier angekommen waren, wunderte sich Itam darüber, wie schnell sich die Neuigkeiten verbreiteten – und wie die Wahrheit dabei zusehends verloren ging. Zahllose Männer und

Frauen kamen den zurückkehrenden Kriegern noch weit vor dem Festplatz entgegen und wollten erfahren, was genau passiert war. Etliche glaubten bereits alles zu wissen: „Da sind ja noch Skythen – ich denke, ihr habt sie bis auf den letzten Mann niedergemacht?", „Wie groß war das feindliche Heer, das plötzlich aus dem Nichts auftauchte?", „Wie haben es die skythischen Schamanen geschafft, euren Schildwall einfach umstürzen zu lassen?"

Lachte Itam eben noch über die skurrilen Blüten, die die Gerüchte trieben, so sah er nun unvermittelt, welch ernsthaften Schaden sie anrichten konnten: Sein Vater stand plötzlich aschfahl und mit geröteten Augen vor ihm. Er war dem Fest ursprünglich ferngeblieben, doch zu Hause hatte die Familie die Nachricht ereilt, dass Itam, durchbohrt von giftigen Pfeilen, als Held der Schlacht gefallen war, direkt im Staub zu Füßen seines Fürsten. Itam stieg vom Pferd, umarmte den vor Erleichterung schluchzenden Mann und erzählte ihm, was wirklich geschehen war.

Gerade, als ihm sein Vater den Schwur abnehmen wollte, sich endgültig von allen Abenteuern zurückzuziehen, stellte Itam ihm Taparu vor, die berühmte Häuptlingstochter, die nie wieder von seiner Seite weichen würde. Da gab der Vater die Hoffnung auf, dass sein letzter Sohn, der noch bei ihm war, sein Leben mit dem Brennen von Holzkohle und dem Aufziehen von Schweinen zubringen würde. In der großen Aufregung begriff er gar nicht, dass auch für ihn selbst dieses kärgliche Dasein beendet war. Dank Itams Belohnung waren sie jetzt eine Familie von Hofherren, die sich eine Viereckschanze um ihr Gut, eine Herde und Ehrenplätze auf den Festen leisten konnten. Seine Söhne, derzeit noch arme Soldaten im Lohn fremder Herren, würden zurückkehren und auf dem stolzen Schanzenhof eine stattliche Zahl von Kriegern befehligen.

Itam schickte einen Boten los, seine Schwester und seine Großmutter zu holen, dann zog er mit dem Vater zum Festplatz, wo sie ein deftiges Mahl zu sich nahmen. Hier herrschte mittlerweile so großes Chaos, dass Ritomar, der Priester, auf dem Grabhügel stehend die Arme zu den Göttern erhob und sie um Nachsicht anflehte, weil der Totenkult jeglicher Würde beraubt sei.

Häuptling Targur war mit den Skythen und einem Teil seiner Krieger in seinen schützenden Hof geritten; er wollte die Gäste im Tumult nach der Schlacht in Sicherheit wissen. Fürst Segomar galoppierte mit seiner Leibwache zum Opios, er brannte darauf, Namant in Ketten zu legen. „Hoffentlich gesteht er nicht gleich; ich selbst will ihn foltern", hatte ihn ein Leibwächter angeblich sagen hören.

Wer immer von der Schlacht zurückgekehrt war, wurde bestürmt, seine Erlebnisse zu erzählen. Der Barde war schon dabei, das Loblied zu dichten.

Itam und Taparu flüchteten weit in den Wald hinein, um endlich zur Ruhe zu kommen – und wieder zu tun, was der unselige Streit zwischen ihnen so lange verhindert hatte.

Als sie erschöpft nebeneinander ins Moos sanken und die Baumwipfel betrachteten, wich die Unbeschwertheit bald von Itam: „Ich weiß immer noch nicht, wie es zu dem Anschlag auf mich beim Hof von Salmo kam. Namant müsste doch dahinterstecken, aber der war zu dieser Zeit gar nicht da. Der Fürst hatte ihn losgeschickt, das Versteck der Schwerträuber auszukundschaften."

Taparu dachte kurz nach, dann erklärte sie: „Namant hat doch gar nichts ausgekundschaftet, es war ja sein eigenes Versteck. Aber er war stattdessen bei meinem Vater, und zwar an dem Abend, als Maban ihm und mir erzählt hatte, dass du Fürst Segomars Spion bist."

„Und dein Vater sagte Namant, dass ich immer wieder nach ihm fragte, ihm also auf der Spur war?"

„Genau. Namant eröffnete daraufhin uns allen, dass du zum engen Kreis des Fürsten gehörtest. Er stellte es so dar, als hätte er es selbst erst kurz zuvor erfahren, weil der Fürst sich mit dir vorher immer gesondert traf. In Wirklichkeit hatte er dich zuvor nicht verraten, weil er nur aus deinen Berichten erfahren konnte, ob mein Vater hinter seine Intrige gekommen war oder nicht. Als er sah, dass du ihm auf der Spur warst, wollte er einen Keil zwischen dich und mich und meinen Vater treiben. Aber das war nur die Absicherung für den Fall, dass sein eigentlicher Plan nicht funktionierte."

„Mich umzubringen", sagte Itam. „Er hat wohl am selben Abend noch jemanden damit beauftragt."

„Richtig. Wahrscheinlich einen der Schwerträuber."

„Aber warum bei Salmos Hof? Auf meinem Weg durch die unbewohnten, bewaldeten und mit dichten Hecken überwucherten Hügel wäre es günstiger gewesen."

„Bist du sehr früh losgefahren?"

„Ja, kurz nach Sonnenaufgang", erinnerte sich Itam.

„Na, dann kann ich mir vorstellen, wie es aus Sicht des Mörders ablief: Er kam in der Frühe zu eurem Hof, um dich zu beobachten und eine günstige Gelegenheit abzupassen. Bis er merkte, dass du gar nicht mehr da warst, hattest du einen ganz schönen Vorsprung. Er fragte wahrscheinlich herum, wer dich gesehen hatte. Erst bei Salmo fand er dich dann. Er wusste, welchen Rückweg du nehmen würdest und lauerte dir in der Dornenhecke auf."

Itam sah Taparu bewundernd an: „Für eine wilde Kriegerin hast du ein ganz schön kluges Köpfchen."

„Eine wilde Kriegerin haut nicht nur blindlings drauf", gab Taparu zurück. „Die lernt auch zu überlegen, wie und wohin sich ein Gegner bewegt, sobald man ihn nicht mehr sieht." Plötzlich hob sie den Kopf: „Hörst du das?"

Itam hörte nichts.

„Los, mach schnell, zieh dich an", sagte sie und schlüpfte hastig in ihre Hose.

Da nahm es auch Itam wahr: Jemand rief Taparus Namen. Und diese Person kam näher.

Es war einer von Targurs Kriegern. Sie gingen ihm entgegen und sahen verwundert, wie erleichtert er war, als er sie gefunden hatte: „Den Göttern sei Dank", stieß er einen Seufzer aus.

„Was ist denn los?", wollte Itam wissen.

„Namant ist entkommen."

„Was? Das kann doch nicht sein! Er saß doch auf der Burg fest."

„Soviel ich mitbekommen habe, saß er dort nicht direkt fest. Der Fürst hatte beim Ausrücken zur Schlacht lediglich befohlen, dass er sich für eine Versammlung bereithalten sollte. Als Namant zu den Wachen sagte, er wolle schnell auf den Markt unterhalb der Burg gehen, dachte sich keiner etwas dabei. Jedenfalls tauchte er dann auf

Häuptling Targurs Hof auf und machte sich an dem Lagerhaus zu schaffen, in das dich dein Entführer vor der Schlacht gebracht hatte."

„Der wollte mich umbringen!", stellte Itam entsetzt fest.

„Das kann gut sein", stimmte der Krieger zu und sah sich dabei unwillkürlich zwischen den Bäumen und Büschen um.

Noch nie war Itam so bewusst gewesen, dass Büsche eine Art Zwischenwelt darstellten; sie verbargen Liebespaare, Feen und Wichte des kleinen Volkes ebenso wie heimtückische Mörder.

„Häuptling Targur hat befohlen, Taparu und dir eine Leibwache zuzuteilen", erklärte der Krieger. „Ich habe den Befehl, euch zum Festplatz zu bringen, wo euch eure Beschützer erwarten."

In seinem Wahnsinn verzehrte Namant sich vor Rachedurst. Es ging ihm wie einem Verdurstenden in der Wüste, der zuerst glaubt, er müsse einen ganzen See austrinken, und der sich dann am Ende glücklich über eine schlammige Wasserpfütze zeigt.

Namant hatte sich zuerst in den Wahn gesteigert, das ganze Land müsse aus Rache vernichtet werden. Jetzt, wo sein Plan vereitelt war, wollte er sich mit einem einzigen Opfer für seine Raserei begnügen. Er brauchte nicht lange zu überlegen, wer das sein sollte: Itam hatte alles, was jahrelang genau nach Plan lief, zerstört. Der dreckige Köhlerjunge hatte geschafft, was Fürst, Häuptling und erfahrenen Kriegern nicht gelungen war.

Itam hatte sich in Namants Augen selbst zum letzten und einzigen Ziel seiner Rache gemacht. Nein, nicht zum einzigen Ziel. Namant würde Taparu vor Itams Augen sterben lassen, bevor er ihn selbst tötete. Er sollte sterben, wie Namant in all den Jahren gelebt hatte – in Qual und Verzweiflung.

Der Wahn hatte ihm die Vernunft genommen, nicht aber die Tücke. Ihm war klar, dass er an Itam und Taparu nach der Schlacht nicht mehr so einfach herankommen würde. Aber er hatte einen Weg gefunden, genauer gesagt, einen Umweg – der führte über Itams Rivalen Bamar. Auch an ihn war nicht leicht heranzukommen, immerhin war er Leibwächter Häuptling Targurs. Doch seiner Familie erging es wie anderen nach einer Schlacht: Sie wollte wissen, ob er wohlbehalten zurückgekehrt war. Ein Teil der Familie war auf dem Totenfest und würde es dort erfahren, doch auch die Mitglieder der Sippe, die auf dem Heimathof zurückgeblieben waren, brannten auf Nachricht von ihm. Sie würden einen Boten schicken oder empfangen. Diesen Boten müsste Namant nur abpassen.

Endlich kam jemand zum Tor heraus und schlug seinen Weg geradewegs zu dem Strauch ein, hinter dem Namant nun hervortrat. „Ist das dort der Hof, wo Bamar lebt?", sprach er den jungen Mann an, dem er aufgelauert hatte.

„Ja, aber er ist nicht da. Ich bin gerade auf dem Weg zu ihm", sagte der Mann. „Weißt du zufällig, ob er wohlbehalten aus der Schlacht zurückgekehrt ist?"

„Das ist er", sagte Namant mit aufgesetztem Lächeln. „Und es ist eine überaus glückliche Fügung, dass ich dich treffe, denn ich habe eine gute Nachricht für ihn. Ich muss sie ihm allerdings persönlich überbringen."

„Gut, dann komm mit, gehen wir gemeinsam. Ich bin übrigens sein Bruder."

„Ich kann jetzt leider nicht, ich muss noch dringend in der Wegesiedlung etwas besorgen. Aber ich würde Bamar gerne heute bei Sonnenuntergang zwischen den beiden großen Grabhügeln treffen."

„Warum so umständlich?", fragte der junge Mann mit aufkeimendem Misstrauen.

„Nun, ich muss ihm etwas zu seiner bevorstehenden Verbindung mit Taparu sagen. Er will bestimmt nicht, dass das jedermann mitbekommt. Und du weißt ja, dass man ihn auf dem Fest unmöglich ungestört sprechen kann."

„Verbindung mit Taparu?", horchte Bamars Bruder auf. „Klappt es doch noch?"

„Kann schon sein", täuschte Namant wieder ein hintergründiges Lächeln vor. „Die Nachricht, die ich für ihn habe, würde gut zu der Annahme passen." Damit ließ er den anderen zurück und ging weiter. Die Neugier würde den Rest erledigen.

12

DAS TOTENREICH WARTET

Es war der mit Abstand anstrengendste Tag im bisherigen Leben Häuptling Targurs: Er musste den Skythen, die immer noch misstrauisch waren, sichere Unterkunft gewähren, seinen Verwandten und Verbündeten erläutern, was es mit den zehn Eisenschwertern und dem Skythenbündnis auf sich hatte, und die Totenfeier, die ihrem Höhepunkt zustrebte, zu einem feierlichen Abschluss bringen.

So konnten ihn Itam und Taparu nur sprechen, als er sich in der Nähe der Grabkammer eine kleine Rast gönnte. Dabei waren sie von Leibwachen umringt. „Targur, deine Tochter und ich glauben, dass die Götter dem heutigen Tag eine besondere Bedeutung verliehen haben", begann Itam.

„Darauf kannst du einen lassen", stöhnte der Häuptling wenig würdevoll.

„Taparu und ich sind der Ansicht, wir sollten deshalb heute unsere Beziehung besiegeln. Wir bitten dich feierlich um dein Einverständnis."

Targur sagte nichts, atmete nur tief durch, mit einer Miene, die bedeutete: Ich ahnte es, hoffte aber, ihr würdet es mir heute ersparen. Er nahm einen Schluck aus seinem Horn, wies den Anführer seiner Leibwächter an, sich mit seinen Kriegern ein Stück weit zu entfernen. Dann winkte er seine Tochter und Itam ganz nahe heran und sprach: „Itam, du bist der Held des Tages und würdest meiner Taparu sicherlich große Ehre machen. Aber meine Kinder haben allesamt ohne Ausnahme eine große Pflicht: Sie müssen mir Bündnispartner schaffen. Ohne die geht unsere Sippe sang- und klanglos unter und wird zu einer gewöhnlichen Bauernfamilie. Sieh nur, zu wem wir alles Blutsbande knüpfen müssen." Der Häuptling stellte sein Horn weg und zählte an den Fingern ab: „Die drei Herrenhöfe, die mir heute treu verbunden sind, deren Söhne und Töchter aber morgen schon zum Fürsten überlaufen können. Zwei weitere Herrenhöfe, die sich noch niemandem angeschlossen haben und mir endlich gegenüber dem Fürsten das Übergewicht an Gefolgsleuten verschaffen könnten. Einen Hof, der ein Stück der Eisenstraße kontrolliert und mit dem zusammen ich eine Hand auf diesen Handel legen kann. Und dann sind da noch die Herren aus dem Umfeld der beiden benachbarten Fürsten." Er hielt die Finger hoch. „Fällt dir etwas auf? Genau, das sind acht Finger, ich habe aber nur sechs Kinder. Es reicht sowieso nicht. Also kann ich erst recht keines meiner Kinder gehen und jemanden heiraten lassen, der nichts zum Einfluss meiner Sippe beiträgt. Itam, ich gönne dir noch eine glückliche Zeit mit meiner Tochter, aber an ihrer Seite muss später ein anderer Mann stehen."

Itam richtete sich stolz auf und entgegnete: „Hast du die Belohnung vergessen, die ich von dir und unserem Fürsten bekomme? Damit bauen mein Vater und ich einen stolzen Schanzenhof mit Vieh und Kriegern auf."

„Ein von einem armen Köhler neu gegründeter Hof nützt mir nichts", winkte Targur ab. „Ich brauche alteingesessene Sippen mit festen Banden zu anderen einflussreichen Herren."

„Aber du hast einen Verbündeten vergessen, den du dringend brauchst. Du willst deinen Sohn Luguwal zum Fürsten machen. Das geht nicht, ohne dass das Volk zustimmt. Diesen Rückhalt wirst du kaum bekommen, wenn deine Sippe gar nicht mehr zum Volk gehört und aus lauter eingeheirateten Männern und Frauen mächtiger und fremder Familien besteht. Es sieht anders aus, wenn Blutsbande das einfache Volk mit deiner Sippe verbinden. Denk doch daran, wer zu Beginn des Festes das Heldenstück errungen hat – dein Hauptmann? Nein. Der Hauptmann des Fürsten? Nein. Die Fürstin war es, die damals die Bauern und ihre Weiber in die Schlacht führte. Die Verbündete des Volkes hat sich als die Stärkste erwiesen. Vergiss also das Volk nicht – dann wird es auch dir niemals vergessen, dass du einen der einstmals Ärmsten von ihnen, einen Köhlerjungen, in deine Familie aufnimmst."

Targur konnte kaum verbergen, wie erstaunt er war. Wie kam es, dass ein einfacher Köhlerjunge redete wie der Verhandlungsführer eines großen Herrn?

Doch schnell hörte er, aus welcher Richtung derart wohlgesetzte Worte stammten: „Du willst mich zur Feldherrin meines Bruders und zu einer legendären Kriegerin machen", setzte Taparu nun an. „Glaubst du nicht, dass ein einfacher Mann als Auserwählter der Kriegerin diese Legende noch weiter in die Herzen des Volkes trägt? Das ist doch mehr wert als eine Handvoll Krieger und ein paar Verbündete, die ich von irgendeinem Edlen als Hochzeitsgeschenk bekomme. Und was viel wichtiger ist: Glaubst du, ich würde meine große Liebe aufgeben?"

Targurs Lippen umzuckte ein Lächeln, in dem ein gewisser Stolz lag. Nein, er hätte Taparu nicht im geheimen Winkel seines Herzens zum liebsten seiner Kinder erklärt, würde sie ihren Geliebten einfach so aufgeben. Er legte je eine Hand auf die Schultern der beiden und sagte: „Schenkt mir bald ein paar Enkel, die ihr später mit wichtigen Männern und Frauen verheiratet."

Taparu fiel ihrem Vater erleichtert um den Hals. Zum ersten Mal sah Itam sie weinen.

Namant hatte die Fangleine des Verrats zielsicher ausgeworfen. Natürlich konnte Bamar der Neugier nicht widerstehen und kam zu den beiden großen Grabhügeln unweit von Targurs Hof. Als er im Licht der untergehenden Sonne den Verbrecher erkannte, zückte er sein Schwert. Namant war darauf vorbereitet. „Willst du mein Leben zerstören oder deines bereichern?", sagte er.

„Was meinst du damit?", fragte Bamar, sein Schwert immer noch angriffsbereit in der Faust.

„Wie sähe dein Leben denn aus als Taparus Mann, als Schwiegersohn des Häuptlings? Besser als das Leben, das dir bleibt, nachdem dir Itam alles weggenommen hat. Und dich vor aller Augen als Verlierer dastehen lässt. Dir bleibt nichts, solange es Itam gibt."

„Was heißt das? Gibt es eine Möglichkeit ohne Itam?" Bamar senkte sein Schwert zum Boden. Was Namant nicht wissen konnte: Bamar hatte von anderen Kriegern der Leibwache gerade erst Gerüchte aufgeschnappt, dass Häuptling Targur seine Zustimmung zur Vermählung von Itam und Taparu gegeben hatte.

„Natürlich. Ich werde ihn töten."

„Und was willst du von mir?"

„Wie du dir vorstellen kannst, komme ich nicht ohne weiteres an ihn heran. Außer, jemand beobachtet ihn und sagt mir, wann und wo ich ihn alleine finde."

„Dieser Jemand soll ich sein?" Bamar steckte das Schwert weg.

„Ein kleiner Beitrag für ein großartiges Leben, das dir dadurch möglich wird, oder?" Namant sah, dass das Gift wirkte, das er dem jungen Burschen ins Ohr träufelte.

„Und wie soll es vor sich gehen?"

„Ganz einfach: Ich bleibe hier und warte, bis du herausgefunden hast, wann er schlafen geht oder wann er sich aus einem anderen Grund zurückzieht. Du kommst her und sagst mir, wo ich ihn finde. Dann hast du nichts mehr mit der Sache zu tun. Niemand wird je davon erfahren."

„Gut." Damit wandte sich Bamar ab und verschwand hinter dem größeren der beiden Grabhügel.

Auf dem Totenfest schwankten Fürst Segomar und Häuptling Targur andauernd zwischen großer Aussöhnung und Pflege der alten Rivalität. „Dass du dich lieber mit einem Volk vom anderen Ende der Welt verbünden wolltest, anstatt die Risse in unserem Bündnis zuzumauern!", empörte sich Fürst Segomar, kurz nachdem er und Häuptling Targur sich ewige Waffenbrüderschaft geschworen hatten.

Auf beiden Seiten war viel Wein im Spiel; Segomar hatte seine letzten Reserven vom Opios holen lassen.

„Da sieht man wieder einmal, wie wenig du die großen Zusammenhänge kennst", entgegnete Targur und stieß dabei mit der Spitze seines Trinkhorns in Segomars Richtung. „Die Skythen sind für uns kein wildfremdes Volk. Wärst du dort gewesen, so wie ich, wärst du erstaunt gewesen über die Gemeinsamkeiten, die man entdecken kann." Er deutete auf den Grabhügel des Schmiedes: „Der Brauch, die Toten in solchen Monumenten zu bestatten, kommt von den Skythen. Bei ihnen heißen sie Kurgane. Und in den Steppen im Osten erhoben sich diese Hügel schon, als unsere Vorfahren ihre Toten noch verbrannten und die Urnen in der flachen Erde beisetzten; so wie im Tal südlich von hier." Targur deutete auf den vierrädrigen Wagen, der bereitstand, die sterblichen Überreste der Toten durch die Grabkammer in die Anderwelt zu fahren: „Wagen für die Reise ins Totenreich – von den Skythen übernommen. Grabbeigaben für die Aufnahme in die Anderwelt – die Skythen machten das vor uns. Sie sind keine Fremden."

Doch bald verstummte sowohl der Disput zwischen den Mächtigen als auch das Geplauder im Volk. Es war so weit – Ritomar, der Priester, erhob sich von seinem Platz, schritt den Grabhügel hinauf und blieb über der offenen Kammer stehen. Nun sah man, wie wohlbedacht er den Augenblick für die Zeremonie gewählt hatte – der volle Mond stand genau über dem Hügel. Obwohl sein Licht gereicht hätte, die Szenerie zu beleuchten, brannte ein großes Feuer lodernd hinter dem Priester. Ritomar breitete die Arme aus, hob sie nach oben, sah in den Nachthimmel und beschwor dabei unablässig die Götter. Nun senkte er die Arme nach unten und deutete damit den Weg hinab, der zwischen den Ehrentafeln hindurch zum Grabhügel führte.

Gebannt blickten alle zu dem Wagen, dessen große Reise begann: Acht Jungfrauen in langen, weißen Gewändern zogen ihn den Weg hinauf, die neunte stand auf dem Wagen selbst. Neun war die magische Zahl der Kelten; sie stand für Ewigkeit und Unendlichkeit. Neun war die dreifache Drei, welche ihrerseits die Einheit von Vergangenheit, Gegenwart und Zukunft symbolisierte. Die Jungfrauen hatten sich Kränze aus Apfelzweigen ins Haar gewunden. Der Apfelbaum galt den Kelten als Verbindung zur Anderwelt.

Die weiße Gestalt auf dem Wagen war die Trankspenderin; vor sich hatte sie den Metkessel, aus dem sie schon den ersten Trank des Festes geschöpft hatte. Auch der Met galt als Verbindung zwischen den Welten: Er wurde aus Honig gemacht, dessen Nektar geflügelte kleine Boten der Himmelsgötter sammelten. Die Pflanzen der Blüten, die ihn spendeten, wurzelten wiederum im Reich der Erdgöttin. Die Trankspenderin schöpfte den Met mit einer langen Kelle aus dem Kessel und schenkte damit den Gästen an der Tafel ein, die ihr die Trinkgefäße entgegenstreckten. Sie tranken den Met zur Hälfte und stellten die Gefäße mit dem Rest auf den Wagen. Ihre Teller, auf denen sie die Hälfte der letzten Speisen übrig gelassen hatten, stellten sie dazu. So konnte die Feier ohne Unterbrechung in der Anderwelt weitergehen, und für eine wohlgesonnene Aufnahme im Reich der Toten war gesorgt.

Die Jungfrauen ließen Totengesänge erklingen, in die Priester, Ehrengäste und Krieger mit einstimmten. Der Barde spielte dazu auf seiner Harfe.

Der Zug hielt vor dem Grabhügel und die Jungfrauen nahmen die Urnen herab – vorneweg das große, bauchige Gefäß, das am wertvollsten war, und das Künstler aus dem Osten mit einer grau schimmernden Graphitschicht überzogen hatten. Die anderen Tongefäße gehörten zu den anspruchsvollsten, die ansässige Künstler zu bieten hatten: Ineinander verschlungene Muster waren rot und schwarz gebrannt, weitere eingeritzte Muster hatten sie weiß ausmodelliert. In einer kleinen Prozession trugen die Jungfrauen die Urnengefäße den Grabhügel hinauf, schritten nacheinander in die Grabkammer und stellten sie ab. Dann kehrten sie zum Wagen zurück, nahmen die eisernen Grabbeigaben auf und trugen sie zur Kammer hinauf. Häuptling Targur hatte ihnen eingeschärft, sie dabei hoch zu halten, damit das Volk erkennen konnte, wie verschwenderisch seine Gefolgsleute und ihre Familien für die Anderwelt ausgestattet wurden.

Als der Wagen leer war, trat Birac, der Schreiner, mit zwei Gehilfen dazu, und sie zerlegten ihn. Mithilfe der Jungfrauen wurden nun auch die Teile des Wagens in die Grabkammer gebracht. Weitere Gehilfen Biracs brachten die Balken, mit denen sie die Kammer für immer verschlossen. Zusammen mit weiteren Arbeitern schichteten sie große Steine vor die letzte vollendete Wand. Ab dem nächsten Tag sollte der Hügel vollends aufgeschüttet werden. Während der ganzen Zeremonie hatte der Priester mit erhobenen Armen über der Kammer gestanden und die Götter beschworen, die Toten gnädig in ihr Reich aufzunehmen.

Damit hätten die Feierlichkeiten ursprünglich ausklingen sollen; doch in der folgenden Nacht galt es, die beiden von Namants Bogenschützen getöteten Skythen und die acht in der Schlacht gefallenen Krieger Targurs beizusetzen. Also ging das Fest noch einen Tag und eine Nacht weiter.

Ritomar, der Priester, blieb weiter mit geschlossenen Augen und zu den Seiten ausgestreckten Armen auf dem Grabhügel stehen. Natürlich glaubte jedermann, sein Geist begleite die Toten auf die Reise in ihr Reich. In Wahrheit legte er den Göttern gegenüber einen Schwur ab: Er wollte seine Seele nicht mehr zwischen zwei Herren aufspalten, indem er Fürst Segomar diente und die Herrschaft Häuptling Targurs und dessen Sohn vorbereitete. Die Götter hatten das Geheimnis der Schwerter ihm und den anderen Mächtigen vorenthalten und einem unbedeutenden Köhlerjungen anvertraut. Wie konnte er, der Diener der Götter, sich daher anmaßen zu bestimmen, wer der künftige rechtmäßige Herrscher zu sein hatte? Er wollte wieder bescheiden und rein werden, auf dieser Welt niemand anderem als seinem Fürsten dienen und Häuptling Targur abschwören.

Itam und Taparu reichte der Festtrubel. „Wir haben für heute genügend Schweiß und Staub an unseren Körpern kleben", sagte Taparu. „Was hältst du von einem Bad?"

„Ich halte viel von allem, bei dem du nackt bist", erklärte Itam grinsend.

Jetzt wurde Taparu sehr ernst: „Ich dachte an ein Bad an einem heiligen Ort – in der Quelle unseres Baches. Bitten wir die Götter dort, wo das Wasser seinen Anfang nimmt, unsere Beziehung glücklich und harmonisch weiterfließen zu lassen."

Itam gefiel die Idee gut, und so schlichen sie sich von der Feier davon, als die Aufmerksamkeit der Leibwächter nachgelassen hatte.

Dass ihnen jemand wie ein Schatten folgte, bemerkten sie nicht.

Das Paar rannte zur nahen Quelle. Bamar konnte sie dank des Vollmondes auch noch aus größerer Entfernung im Auge behalten. Er hatte sein Reitpferd dabei, um Namant schnell genug erreichen zu können. Als er nahe der Quelle sah, wie Taparu und sein verhasster Widersacher ihre Kleider ablegten, führte er sein Pferd leise ein Stück zurück, stieg dann auf und ritt zu den Grabhügeln hinüber. Dass das Paar für seine Abgeschiedenheit einen Ort unweit von Namants Versteck ausgesucht hatte, wertete er als Bestätigung der Götter, dass sein Handeln richtig war. Was die Götter guthießen, das ließen sie doch einfacher werden, oder?

Namant wartete schon neben seinem Pferd – da sah Bamar erst, wie schwer er bewaffnet war: Am Gürtel trug er einen Dolch, am Sattelzeug des Pferdes waren zwei Speere, ein Schwert und ein Bogen nebst vollem Köcher festgemacht.

Bamar bekam auf einmal ein flaues Gefühl im Magen. Namant sah ihm die Zweifel wohl an und wischte sie hinweg: „Sag einfach nur den Ort und alles fällt von dir ab. Du kannst zurück zum Fest reiten, als ob nichts gewesen wäre. Trinke darauf, dass dein Rivale wie von Zauberhand verschwindet. Der Weg zu deiner Taparu ist frei."

„Taparu ist dicht bei ihm. Du wirst doch achtgeben, dass ihr nichts passiert?"

„Natürlich." Doch Namant wollte auch sie töten, nur um Itam vor seinem Tod einige Augenblicke Leid zu verschaffen. Was aus Bamar wurde, war ihm völlig egal.

„Sie baden gerade im Quellteich des Bachs, dort drüben. Versprich mir aber …"

Noch bevor Bamar fertig gesprochen hatte, war Namant aufgesessen und davongeritten. Er kannte das Gelände, hatte die Pferde, Ochsen und Maultiere seiner Handelszüge oft genug im Bach getränkt. Der Ort seines Vorhabens war ideal: Die Quelle, von den Kelten als Zugang zur Anderwelt verehrt, war in einem kleinen Teich aufgestaut, den sie ringsum mit Apfelbäumen bepflanzt hatten.

Schon bald dort angekommen, verschmolz Namant mit dem Schatten zweier dieser Bäume. Er legte einen Pfeil auf die Sehne seines Bogens und zielte auf Itam und Taparu, die eng umschlungen im Wasser standen – nackt und wehrlos, ohne Fluchtmöglichkeit.

„Wasch dir nur den Dreck ab, Köhlerjunge!" rief Namant. „Vielleicht erkennen sie dich dann in der Anderwelt nicht wieder und weisen dir einen hohen Platz zu."

Itam und Taparu erschraken fast zu Tode, als sie die Stimme des Mannes hörten, vor dem die Leibwächter sie schützen sollten.

Namant war jetzt ins Mondlicht getreten. Er hatte den Pfeil aufgelegt, aber den Bogen noch nicht gespannt.

Worauf wartete er?, überlegte Itam, der erkannte, dass er jetzt etwas Zeit gewinnen konnte. Doch Zeit wofür? Auf jeden Fall, um länger zu leben.

„Wie hast du es angestellt, Händler? Wer waren die Schwerträuber?" Itam hatte sich halbwegs gefasst und grübelte fieberhaft nach, wie er sich retten konnte. Bis ihm etwas einfiel, musste er Namant reden lassen.

„Wer die Schwerträuber waren?" Namant stieg darauf ein. „Die letzten Menschen, auf die ich mich verlassen konnte: mein Bruder, mein Onkel, zwei Neffen. Jeder hatte ein oder zwei treu ergebene Männer an seiner Seite; Krieger, die schon oft ihre Handelszüge eskortierten."

„Wie hast du sie denn dazu gebracht, bei diesem Verbrechen mitzumachen?"

„Dieses Verbrechen war für sie ein kleiner Überfall, der unser Familienvermögen zurückbrachte, das wir an der Warantia verloren hatten. Der Verrat an mir und meiner Familie, der Raub meines Vermögens, der Mord an meinem Sohn, das waren wohl alles keine Verbrechen, was?"

„Wer war der Mann, der mich entführte?"

„Mein Onkel."

„Und der Mann, der die beiden Skythen kurz vor Ausbruch der Schlacht tötete?"

„Einer meiner Neffen."

„Und der Mörder des Kunstschmiedes in Pyrene?"

„Der Skythe, der zu meinem Bruder gehörte. Ich habe ihn, kurz nachdem wir beide uns oben auf dem Wall der Fürstenburg miteinander unterhalten hatten, losgeschickt, den Bernsteinhändler in Alkimoennis zu töten."

„Das hat er nicht geschafft, weißt du das gar nicht? Er ist in eine Falle gelaufen. Du hast sie alle mit ins Verderben gezogen."

Jetzt spannte Namant den Bogen und schrie wütend: „Verderben? Mein Sohn wurde ins Verderben gerissen. Mein einziger Sohn, mein Ein und Alles! Weil die skythischen Krieger meiner Eskorte mich an ihren Räuberhaufen verrieten. Weil mich die Männer des Fürsten im Stich ließen."

„Jedem kann so ein Unglück widerfahren", hielt Itam tapfer dagegen. „An wie viele hast du dein Unglück weitergegeben? Du hast nichts getan, ohne jedes Mal andere mit hineinzuziehen." Dabei kam Itam ein Gedanke: „Wie hast du uns hier gefunden? Wen hast du jetzt noch zum Verräter gemacht?"

Namant entspannte die Bogensehne wieder. „Was glaubst du wohl?", fragte er mit einem breiten Grinsen. „Jemand, den du unglücklich gemacht hast, wo wir schon dabei sind. Denn auch du, du strahlender Held des Tages, kannst keine Erfolge erringen, ohne andere dafür bezahlen zu lassen. Auch du hinterlässt Opfer. Aber das ist ja etwas ganz anderes, nicht wahr? Du bist ja ganz edel. Was ist edel daran, einem jungen Mann die Frau wegzunehmen, die ihm schon versprochen war, hä?"

Bamar!, schoss es Itam durch den Kopf. Und er überlegte weiter: Der führte also Namant hierher. Vielleicht wartet er im Schatten, bis sein Rivale beseitigt ist?

„Bamar!", rief Itam. „Du willst doch Taparu! Siehst du nicht, wie sie sich an mich klammert? Glaubst du, der Händler kann gut genug zielen, um nicht sie zu treffen? Rette sie, wenn du sie liebst! Halte diesen Wahnsinnigen auf. Glaubst du wirklich, auf einem Mord kannst du eine glückliche Verbindung gründen? Taparu wird dich nicht nehmen, ob ich da bin oder nicht. Du machst dich umsonst zum Verbrecher."

Namant lachte schrill auf. „Schrei dir nur die Lunge aus dem Leib! Bamar ist nicht hier. Und ich muss nicht gut zielen können. Ihr werdet beide dort unten sterben."

Das waren Namants letzte Worte.

Itam und Taparu sahen nur noch, wie der Händler langsam nach vorne kippte und im Wasser aufschlug. Aus seinem Rücken ragte der Schaft eines Speeres.

Ein Reiter galoppierte davon.

Nachdem sich Taparu und Itam hastig angezogen hatten, rannten sie zurück zum Fest.

„Glaubst du wirklich, Bamar hat Namant zur Strecke gebracht?", fragte Taparu keuchend. „Der sagte doch, Bamar wäre nicht mit ihm gekommen."

„Vielleicht kam er zurück, weil er ahnte, dass du in Gefahr warst", vermutete Itam. „Wenn es so war, werden wir verschweigen, dass er uns an Namant verraten hat, hörst du?"

Als sie beim Fest ankamen, entdeckten sie Bamar schnell. Er saß am Lagerfeuer und zechte mit anderen Kriegern.

Aber sein Pferd war als einziges schweißnass.